아마벨 | 영원의 그물

amabel
아마벨 | 영원의 그물

✦

배지훈 장편소설

아작

차
례

1부

아오모리

1

맑은 하늘을 가른 햇빛이 부스러져가는 콘크리트 위로 꽂히고 있었다. 그 열기에 도시의 모공이 머금고 있던 습기가 삐져나와 녹슨 철근을 타고 올라왔다. 끈적한 습기는 아마벨의 다리를 핥듯이 잡아 조이고 있었다. 불쾌한 감촉이어야 했지만 아무것도 느낄 수 없었다. 느끼려고 하면 느낄 수 있었을 것이다. 하지만 아마벨은 감각을 거부하기로 했다. 큰 자극에 노출되면 인간의 감각은 닫힌다. 작은 자극에도 오래 노출되면 감각은 문을 걸어 잠근다. 아마벨은 지독한 자극에 끔찍하도록 오랫동안 노출되어 왔다. 감각으로 들어가는 문에 육중한 자물쇠를 채워둔 지 오래였다.

아마벨뿐만이 아니었다. 이 세상에 사는 모든 사람이 그렇게 무감각의 바닷속으로 끊임없이 빠져들며 영원한 익사 과정을 겪고 있었다. 발이 바닥에 닿지 않는 공포에서 벗어나 두 다리로 부서진 콘크리트 위를 걸어 다닌다 해서 살아 있는 것이 아니었다. 두 팔을 휘젓고 온몸을 뒤틀며 공포를 드러낸다 해서 살아 있는 것도 아니었다. 살아 있다는 것은 그 이상의 무언가였다. 아마벨은 그렇게 생각했다.

학교에서 만난 어느 마음씨 좋고 실력 좋은 프랑스어 교사가 그런 말을 했었다. 삶이란 단순히 살아가는 것 그 이상의 무언가를 의미한다고. 그리고 그것을 죽을 때까지 찾아 걸어가는 것이 삶이라고. 아마벨은 그 교실의 모습을 떠올렸다. 추운 바람이 스며들던 교실 창가와 더러운 대기에도 어쩐지 더럽혀지지 않을 것 같았던 사립학교 교복까지.

3백 년이 다 되어가지만 지금도 똑똑히 기억하고 있었다.

아마벨은 담배를 꺼내 물며 차 문을 닫았다. 발밑에서 부서지는 소리가 났다. 백수십 년 된 보도블록이 아마벨의 무게를 견디지 못하고 바스러졌다. 짜증이 치밀어올라 바닥을 짓밟아 보도블록을 아예 가루로 만들어버렸다.

"아마벨 선배! 시청에서 항의 들어온다고요."

형광 점퍼를 입은 젊은 남자가 잔소리를 해댔다. 남자의 상의 주머니에는 경찰 배지가 달려 있다. 수원시 살인과 형사 강수범. 배지 번호 999871. 아마벨은 자기 배지 번호 019를 보면서 그 젊음이 부럽다고 생각했다.

"수범아, 내가 여기서 뭐라고 하겠니?"

"예예. 연금에서 까라고 하시겠죠."

"알면 닥쳐라."

아마벨은 큰 눈을 가늘게 흘기며 닥치라는 메시지를 강화했다.

"어디로 가면 되니?"

"그건 선배가 정해야죠. 과장님이시잖아요."

아마벨은 강수범을 한 번 더 흘겨보며 무언의 압박을 가했다.

"예예. 알겠습니다. 제가 알아서 할게요. 언제는 제가 알아서 안 했나요."

"말이 많다."

아마벨의 핀잔에도 강수범은 계속 쫑알거리며 주위 건물을 살폈다. 필요한 곳은 밴티지 포인트였다. 수원역 광장 전체가 잘 보이는 곳. 드론으로도 공중에서 지켜볼 수 있겠지만 대테러 교범에는 해킹이나 파괴 공작에 대비해서 맨눈으로 감시할 수 있는 곳을 근거지로 삼게 되어 있다. 물론 진짜 테러가 일어날 리는 없었다. 그저 조심하자는 차원이었다. 적어도 경비국장은 매번 그렇게 말했다. 아마벨은 그런 말을 들을 때마다 지긋지긋해했다. 언젠가는 진짜 테러라도 일어났으면 좋겠다는 생각도 했다.

"조심 같은 소리 하고 앉아 있네."

아마벨의 혼잣말이 삐져나왔지만 누가 누구를 조심하냐? 라는 말까지는 차마 나오지 않았다.

시민 시위에 언제부터 대시위부대가 아니라 중무장 특수경찰이 나오게 된 것인지 아마벨은 기억하지 못했다. 전쟁이 끝나 집에 돌아와서 처음 본 시위 장면이 기억났다. 지울 수 있다면 그 기억을 지우고 싶었다. 그게 아니라면 시위를 보며 느꼈던 감정만이라도. 그 어느 것도 불가능했다. 복무 계약서만 아니라면 지웠을 텐데. 아마벨의 기억은 혼자만의 것이 아니라 영장만 받으면 바로 출력해서 제출해야 하는 증거였고, 영장이라는 동전이 들어가면 자동으로 증거를 내뱉는 자판기 같은 것이었다. 그리고 배출되는 증거에는 그 광경을 보고 느꼈던 감정의 찌꺼기까지 묻어 있었다.

정확히 말하자면 아마벨의 기억에 시각과 청각과 촉각에서 공포와 슬픔과 역겨움이 분리되지 않고 남아 있었다. 마치 섞여버린 크림과 커피처럼 분리가 불가능했다. 그렇게 섞여버린 기억 속 시위 진압 보도에서는 전쟁터에서 본 것보다도 더한 장면이 연출되고 있었다. 진실이라고 믿을 수 없는 장면의 연속이었다. 그리고 그 장면은 계속 반복되었고 지금 이곳 수원역 앞에서도 반복될 예정이었다.

"이리 오세요. 과장님."

강수범은 삐지면 아마벨을 과장님이라고 불렀다. 나이도 먹을 만큼 먹은 녀석이 잘 삐졌다. 세월은 사람을 어른으로 만들어주지 않는다. 반대로 나이를 먹어서 속 좁은 인간이 되었을지도 모른다는 생각이 들었다. 하지만 곧 강수범보다 자신이 나이가 한참 많다는 것이 생각났고 그 이론을 폐기하기로 했다.

강수범이 찾은 밴티지 포인트는 광장 바로 근처에 있는 건물 꼭대기 층에 있는 카페였다. 마치 경찰용 전망대를 만들려고 작정이라도 한 것처럼 좋은 전망이었다. 창가 쪽 자리는 건물에서 튀어나와 있었고 천장부터 바닥까지 유리였다. 강수범이 어떻게 이런 좋은 곳을 찾았는지 신기할 정도였다.

"운이겠지."

"네?"

"혼잣말이야."

아마벨이 광장이 가장 잘 보이는 테이블에 앉자 곧 정복 경찰들이 들이닥쳤고 드론 조종 장치와 녹화 장비를 둘 자리를 만들었다. 아마벨이 자리 잡은 테이블 이외의 모든 집기류를 박살 내면서. 가게주인은 새파랗게 질려서 그저 바라보고만 있었다. 여기서 조금이라도 소리를 냈다가는 공무집행방해죄를 적용받을 것이다. 벌금으로 끝나면 다행인 중죄다.

서쪽 건물 아래쪽에 경찰 병력이 모여 있었다. 5천여 명의 경찰은 모두 구식 중기관총과 방패, 그리고 경장갑복으로 온몸을 중무장했다.

"수범아, 언제부터 경장갑복이 다시 동원됐니?"

"아, 그거요, 저번에 시위대가 던진 돌에 경관 한 명이 다쳤잖아요. 그놈이 우리 서를 상대로 손해배상 소송을 걸었다나 봐요."

"경찰이 무슨 병아리 감별사인 줄 아나."

"네?"

"뭐?"

"병아리 감별사가 뭐예요?"

"이러니 젊은것들은. 병아리 감별사도 모르고. 그런 게 있어."

아마벨도 어렸을 때 부모님에게서 그런 직업이 있었다는 얘기를 들었을 뿐 정확히 무슨 일을 하는 직업인지는 잘 몰랐다. 병든 병아리를 골라내는 직업인가? 기계가 하면 될 일을 왜 사람이 하지?

지금에 와서야 그런 의문이 들었지만 지금 검색할 틈은 없었다. 시위대가 몰려오고 있었다.

서호 쪽에서 오는 시위대가 수원역 광장으로 들어서려고 하던 참이었다. 드론 측정에 의하면 8만4천 626명. 적은 수는 아니었 다. 최근 20여 년간 유라시아 지역에서 일어난 시위 중 최대라는 얘기도 있었다. 요즘은 시위를 하려는 사람이 없으니까. 언제나 눌려왔던 압력을 분출시켜줄 침이 찔러온다면 이런 일이 발생하 기 마련이다. 그래서 경비과는 항상 바빴다. 한편 아마벨 같은 살 인과 형사는 아무런 할 일이 없었다. 살인은 이 세상에서 사실상 사라진 범죄였다. 아마벨 자신도 왜 살인과가 아직 존재하는지 의문이었다.

아마벨은 꽁초가 된 담배를 밟아 끄고 다시 한 대에 불을 붙인 뒤 플라스틱으로 된 신문을 꺼냈다. 시각에 뉴스를 띄울 수도 있 지만 그랬다가는 나중에 작정하고 증거수집을 포기했다고 문책 을 들을 것이었다. 다행히 아마벨과 같은 구세대 사람들은 손으 로 만져지는 것에 얻어지는 만족감을 여전히 찾아다녔다. 그래서 아직도 이런 자원 낭비가 계속되고 있었다. 아마벨은 문득 진짜 나무를 잘라 갈아서 만든 진짜 종이의 퍼석거리는 감촉을 떠올렸 다. 그 감각을 손끝에 시뮬레이션해볼까 잠시 생각했지만 그러려 면 진짜 종이를 찾아야 하고 중앙도서관에 들어가려면 대학교수 가 되든가 교육부의 특별허가를 얻지 않으면 불가능했다. 행정 절차에 대해 지나치게 잘 알고 있는 것도 문제다. 만지는 모든 것 에서 낭만이 바스러진다.

시위대는 어디서 구했는지 현수막과 피켓까지 들고 있었다. 꽤 큼직하게 만들어서 일부러 확대 모드를 쓸 필요도 없이 읽을 수 있었다.

'우리도 살고 싶다!'

'너희만 목숨이냐!'

영원한 삶을 사는 자들의 시위치고는 희한한 구호였다. 차라리 보험회사에 대한 시위라면 이해가 갔다. 대체 무엇을 위해 싸우는 걸까? 누가 죽이려고 들기라도 한다는 걸까? 저 근거 없는 공포는 대체 어디서 오는 걸까?

아마벨은 광장이 아니라 하늘을 바라보았다. 그곳에는 다섯 개의 크고 작은 고리가 나란히 붙은 모양의 구조물이 지나가고 있었다. 달이 보이지 않는 한낮에도 보일 만큼 거대한 것. 누가 어떤 자금으로 만들었는지 전혀 알려지지 않은 수십 킬로미터짜리 우주 구조물. 지구 궤도에서 만들어지지 않은 것만은 확실했다. 그랬다면 금방 눈치챘을 테니까. 지구 외 행성들에 관심을 조금이라도 가지고 있다면 중앙을 차지하고 있는 서로 다른 크기의 도넛 모양 구조물이 수성과 화성 등지에 흩어져 있던 우주 콜로니라는 것을 눈치챌 수 있었다. 아마 다 합하면 백만 명 정도는 살 수 있을 것이다.

지금 광장에 모여 있는 사람들이 항의하고 있는 것은 바로 그것이었다. 백만 명 중 한 명이 되고자 하는 것. 이들의 주장은 저 우주선이 지구의 지배층과 그 일족들이 타고 떠날 탈출선이라는 것이다. 지배층은 지구가 멸망하리라는 것을 알고 있으며 그걸 위해 저 우주선을 만들었다는 것이었다.

이 음모론에는 아무런 근거도 없었다. 일단 지구가 멸망한다는 증거가 없었고 저걸 지구 정부에서 만들었다는 증거도 없었다. 오히려 지구 외 행성에서 자금을 갹출했다는 증거는 있었다. 하지만 저 사람들에게 그런 건 상관이 없었다. 그저 죽음의 공포만이 머리와 가슴을 가득 채우고 있었다. 그게 전부인 것도 아니었다. 그들에겐 영원한 생명이 보장되었지만 그렇다 해서 삶이 좋아진 것도 아니었다. 그저 가난한 삶이 영원히 계속되는 것일 뿐이었다.

계층 간의 사다리는 치워진 지 너무나 오래였다. 아마벨은 계급을 오르는 사다리가 불타는 모습을 직접 목격했다. 그 이후에 태어난 세대들은 자신들이 무엇을 빼앗기고 있는지도 알지 못했다. 그들은 고객이었으며 동시에 상품이었고 노예이자 노예주였고 간수이자 죄수였다. 죄명은 탄생이었고 모두 영원히 끝나지 않는 무기징역을 선고받았다. 아마벨이 저들보다 나이가 조금 더 많을지는 몰라도 별반 다르지 않은 처지라 동정이 갔다. 하지만 자신들의 권리조차 제대로 이해하지 못하는 자들에게 도움의 손을 내밀어봤자 소용이 없었다. 도움을 간섭이라고 생각하거나 심할 때는 위협이라고 내치는 경우도 많았다. 아마벨은 그 모든 경우를 다 겪어봤다. 이제 자살하는 겁쟁이들을 제외하면 삶을 끝낼 용기가 부족한 겁쟁이들만 남아 강제된 삶을 이어갔고 그 대신 모든 희망이 죽어갔다.

죽음.

문득 아마벨은 저들이 죽음에 대해서 아무것도 모른다는 것을 깨달았다. 누가 죽는 것을 본 적도 없고 자신이 죽을 일도 없으니 이해할 필요도 없었다. 하지만 아마벨은 죽음이 무엇인지 아주 잘 알고 있었다.

저들이 이제 겪을 일에 대해서도 아주 잘 알았다.

밀려온 사람들이 마치 지류가 합쳐져 큰 강이 되듯 흘러들어 수원역 광장이 인파로 가득 찼다. 철저하게 무질서한 가운데에서도 몇몇 지도자가 확성기를 들고 사람들이 어디로 가야 할지를 외치고 있었다. 왜 이 시대에 박물관에서 꺼내왔을 법한 저런 확성기를 들고 다니면서 경찰의 표적이 되려고 하는 건지 아마벨은 이해하지 못했다. 아마벨은 성인이 된 이후 평생을 군과 경찰에서 보낸 탓에 전술적 사고방식을 하지 않는 자들을 이해할 수가 없었다.

고개를 돌리자 완벽하게 질서정연한 대열로 시위대를 기다리는 경찰대가 보였다. 5천여 명의 무장 경찰들은 행정 콤플렉스로 향하는 길을 차량형 방벽과, 마르고 닳도록 써온 경찰 바리케이드로 완벽하게 가로막고 있었다.

"우리도 살고 싶다!"

"살고 싶다!"

"우리도 타고 싶다!"

"타고 싶다!"

아마벨은 시위대를 동정했지만 동시에 불쌍하다고 느끼지는 않았다. 자신들이 정확하게 뭘 원하는지 알지 못하는 사람들에게 도움을 주기에 아마벨은 이제 너무 늙었다. 겉으로는 아직도 20대처럼 보였어도 속은 노인이었다. 아마벨은 저들의 문제가 뭔지 알고 있었다. 저 사람들은 고통을 공유하지 않는다. 진정한 죽음에 대한 공포가 없으므로 그들을 하나로 묶어줄 것이 아무것도 없다. 일시적인 공포에 반발하고 있을 뿐이다. 금방 지나갈 일이다. 하지만 아마벨의 마음 한켠에서는 자신이 틀렸으면 좋겠다고 바라고 있었다.

아마벨은 속삭이듯 말하며 담배 연기를 뿜었다.

"호구놈들."

"선배, 그런 소리 하다가 나중에 경비국장님에게 또 야단맞아요."

"혼자 중얼거리지도 못하니?"

"근무시간에 선배 말은 전부 증거잖아요. 나중에 저도 같이 혼난단 말이에요."

아마벨은 건너편에 앉아 어디서 가져왔는지 모를 진짜 광학식 쌍안경으로 광장을 살펴보고 있는 강수범을 째려봤다. 강수범 쪽 테이블에는 M-991 저격용 라이플이 조립되어 올려져 있었다. 저건 아마벨도 아주 잘 알고 있는 무기였다. 아마벨이 자살자, 특히 점퍼를 쏠 때 쓰는 무기였으니까.

"그건 왜 꺼내왔니?"

"이거요? 이건 쌍안경이라는 건데요 얼마 전 제가 이베이에서 직접 ⋯."

"그거 말고 991말이야."

"991이요? 아, 이 장총이요. 오늘 뭔가 재밌는 일이 있을 것 같다더라고요. 저도 총 쏘는 연습 좀 해야죠."

"네가 왜?"

"저라고 언제까지 살인과에 처박혀 있겠어요?"

아마벨은 인간의 눈이 볼 수 있는 한계보다 훨씬 빠른 속도로 딱밤을 때렸다. 강수범의 고개가 뒤로 확 젖혀졌다.

"으악!"

밑에서는 본격적인 마찰이 시작되고 있었다. 시위대의 전위에 있는 사람들은 경찰의 방패를 밀어붙이려다가 꿈쩍도 하지 않자 날라차기까지 하고 있었다. 경찰은 아무런 위협이 없으면 먼저 움직일 수 없다. 경찰의 행동은 언제나 후수이다. 상황이 발생하면, 그때 움직이고 대부분 늦게 도착한다. 그게 경찰의 운명이다. 대신 계기, 정말 아주 조그마한 계기라도 생긴다면 정해진 '후수'를 둘 수 있다.

"옳지! 시작이다!"

강수범이 아픈 이마를 문지르며 쌍안경 너머의 모습을 보다가 외쳤다. 아마벨도 강수범의 시선을 따랐다. 충돌이 일어나고 있는 전선의 반대쪽, 사람들이 바닥에서 보도블록을 뜯어내고 있었다. 아까 아마벨의 발아래에서 가루가 되었던, 몇백 년이 되었는지 알 수도 없는 그 보도블록이었다.

"저거 날아오면 경비국장님이 아주 신나 죽겠네요."

보도블록을 경찰 쪽으로 나르던 남녀는 중간에 어중간하게 이러지도 저러지도 못하고 있던 사람에게 무기를 빼앗겼다. 하지만 다른 사람들이 그걸 보고 따라 하기에는 충분했다. 후위에 있던 사람들이 이리저리 흩어져서 보도블록을 실어날라서 앞으로 옮겼다. 철벽같은 방패에 발차기를 하던 사람들은 뒤에서 무기가 날려져 오자 반가운 표정으로 들고 던지기 시작했다. 아마벨은 혹시나 하는 마음으로 지휘하고 있는 경비국장 쪽으로 고개를 돌려 확대했다. 뒷모습만 보였기 때문에 얼굴이 보이지는 않았지만, 행동 분석 프로그램은 이 사람이 신난 상태라고 판단했다.

"시민 여러분께 알려드립니다. 폭력 시위는 법으로 금지되어 있습니다. 집회와 시위에 관한 법 5조에 근거해 폭력 행위를 중단하지 않을 경우 저희 경찰은 자위권을 발동할 예정입니다. 다시한 번 알려드립니다. 폭력 시위는…."

경비국장의 목소리였다. 얼굴이 보이지는 않았지만 미끈한 얼굴에 나이가 드러나는 웃음을 짓고 있을 것이 분명했다. 그 얼굴이 떠오르자 소름이 돋았다. 징그러운 놈.

하지만 아래에 벌어질 광경에 비하면 경비국장의 얼굴 정도는 참아줄 만했다.

경찰이 발포를 시작했다.

전기톱 돌아가는 소리가 나면서 분당 1천2백 발을 쏴대는 기관총 백여 정이 불을 뿜기 시작했다. 총을 쏘고 있는 자도, 총알에 맞고 있는 사람들에게도 보이지 않았겠지만, 아마벨 눈에는 마치 그물망처럼 덮쳐오는 탄막이 또렷이 보였다. 피할 수 있는 것이 아니었다. 한 사람의 머리를 부순 총알은 그대로 그 너머에 있던 사람의 심장까지 꿰뚫었다. 어느 사디스트는 일부러 몸을 노리지 않고 시위대 아래쪽을 훑었다. 그놈이 맡은 영역을 곧 박살 난 다리 위로 쓰러진 자들의 비명이 뒤덮었다. 어디 가나 저런 사디스트가 있기 마련이다. 시키는 전투는 하지 않고 고통을 주는 데만 정신을 파는 그런 놈이.

시위대는 이제 군중이 아니었다. 그냥 사격 연습 타겟이었다. 어디를 쏴도 명중인 사격 연습. 너무 많은 사람이 오밀조밀하게 모여 있었기 때문에 마음대로 도망갈 수도 없었다. 다리를 다쳐 넘어지는 사람은 혼자 넘어지지 않고 다른 사람을 같이 넘어뜨렸다. 마치 규칙 없이 세워진 도미노처럼 규칙 없이 사람들이 무너져내렸다. 무너져내린 사람들은 수억 년간 이어받은 본능에 의해 고통과 죽음을 피하려고 비명을 질렀고 그 입에서는 부서진 폐의 세포조각과 함께 피가 뿜어져 나왔다. 그 피는 작은 도랑이 되어 흐르다가 낡고 금이 간 포장도로와 보도블록의 틈 사이로 흘러들어 갔다.

학살 현장과는 거리가 한참 떨어져 있었지만, 아마벨은 피와 내장과 내장이 품고 있던 오물과 비명과 애원과 죽음이 뒤섞인 악취를 생생히 맡을 수 있었다. 실제로 후각 센서에 냄새 입자가 와서 닿지 않았어도, 인간의 내장을 가지고 있지 않기 때문에 구역질이 나지 않았어도, 구역질이 날 듯한 냄새는 잊히지 않고 이런 장면에서 다시 살아난다. 후각에 대한 기억은 이상하게도 별다른 보조기억장치가 없어도 불려 왔다.

아마벨은 구역질로도 어찌할 수 없는 끔찍한 냄새의 기억 때문에 얼굴이 찌푸려졌다. 다시 담배를 깊게 빨고 아주 천천히 내뿜었다. 경비국장도, 저 아래에서 기관총을 갈기고 있는 경찰이라는 이름의 도살자 놈들도 모두 사디스트였다.

클리니컬 이모털리티가 인간을 사디스트로 만들고 있었다. 인류 최후의 의료기술, 클리니컬 이모털리티는 인간의 죽음을 추방했다. 죽고자 하는 사람은 여전히 죽을 수 있었지만 살고자 하는 사람은 사실상 영원히 살 수 있었다. 지구에 사는 거의 모든 인간의 두개골과 뇌 사이에는 0.01밀리미터도 안 되는 크기의 양자 두뇌 스캐너가 달려 있다. 이 스캐너는 뇌의 활동을 몇 초에서 몇 분 단위로 스캔해서 의료보험회사인 클리니컬 이모털리티 사(社)로 전송하고 있다. 그리고 어떤 상황에서 죽음을 당하든 아무 상관 없이 보험회사의 재생실에서 그 직전까지 가졌던 육체와 기억을 가지고 깨어날 수 있다. 이 기술이 나오면서 정신질환 몇 개를 제외한 모든 질병이 사라졌다. 유전 질환도 사라졌고 암은 종기 취급을 받고 있다.

물론 돈은 내야 한다. 영원히 죽지도 않고 늙지도 않으므로 보험가입자는 영원한 노동력을 제공해야 한다. 그리하여 보험회사는 영원히 이익을 낼 수 있었다.

아마벨은 클리니컬 이모털리티를 수백 년 전 존재했던 노예주라고 생각했다. 이 지구상에 있는 모든 사람이 노예였고. 한숨이 나왔다. 아마벨 역시 주인만 다를 뿐 저들과 그다지 다를 게 없는 신세였다. 영원히 경찰을 그만둘 수 없는 노예. 자유를 얻을 수 없는 노예들이 영원히 살면서 조금씩 정신을 잃어가는 것을 아마벨은 목격해왔다. 보통 사람이라면 눈치채지 못할 아주 작은 변화라도 아마벨은 기록을 통해 감지할 수 있었다. 사람들은 미처

가고 있었다. 견디지 못한 사람 중에 돈이 있는 자는 스캔드가 되기도 했지만, 대부분은 뭐가 이상해졌는지도 깨닫지 못한 채로 살게 마련이었다. 그렇게 미쳐간다.

바로 아마벨 옆에 그런 놈이 있었다.

강수범이 소파를 치우더니 M-991 개머리판에 어깨를 댔다.

"뭐 하니?"

"저도 경비과에 도움 좀 주려고요."

"그냥 사람 쏘고 싶은 건 아니고?"

"에이, 참. 절 뭐로 보세요."

'사디스트 변태로 본다'라고 말하려다 아마벨은 일이 귀찮아질 것 같아서 관뒀다. 아마벨은 강수범의 저격 소총 스코프 화면을 눈앞에 띄웠다. 강수범이 뭘 찾고 있는지 잘 모르겠지만 멀쩡한 건 아닐 것 같았다. 돌팔매질하는 사람이라도 쏘려나 했더니 그게 아니었다. 강수범은 커플을 찾고 있었다. 애인을 버리고 도망가는 남자는 건너뛰고 벌써 총에 맞아 비명을 지르고 있는 사람도 쏘지 않았다.

"뭐 하니?"

"일한다니까요."

강수범은 말이 끝나자마자 방아쇠를 당겼다. 강수범이 이미 깨뜨린 카페 유리창 너머에 있는 군중 속으로 날아간 초속 1,066미터 속도의 총알은 도망가던 어느 커플의 꼭 맞잡은 손을 정확히 산산조각 내버렸다.

"명중!"

아마벨은 두 손으로 얼굴을 감싸고 고개를 푹 숙였다. 아주 오래간만에 분노가 치밀어 올랐다.

"수범아, 넌 그게 일이니?"

"네? 도주하던 폭력시위범을 쏜 거니까 일 맞잖아요."

아마벨은 눈을 가늘게 뜨며 강수범을 노려봤다. 차가운 초록색 눈동자가 붉게 변해 불타오를 것만 같았다. 강수범은 내가 뭘 그리 잘못했느냐는 표정으로 저격 소총에서 몸을 떼더니 일어나 소파에 앉았다.

"아, 또 왜요?"

"겨우 커플한테 질투가 난다고 총질을 하냐?"

"그걸 어떻게 아시⋯."

아마벨은 말을 끝마치기도 전에 강수범의 이마에 초고속 딱밤을 때렸다. 아까 때렸던 곳과 정확히 같은 곳에. 강수범은 이번엔 비명조차 지르지 못했다.

"전에 말한 적 있지, 나한테 거짓말하면 죽는다고. 기억나 안 나."

"아⋯. 납니다. 나요. 난다고요. 그런데⋯."

"이 새끼가 아직도 정신을 못 차리네."

아마벨은 일어나서 아직도 고통에 뒹굴고 있는 강수범의 목을 한 손으로 잡고 들어 올렸다. 강수범의 이마에선 피가 나고 있었다. 아마벨은 어차피 시말서 쓰게 된 거 몇 페이지 추가한다고 뭐가 달라지겠나 하는 생각을 했다.

아마벨은 일부러 깨지지 않은 유리창으로 강수범을 던져버렸다. 강수범은 부서진 유리창 파편에 온몸을 베이면서 급격한 곡

24

선을 그리며 바닥으로 추락했다. 아마벨은 강수범을 던진 다음 바로 따라 뛰어내렸다. 바닥에 떨어지는 그 순간까지 아마벨은 추락의 공포로 가득 찬 강수범의 눈을 똑바로 노려보았다. 죽지 않는다고 해서 본능이 어디로 사라지는 것은 아니다. 아스팔트 길 위에 떨어진 충격으로 강수범의 오른쪽 다리와 갈비뼈가 부러진 채 살을 뚫고 튀어나와 있었고 그렇게 생긴 구멍으로 피가 뿜어져 나왔다. 떨어지는 것은 무섭고 아픈 것은 더욱더 무섭다. 다음에 깨어나게 되면 강수범은 추락사의 공포가 뭔지 확실하게 배우게 될 것이다.

아마벨은 다리에 내장된 추진기로 충격을 줄여 사뿐히 내려앉았다. 아마벨은 죽기 직전의 강수범에게 다가가 속삭였다.

"출근은 제시간에 해라. 알았지?"

아마벨이 뒤를 돌아보자 시위대도 비슷한 모습이었다. 여기저기 총상을 입고 신음을 흘리는 사람들이 있었고 진압 경찰들은 알뜰하게 한 명 한 명 신원을 확인한 후 머리를 쏴서 사살했다.

"야, 살인과! 너 거기서 뭐 해!"

경비국장이 메가폰을 잡고 아마벨을 향해 고함을 지르고 있었다. 아마 강수범을 죽여버리는 모습을 본 모양이었다. 아마벨은 통신을 켜고 대답했다.

"제 부하 놈이 실수로 떨어진 모양입니다. 깨어나면 주의시키겠습니다."

"야, 너 진짜 한두 번도 아니고 왜 그래? 이젠 파트너를 죽이냐? 걔가 깨어나서 널 보고 뭐라고 하겠냐?"

"뭐라고 하긴요, 다음부터는 조심하겠죠. 그런데 오늘 살인과
할 일 있습니까? 뒤처리는 보험사에 맡기고 이만 퇴근하고 싶은
데요?"

"기다려봐. 이상 없음이라고 확인서를 써야 보험사가 클리니컬
이모털리티를 가동할 것 아냐."

아마벨은 경비국장 쪽으로 걸어가면서 말했다.

"어차피 여기서 진짜 죽은 사람은 아무도 없잖습니까. 사람이
죽어야 저희 살인과가 움직이죠."

"언제는 사람이 죽었냐."

"제 말이 그거예요. 다음부터는 그냥 알아서들 좀 하십시오. 죽
는 사람도 없는데 왜 살인과는 불러다놓고 이런 걸 보여주는 겁
니까?"

"연방법으로 정해져 있는 걸 나보고 어쩌라는 거야?"

어딘가에서 고함을 지르는 소리가 들려왔다.

"국장님! 이거 큰일 났습니다! 이쪽으로 좀 와주세요. 과장님
도 같이 와주세요!"

경비국 소속 시위진압대 경장이었다. 아마벨은 경장의 이름을
기억할 수가 없었다. 아마 처음부터 입력조차 하지 않은 모양이
었다.

가보니 중상을 입은 두 남녀가 있었다. 남자도 다리에 관통상
을 입었지만 가슴에 관통상을 입고 정신을 잃고 있는 여자를 끌
어안고 있었다.

"실비야! 꼬맹아, 정신 차려! 오빠야!"

경비국장은 못 볼 거라도 봤다는 듯한 표정으로 귀찮다는 듯
이 말했다.

"뭐가 문젠데? 쏴버려. 보험사에서 되살려주겠지."

"그게 안면인식에 이 사람들 신분이 안 잡혀서요."

"뭐? 줘봐."

경비국장은 핸드 스캐너를 뺏어서 직접 신분을 추적했다. 아무
것도 나오지 않았다. 국장은 얼굴이 새파래져서 다른 경관의 핸
드 스캐너로도 검사했다. 역시 마찬가지였다. 미세하게 손이 떨
리는 게 보였다.

"등록이 안 된 사람들이야. 애완인간인가?"

국장이 아마벨 쪽을 안타깝게 쳐다봤다. 이런 외상을 치료하는
기술 따위 아무도 갖고 있지 않았다. 전쟁을 치러본 사람이라면
또 몰라도. 아마벨은 얼굴을 구기며 여자아이에게 다가갔다.

"거기 칼로 총상 부위의 옷가지를 잘라내. 뭐해 빨리!"

명령을 들은 경관이 허리춤에서 나이프를 꺼내 옷가지를 잘라
냈다. 두 사람 다 피투성이라 어디에 총알이 들어갔는지 잘 보이
지 않았다. 다행히 총알은 신체에 남지 않는 소재였으니 찾아서
뽑을 필요는 없었다. 말려 들어간 섬유로 인한 감염은 우려되지
만 그건 지금 걱정할 문제가 아니었다.

과거 인간에게 영원성은 오로지 종족 번식으로만 이룰 수 있
는 꿈이었다. 진짜 영원이 찾아오기 전까지는 그랬다. 영원을 손
에 넣은 사람들은 더는 아이를 낳지 않게 되었고 일부러 어린아
이의 육체를 입는 변태들을 제외하고는 어디서도 아이를 볼 수

없게 되었다. 이젠 아이를 낳아서 키운다는 행위 자체를 일종의 변태적 행위로 간주하는 사회 분위기였다. 그런데 수십 년 전, 아이가 없어진 이 지구에 양육의 부담이 없으면서도 합법적으로 마음대로 처분할 수 있는 인간을 애완동물처럼 기르는 것이 잠시 유행한 적이 있었다. 수명도 짧고 지능도 떨어지지만 생긴 것만 인간과 같은 애완인간.

아마벨의 눈에 이 두 사람은 애완인간으로 보이지는 않았다. 애완인간은 일정 이상의 지능을 가지지 못하도록 법적으로 정해져 있었고 수명도 스무 살을 못 넘기게 되어 있었다. 여자아이는 어려 보였지만 오빠 쪽은 적어도 스물다섯은 되어 보였다.

하지만 지금은 그런 걸 생각할 때가 아니었다. 애완인간이라도 일단은 살려놓고 봐야 한다. 먼저 아마벨은 2백 년 전의 기억을 되살렸다. 먼지가 쌓이도록 한 번도 열리지 않았던 구급키트를 열고 소독약을 자기 손과 부상 부위에 들어부었다. 그리고 여자 환자의 중심정맥관을 찾아 수액 주머니를 연결했다. 아마벨은 내적으로는 몹시 당황하고 있었지만 프로그램과 그에 연결된 손은 자신감과 무관하게 아주 기계적이고 재빠르게 움직였다. 커다랗게 구멍이 난 왼쪽 복부에 손을 집어넣어 어느 혈관이 찢어졌는지 찾기 시작했다. 손의 감도를 최대로 높여도 그저 따뜻하고 소름 끼치는 촉감의 고기에 손을 넣고 있는 것 이상의 느낌은 나지 않았다.

"거기 포셉 가져와."

찢어진 동맥을 찾는 대신 그 위의 동맥을 찾아 막기로 했다. 어딘가 괴사가 일어날지 모르겠지만 죽지만 않으면 어찌 되건 살 수 있다. 그 살아 있는 증거가 아마벨 자신이었다. 비록 기계 손이었지만 감각도 있었고 보통 사람을 훨씬 뛰어넘는 힘도 있었다. 그리고 외과 수술도 가능했다.

아마벨은 동맥을 찾아 포셉으로 틀어막았다. 출혈은 멈춘 것 같았다.

남자 쪽은 출혈이 심해서 곧 기절할 것처럼 보였지만 지금 넘쳐흐르는 아드레날린으로 고통조차 못 느끼고 있는 것 같았다.

"제 동생은 살 수 있나요?"

아마벨은 대답 대신 소독약을 잔뜩 뿌렸다. 그제야 통각이 살아났는지 남자는 한 박자 늦게 비명을 질렀고 아마벨은 그 소리도 무시하며 상처에 지혈용 발포 스프레이를 뿌리고 붕대로 감았다.

"구급차는?"

"저기 옵니다."

"이 근처에 외상센터 있어?"

있을 리가 없었다. 이 자리에 있던 사람들 모두 외상센터라는 말 자체를 처음 듣는 사람이 대부분이었다. 아마벨이 직접 네트에 접속해 근처 외상센터가 어디에 있는지 찾았다. 가장 가까운 외상센터는 아오모리. 거리 약 1,250킬로미터. 생각보다 멀었다.

2

　병원 옥상에 내린 아마벨은 침대를 밀면서 알아듣기 힘든 속도로 환자의 상태를 전달했다. 어차피 정보가 전달되었겠지만 오래된 프로토콜은 어쩔 수 없다. 어떤 사람은 그걸 버릇이라고 부르겠지만, 아마벨은 버릇을 버릇으로 부를 사치를 누릴 수 없었다. 대기하고 있던 의사와 간호사들은 알아들었는지 못 알아들었는지 기계적으로 고개를 끄덕였다. 아마벨도 의료진을 따라가려 했지만 간호사가 가볍게 손으로 막았다.

　"여기서부터는 저희가 처치하겠습니다. 수고하셨습니다. 선생님."

　간호사는 아마벨을 의사로 착각한 듯했다. 어쩌면 외상 외과 같은 걸 구경도 못 해본 초짜 의사라고 생각했을지도 모르겠다. 어찌 되건 상관없는 일이었다. 오해받는 일은 흔했다. 아마벨은 걸음을 멈추고 엘리베이터를 향해 달려가는 침대를 멍하니 바라보았다. 시야에 경고등이 떠 있는 것을 발견했다. 아드레날린 수치가 정상 범위를 넘어섰다는 경고였다. 오래간만에 보는 경고등이었다. 호르몬 제어기능을 켜자 잠겨 있던 여러 감각이 다시 돌아왔다. 어쩐지 손이 끈적했다. 역겨운 냄새도 났다. 죽어가는 인간의 냄새였다. 손을 들자 아름답게 조각된 양손이 모두 검붉은 피로 완전히 덮여 있었다. 죽어가는 인간의 냄새는 그 자신에게서 나는 냄새였다. 피 냄새가 아니었다. 피와는 다른 분비물의 냄새로, 일하다 보면 당하기 마련인 직업상 재해였다. 오래간만에 느낀 것은 손끝에 죽어가는 생명을 올려놓는 감각이었다. 그건 악취로는 전달되지 않는 더욱 끔찍한 짐이었다.

아마벨이 아직 아마벨이라는 이름으로 불리지 않았을 무렵, 아마벨에게는 연약한 팔다리와 근시가 있는 눈, 그리고 지나칠 정도로 튼튼한 심장이 있었다. 어느 날 반통합군의 오폭이 있었다. 공장에 떨어져야 할 폭탄은 비슷한 크기에 비슷한 모양의 건물인 학교에 떨어졌다. 폭격기의 인공지능이 두 건물을 착각한 것이었다. 1천4백여 명의 교직원과 학생 중 아마벨이 유일한 생존자였다. 대신 아마벨은 연약한 팔다리와 근시가 있는 눈, 그리고 튼튼한 심장을 모두 잃었다.

고아였던 아마벨은 사망 선고가 내려지자마자 전쟁성에 '징집'되었다. 화상으로 인한 고통으로 약물 유도 코마 상태였던 아마벨의 정신에 접속한 전쟁성 소속 연구소의 어느 장교가 제안을 했다. 목숨을 살려줄 테니 나라를 위해 싸워보지 않겠느냐고. 아마벨은 장교의 얼굴을 기억하지 못했다. 어느 시점에 그 부분의 기억은 삭제당했던 것 같았다. 어느 시점인지도 기억하지 못했다. 어쨌든 아마벨은 당연히 죽음이 아닌 삶을 선택했다. 그게 선택의 문제이기나 한가? 당시 아마벨의 나이 열네 살이었다. 선택의 문제가 아니었다.

그리고 전쟁이 끝나는 바로 그 날까지 전투를 계속했다. 강력한 기계 팔다리에 수십 킬로미터 밖에 있는 것도 볼 수 있는 눈과 절대 지치지 않는 탄소섬유 심장을 가지게 되었고, 그 모든 능력을 전투에 사용했다. 전투를 배울 필요도 없었다. 그저 데이터베이스에 접속해서 다운로드 받으면 보조뇌와 척수가 알아서 반응했다. 마치 전차에 타고 있는 지휘관이 포병과 운전병과 탄약병에게 명령을 내리는 것과 비슷했다. 아니, 정확히 그것과 같았다. 아마벨의 몸은 전차였고 아마벨의 의식은 그저 얹혀 있는 명목상의 지휘관이었다.

그 몸의 모든 기능은 살인과 파괴를 위해 존재했지만 데이터베이스에는 의료기술이 있었다. 아마벨에게 지급된 눈은 단층촬영과 엑스레이를 겸할 수 있었고 팔은 30년 경력의 외상 외과 의사의 기술을 훔칠 수 있었으며 외부 데이터베이스는 2천 년간 인류가 모아놓은 의학 기술을 불러낼 수 있었다. 당시는 아직 클리니컬 이모털리티가 개발되기 전이었고 이 능력 덕에 동료를 구하기도 했다. 필요한 건 의지였다. 이 모든 것을 종합하는 것은 아마벨의 의지뿐이었다.

사실 그런 의지를 불러낸 것은 실로 오랜만이었다. 한동안은 의술은커녕 전투기술조차 불러낼 일이 없었다. 가끔 소란 자살자,

점퍼를 저격하는 임무가 있긴 했지만 회피 기동을 하지도 않고 광학해킹 수단이나 클로킹 기술을 사용하지 않는 상대를 백 미터 정도 거리에서 날려버리는 데는 그냥 눈과 손가락만 있으면 충분했다. 나머지는 훈련과 지식과 척수 반사신경이 작동하면 그만이었다.

기능을 사용한 후 들곤 하는 외로움이 찾아왔다. 세상과 연결되어 있다가 혼자 내버려진 감각. 그건 옛날 시나 소설에 등장하는 추상적인 감정이나 감상적인 개념이 아니었다. 아마벨에게 기능 후 찾아오는 외로움은 육체적 고통과 완벽하게 동일했다. 마치 10년 동안 마약에 중독되었다가 사흘 동안 약을 못 해서 일어나는 금단증상과 비슷했다. 금단증상은 육체가 일으키는 착각이었다. 몸이 마약을 원하며 죽겠다고 지르는 비명. 하지만 아마벨의 경우 착각이 아니었다. 진짜 외로웠으며 지금 이 순간, 외로움을 육체적으로 느끼며 고통받고 있었다. 결국 백 년 만에 느낀 이 괴로움을 견디지 못하고 아마벨은 텅 빈 병원 옥상에 무릎을 꿇었다.

그렇게 그 자세로 가만히 있었다. 아마벨이 다시 눈을 뜨고 일어나 담배를 꺼내 불을 붙이기까지 약 30초가 지나 있었다. 영원처럼 긴 시간이었다. 맛이 느껴지지 않는 담배 연기를 음미하며 병원에서 아오모리시 전경을 바라보았다. 병원은 산꼭대기에 있었고 시 전체가 아주 잘 보였다. 구름과 안개 사이의 어딘가에 위치한 습기의 덩어리가 시가지의 모습을 가리고 있었지만 아무런 장애도 되지 않았다.

아오모리는 도시 전체가 20세기를 유리병에 담아 보존한 듯 놀랍도록 잘 보전된 곳이었다. 통합 전쟁의 겁화도 이곳을 비껴갔다. 아마 옛날 일본이라고 했던 나라가 연방 가입을 아주 아슬아슬할 때까지 미뤘던 영향이었을 것이다. 연방에 일찍 가담했던 바다 건너 한국은 반통합 연합의 초반 공격을 받고 초토화가 되었다. 일본은 전략적으로 연방과 연합 사이에서 절묘한 줄타기를 했고 그 결과 양쪽의 공격 모두를 피할 수 있었다. 물론 전략적으로 전혀 중요하지 않았기 때문에 가능한 일이었다.

이곳에는 클리니컬 이모털리티 시스템을 사용하는 사람이 별로 없다는 것이 기억났다. 그러니 전쟁 당시 이 도시를 보전하며 살았던 일본인들은 지금쯤 대부분 죽었을 것이다. 문화적인 이유인지, 전통을 지키려고 하는 건지 명확하게 이유가 밝혀지지 않았지만 일본 열도지역에 사는 주민들은 이상하게 클리니컬 이모털리티에 대한 반감이 강했다. 그건 지금도 마찬가지였다. 바로 그 이유로 클리니컬 이모털리티 재생원이 아닌 외상센터가 이곳에 자리 잡고 있었다. 다른 곳이었다면 그냥 죽은 다음 죽기 몇 초 전의 의식이 날아가 저장된 다른 육체로 옮겨가면 끝날 일을 이곳에서는 외과적 시술을 비롯해 나노테크놀러지 같은 구세대의 의술까지 사용해가며 자신의 육체를 고쳐 쓰고 있었다. 아마벨도 대략 비슷한 처지였기 때문에 더욱 이해가 가지 않았다. 아마벨은 이런 진짜 병원도, 클리니컬 이모털리티도 필요 없는 몸이었다. 그래도 몸 여기저기 고장을 고치고 부품을 바꾸고 소프트웨어를 업그레이드하는 일이 지긋지긋했다. 더구나 사비를 들여서 해야 했으니. 이래서 계약서에 사인할 때는 자세하게 읽어 봐야 하는 것이다. 물론 인류의 분류 중 어디에도 끼지 못하는 존재까지 광범위하게 포함하는 계약서를 짤 사람은 없겠지만.

"형사님, 내려오시랍니다."

중년의 간호사가 옥상에 올라오더니 손짓을 하며 불렀다. 모두가 근육질이거나 아름답거나 근육질이면서 아름다운 사회에 백년 넘게 있다가 평범하게 배가 나오고 적당히 불균형한 얼굴을 가진 사람을 보니 어쩐지 반가웠다.

안내한 곳으로 가니 수련의들이 집도를 견학하는 관람실이 나왔다. 문의 맞은편은 유리 벽으로 되어 있어서 수술실 광경을 볼 수 있었고 왼쪽 벽의 전면에서는 수술 부위를 확대한 화면이 흘러나왔다. 로봇팔 열한 개가 수술을 진행하고 있었다. 세 군데 관통상을 입었고 동맥이 하나 찢어졌으며 마지막에 맞은 한발은 부서지면서 내장기관 여기저기를 헤집어놓은 상태였다. 그러나 위기는 넘긴 것처럼 보였다.

"참 훌륭한 처치를 해두셨더군요."

확대한 화면 앞에 홀로그램이 나타났다. 키가 160센티미터 정도 되어 보이는 동양인 남자가 의사 가운을 입고 있었다.

"제가 집도의인 사사키입니다."

거의 자동으로 사사키의 개인 약력을 검색했다. 사사키 타다시. 의사. 스캔드.

"스캔드가 의사라니 놀랍군요."

아마벨은 자기소개를 건너뛰었다. 스캔드라면 아마벨이 누군지

35

이미 알고 있을 것이었다. 아니라면 검색했을 수도 있겠지만 알고 있음과 알게 됨 사이의 시간차는 아마 나노초 이하일 것이므로 구별하는 것은 큰 의미가 없었다.

"인체란 아주 신비로운 존재랍니다. 형사님."

"저는 왜 부르셨죠? 그리고 이렇게 나와서 저랑 얘기하고 계셔도 되나요?"

"당연하지요. 이런 수술이라면 동시에 1천8백 개 정도는 집도할 수 있습니다."

"좋은 서버 쓰시네요."

아마벨은 일부러 신경을 콕콕 찌르는 말투를 썼다. 직업적으로 원래 그런 말투를 쓰기도 했지만 스캔드를 원래 싫어했다. 스캔드(Scanned), 스캔을 당한 존재라는 뜻이다. 뉴트리노 뉴럴 스캐닝이라는 기술을 이용해 뇌의 완전무결한 스캔을 하게 되면 원본이 되는 존재, 즉 인간은 죽고 똑같은 '영혼'을 가진 존재가 컴퓨터 안에서 영원히 살아갈 수 있다. 원본의 인간과 컴퓨터 속의 스캔드가 어떻게 연속성을 가지게 되었는지, 그걸 법적으로 어떻게 인정되게 되었는지에 대해선 기나긴 법정투쟁이 있었다. 지금은 완전히 안착하여 누구도 스캔드의 권리나 인권을 침해하거나 '인간성'을 의심하는 일이 없게 되었다. 그것이 그들이 스캔 되기 전 엄청나게 부자였다는 것과 직접 관련 있을지도 모르지만 적어도 아마벨은 증거를 찾지 못했다. 그랬다. 아마벨은 그들이 인간이 아니라는 증거를 찾아다닌 적이 있었다. 형사로서 아마벨에게 스캔이란 과정은 살인이었기 때문이었다. 하지만 그것도 오래전 일이었다.

의사는 당연한 일이지만 기분 나쁜 기색은 하나도 보이지 않았다. 눈에 보이는 이 평범하게 생긴 남자는 사사키라는 의사의 얼굴이 아니라 아바타였다. 꾸민 얼굴. 그냥 꼭두각시 인형에 불과했다. 만지는 것도 불가능한 꼭두각시 인형. 인형에 표정이 있을 리 없다.

"지금 좀 치료에 곤란을 겪고 있어서 말이죠."

"어느 쪽이죠?"

"오빠 쪽이요."

"그 사람은 비교적 경상이었는데요."

"그게…. 조금 전 뇌사 판정을 내려야 했습니다."

아마벨은 무심코 표정을 일그러뜨렸다.

"대체 무슨 일이 있었죠?"

"혈전이었습니다. 수술 중에 미처 발견하지 못한 혈전이 뇌혈관을 가로막았고…."

"뇌에 산소가 막혀서 죽어갔겠군요."

"혈전 용해제를 직접 투여했지만 보시다시피…."

화면에 뇌파가 나오고 있었다. 거의 움직임이 없었다.

"두 사람 다 클리니컬 이모털리티 시스템에 접속이 되지 않았다지요?"

"네."

"안타깝군요. 의사로서 무책임한 결정이라고 생각합니다."

"무책임?"

"부모가 가입 안 시킨 것 아니겠어요?"

"이곳에 계시는 분치고는 참 이상한 말씀을 하시는군요."

"의사가 필요한 곳이 흔하지 않거든요."

"두 사람이 혹시 애완인간이라는 증거는 없었나요?"

"애완인간?"

사사키 의사는 놀란 표정을 만들어냈다. 매우 그럴듯했다.

"그럴 리가요. 애완인간의 두뇌는 제한적이에요. 이 두 환자는 모두 정상 두뇌를 가지고 있습니다."

"그렇군요. 여자애는 어떻죠?"

"아직 위중한 상황입니다. 최선을 다하고 있습니다만. 수술에 시간이 조금 걸릴 것 같군요."

"그런데 저를 왜 부르신 거죠?"

"살인과 형사 아니셨나요? 저 남자가 사실상 사망했으니 당연히 형사님 관할이라고 생각했습니다. 아닌가요?"

정중했지만 빈정대는 걸 놓칠 만큼 정중하진 않았다. 사람이 죽었다. 사람이 죽었으니 살인과 형사가 나서는 것은 당연한 일이다.

"맞습니다. 사체는 보존실에 옮겨서 보관해주시고, 누구도 접근시키지 말아주세요."

"알겠습니다."

홀로그램은 인사도 없이 사라졌다. 아마벨은 눈에 보이지 않는 속도로 혈관을 수복하고 있는 로봇팔을 보며 작게 속삭였다.

"개새끼."

아마벨은 구급차에서 나눴던 대화를 보조 기억에서 끄집어냈다. 오래간만에 하는 일이라 선 채로 할 자신이 없었기에 앉아서 생각하는 척 턱을 고였다. 보조 기억과 의식 사이의 댐이 열리며 정보가 쏟아져 나왔다. 지나치게 많은 정보 중에 지금 당장 필요한 것을 찾아내야 한다. 먼저 시각 기록. 그리고 청각 기록. 촉각 기록도 같이. 시간은 구급차가 이륙한 순간부터. 필터링을 거치자 터질 것 같았던 머리가 조금 괜찮아졌다.

아마벨은 눈을 감았다.

구급차가 이륙한 순간으로 돌아가 있었다. 대출혈을 막아서 응급처치는 했지만 위급한 상황인 실비의 상태를 살피면서 옆에 같이 누워 있는 톰의 상태도 동시에 살폈다. 톰의 관통상은 당장은 큰 문제가 없어 보였다. 항생제가 필요하겠지만 지금 당장 투여할 필요는 없었다. 잠시 의식 속의 기억과 보조 기억 사이에 틀어진 싱크를 맞추는 데 시간을 들였다. 이 둘은 언제나 불일치했다. 인간의 기억이란 언제나 왜곡된다. 하지만 시각 신경에서 뇌를 거치지 않은 원시 자료를 저장한 보조 기억은 그런 왜곡에서 자유스러웠다. 평소에서 그런 보조 기억 같은 의식 기억을 가지고 있다면 좋겠지만 그건 기계가 된다는 의미였다. 보이는 것을 보지 않고 그저 기억한다는 뜻이니까.

아마벨은 싱크를 마친 후 사상 속에 있는 플레이어에서 가상의 재생 버튼을 생각으로 눌렀다.

시점: 이륙 직후. 음성 파형으로 내 목소리를 걸러내자.

시끄러우니까 구급차 소리도 걸러내고.

마찰음도.

의료기계음도 삭제.

고요함이 찾아왔다. 음성을 보여주는 오실로스코프 화면을 불러낸 뒤 빨리 돌리기 시작.

음성이 널뛰기 시작하는 시점에서 정상 속도.

"형사님, 실비는 살 수 있을까요?"

"……."

"제발 살려주세요. 저는 어떻게 돼도 좋으니까요!"

내 목소리가 들리지 않으니까 대화가 어색하다.

필터링을 끄자.

다시 되감기.

"형사님, 실비는 살 수 있을까요?"

표정 정보 해상도에도 리소스 배당을 올린다.

"나도 몰라. 내가 의사도 아니고."

"제발 살려주세요. 저는 어떻게 돼도 좋으니까요!"

걱정 72퍼센트, 분노 22퍼센트.

정직해 보인다.

"이름이 뭐야?"

"저는 톰이에요. 제 여동생은 실비고요."

"몇 살이니?"

"저는 스물다섯 살이고 실비는 열네 살이에요."

톰이 고통스러워하는 얼굴을 보여서 약한 진통제를 주사.

"성은?"

"성은 없어요. 그냥 어렸을 때부터 톰이라고만 불렸어요."

아마벨은 전 세계에 톰이 얼마나 되는지 찾아보려다가 멈췄다. 의미 있는 결과가 나올 리 만무한데도 검색부터 하는 버릇은 버려야겠다고 생각했다. 멈췄는데도 쓸모없는 방대한 검색자료가 새 창에 쏟아져나왔고 신경질적으로 꺼버렸다.

"어디서 왔니? 고향이 어디야?"

여행을 많이 다녀본 것 같지는 않다. 사회에 대해서도 지식은 없어 보이고. 아마 시위 현장에는 우연히 끼어들었을 뿐일까.

"거묵이라는 곳이었어요."

처음 들어보는 곳. 오랜 세월을 살아온 만큼 아마벨은 지구상 거의 어떤 곳이라도 다 들어본 적은 있었다. 하지만 거묵은 아니었다.

정지.

검색: 거묵.

거묵(Gaumukh)은 인도 히말라야산맥에 있는 마을인 강고트리에서 동쪽에 있는 지명으로 지도상으로는 아무것도 없다. 과거 성스러운 강인 강가강의 발원지로 빙하가 녹아 강이 시작되는 곳이다. 예전에는 힌두교의 성지였지만, 스캔드와 클리니컬 이모털리티로 사실상 영생을 얻게 된 인류는 종교를 버렸고 그 과정에서 힌두교도, 힌두교의 성지도 잊혔다…, 라는 정보가 나왔다. 업데이트한 지 백 년은 됐을 법한 위성 지도에는 이미 오래전에 후퇴해서 없는 빙하가 끝나는 지점에 황무지만 보일 뿐 아무것도 표시되지 않았다. 히말라야 지역을 지금 감시하고 있는 위성이 있기나 있을까? 있다 해도 고작 살인과 형사 권한으로는 접근할 수 없다.

"거기서 어떻게 살았어?"

"우리는 농장에서 살았어요. 춥기는 했지만 양도 치고요, 겨울에 눈이 와서 길이 막히면 갑갑하긴 했지만요."

"평생을 거기서 살았어?"

"네."

[노트: 자백제를 넣은 것도 아닌데 지나칠 정도로 순순히 대답한다. 사회 경험이 없거나 짧을 것이다.]

"너희 남매 말고 몇 명이나 있었어?"

"제가 어렸을 때는 열여섯 명이 있었어요. 하지만 한 명씩 농장을 떠났어요."

애완인간 농장이 이렇게 자유롭다는 얘기는 들어본 적이 없다. 확실히 애완농장은 아니다. 아직도 카진스키주의자가 있나? 관련 없어 보이므로 검색 생략.

"왜 떠났어?"

"모르겠어요. 그 사람들이 왜 떠났는지. 그냥 어느 날 사라졌어요."

이 부분에서 실비에게서 또 다른 출혈이 발견. 혈압이 떨어지고 있었다. 응급처치하는 부분은 무관하므로 빨리 돌리기.

"그 사람들 말고 너희 남매 말이야."

실비의 상태가 나빠지는 것을 보고 사색이 된 톰의 얼굴. 가볍게 뺨을 때렸다. 그리고 투입되고 있는 수액과 약의 양을 같이 늘렸다.

[노트: 이럴 필요까지는 없었다.]

30초 후 제정신을 차린 톰에게 똑같은 질문을 던졌다.

"너희는 거기서 왜 떠났어?"

"우리 둘밖에 안 남았거든요. 저번 겨울에 눈사태가 일어나서 집도 쓸어가고 양들도 모두 죽었어요."

아마벨은 뭔가 까먹은 느낌이 들었다. 뭐였더라. 손끝에 잡힐 듯이 안 잡히는 무언가가 있었다. 해야만 하는 질문인데. 가끔 이렇게 머리에 안개가 낀 것 같은 느낌이 들 때가 있었다. 이런 게 노화라는 건가? 그럴 리가. 반 기계로 된 아마벨의 뇌는 사실상 영원히 작동할 수 있었다. 적어도 설계상으로는.

"어떻게 한국 지역까지 왔지?"

"모르겠어요. 산에서 내려오는 데 한참 걸렸거든요. 리시케시까지는 석 달 걸려서 내려왔는데 그다음부터는 잘 기억이 안 나요."

리시케시. 인도의 소도시 이름. 히말라야로 들어가는 입구. 비틀스? 그게 뭐야.

"거기서 무슨 일이라도 있었어?"

톰의 얼굴이 어두워졌다. 대답하기 싫은 것과 대답하지 못하는 것 사이 어딘가에 있는 표정이다. 이런 미묘한 것까지 얼굴인식이 대신해줄 수는 없다.

"아뇨. 그냥 사람이 너무 많아서요."

[경고: 거짓말]

구급차 벽에 있는 시계가 보인다. 3시 23분. 이륙하고 17분이 지나고 있었다. 착륙 5분 전. 그사이에 더 정보가 없는 걸까. 240프레임을 하나하나 뜯어본다고 해서 정보가 많아지는 것은 아니다. 정크 정보가 많아질수록 가짜 패턴(Pseudo-pattern)이 나타날 가능성만 커진다. 이런 가짜 패턴은 수사에 막대한 악영향을 준다. 경험 없는 수사관은 이런 기계적 패턴에만 의존하다 수사를 통째로 말아먹는다. 하지만 아마벨은 가진 게 경험밖에 없었다. 중요한건 막대한 정보량에 의존하는 것이 아니다. 어떤 정보 안에 존재할 수 있는 패턴은 수학적으로 무한대다. 중요한 것은 그 패턴을 외삽 했을 때 얼마만큼의 정보를 더 얻어낼 수 있느냐에 달려 있다. 얼마만큼의 정보, 즉 미래를 예측할 수 있을 정도가 되는가의 문제다. 복잡한 문제로 보이지만 실제로는 인간이 매일 하는 일이다. 사람은 살아가면서 과거에서 그 순간까지 쌓인 정보를 바탕으로 8초, 80분, 80년 후의 일을 예측하고 그에 따라 행동한다. 범인도 마찬가지다. 다만 수사관은 과거에서 그 순간까지 범인이 쌓아온 정보, 경험을 모른다는 문제가 있다. 그걸 수사 정보에서 외삽으로 알아내야 한다. 말은 복잡하지만 결국 점치는 것과 크게 다를 것 없다. 콜드 리딩을 통해 용의자와 목격자가 무언으로 말하는 정보를 읽고 핫 리딩을 이용해 상대방에게서 정보를 얻어내는 것이다. 그리고 지금 현재의 정보와 부합하는 것을 알아낸다.

이렇게까지 정보, 즉 경험이 적은 상대에게서 그 자신에게도 존재하지 않는 정보를 어떻게 제삼자가 얻어낼 수 있을까. 이런 경험은 처음이었다. 겨우 25년의 세월을 가지고 외삽을 할 수 있을까? 25년의 인생이 패턴을 가질 수나 있을까? 그보다 톰의 25년이라는 인생의 정보를 얻어내는 것조차 거의 불가능해 보였다. 마치 카진스키주의자처럼 히말라야산맥 속에서 살던 스물다섯 살짜리 아이가 디지털 정보를 이 세상에 남겼을 리가 없었다. 있다 해도 큰 도움이 되지 않을 것 같았다. 물론 찾을 수나 있다면 얘기지만.

아마벨은 까마득히 오래된 스물다섯 살의 기억을 떠올리려고 해봤다. 막혀 있었다. 당연했다. 전쟁 당시의 기억은 군사기밀로 봉인되어 있으니까.

"치료를 위해서 물어볼게. 앓던 병은 있었니? 알레르기는? 병력은?"

"그런 거 전혀 없었어요."

마지막으로 톰의 몸을 스캔한 의료정보를 불러냈다. 혈전이라니. 물론 입원한 후 수술 과정에서 발생했을 수도 있었다. 하지만 혹시 자신이 놓친 것이 아닐까 궁금했다. 그랬다면… 아니, 그랬다 하더라도 혈전 제거약도 구급차에 없었고, 있었더라도 출혈 있는 환자에게 이송 중에 투약하지는 않았을 것이다. 아마벨은 자신의 잘못이 아니라는 것을 알고 있었다. 그저 확실히 하고 싶었을 뿐이었다.

아마벨은 눈을 떴다. 그리고 수술준비실에서 수술실 내부에 약품을 공급하는 작업을 하는 간호사에게 말을 걸었다.

"형사입니다. 톰의 시신은 준비되었나요?"

"톰? 아, 죽은 남자 말이군요. 네, 박사님이 지시하신 대로 이송 준비를 해놨습니다. 지하의 시체보관실에 있을 거예요."

"이 수술은 얼마나 더 걸릴까요?"

"보아 하니까 앞으로 2시간은 더 걸릴 것 같네요. 아, 제가 이말 했다고 박사님께는 말씀드리지 말아주세요. 혼나거든요."

이런 경우 간호사의 경험은 매우 정확하다. 수십 년의 간호사 경험이 축적된 인간 간호사라면 더욱.

"감사합니다."

아마벨은 정중하게 고개를 숙여 동양식으로 감사의 인사를 했다. 수원에서도 잘 하지 않던 짓이었다.

시체보관실에는 아무도 없었다. 적어도 살아 있는 사람은. 소독약 냄새가 강렬하게 코를 찔렀고 벽에는 정말 오래간만에 보는 흑판이 있었다. 받침대에는 흰색과 빨간색 분필도 있었다. 1에서 24까지 미리 그려져 있는 칸 중 6번까지 찼다. 아마벨은 톰을 제외하고는 아무도 없을 거로 생각했었다. 원통형 로봇이 다가와 아마벨에게 말을 걸었다.

"무엇을 도와드릴까요."

'로봇 장의사 타로'라고 앞판에 적혀 있었다.

"타로?"

"네. 좋은 이름이지요?"

"그렇군. 너의 주인은 누구지?"

"저는 어떤 스캔드에도 속하지 않은 완전 독립형입니다."

이런 공공서비스에 있는 로봇은 인공지능이 달려 있어도 네트에 연결되어 하급 스캔드의 조종을 받기 마련이었고 완전 독립형은 찾아보기 힘들었다. 오늘은 신기한 걸 참 많이 보는 날인가, 아마벨은 생각하며 인식강화 앱을 작동시켰다. 사고작용을 빨리 움직이게 해서 시간이 마치 느리게 가는 것처럼 해주는 앱이었다. 대신 다른 모든 것이 아주 천천히 움직이게 되므로 대화 한번 하는 데 한세월이 걸리는 지루함을 견뎌야 했다. 아마벨은 직감적으로 이곳이 무언가 이상하다고 생각했고 별로 생각해볼 것도 없이 방비책을 작동시킨 것뿐이었다.

"톰을 찾아줘."

"성은요?"

"없어."

"그냥 톰으로 등록되었겠군요. 따라오시죠."

여섯 구의 시체 중에서 톰을 찾기는 그다지 어려운 일이 아닐 텐데도 저렇게 프로토콜을 넘기지 못하는 걸 보면 인공지능이 틀림없어 보였다. 따라가다 보니 스테인리스 검시대 위에 나체로 톰이 누워 있었다. 아직 부검이 이뤄지진 않았다. 죽은 지 겨우 1시간도 안 되었으니까. 일단 여러 스캐너를 작동시켜서 혹시나 놓친 게 있는지 살폈다. 먼저 의사가 말했던 혈전. 정말 수술 중에 생겼던 걸까? 아니면 아마벨이 못 봤던 걸까? 스캔을 왼쪽 눈에 띄우고 오른쪽 눈으로는 겉모습을 살폈다. 양손으로 작동하는 초음파 스캐너도 작동시켰다. 의학용이 아니라 외부 소음에 민감해서 구급차에서는 사용하지 못했었다.

먼저 발끝부터 조금씩 올라가며 자세하게 살폈다. 혈액 검사상으로는 거의 비정상적으로 깨끗하다는 결과가 나왔다. 아무리 전염병이 사라졌어도 아직 퇴치하지 못한 기생충질환은 세계 곳곳에 있었는데 그 백신의 항체조차 없었다. 허벅지를 지나 내장, 아주 깨끗했다. 조형적으로 조금 이상함을 느꼈지만, 아마벨은 톰이 클리니컬 이모털리티가 만들어낸 재생 몸체가 아니라 완벽한 조형적 정합성을 가지지 않기 때문이라고 추측했다. 아마 대화를 검토하지 않았더라면 이 부분에 괜히 시간을 들였을 것이다.

몸에 난 관통상은 거의 완벽하게 봉합되어 있었고 치료에도 문제는 없어 보였다.

마지막으로 머리. 의사 말이 맞는다면 혈전이 뇌혈관을 막고 있어야 했다. 아마벨은 양손을 톰의 머리에 대고 초음파로 살폈다. 그리고 눈의 스캐너로 동시에 '그것'을 살폈다. 분명히 무언가가 뇌혈관을 막고 있었다. 하지만 그건 분명 피딱지, 혈전이 아니었다. 혈전일 리가 없었다. 세상에 정십이면체 혈전이 있을 리가 없다. 크기도 혈관과 비교해 비정상적으로 컸다. 아마벨은 톰의 시체를 과학수사연구소에 가져가야겠다고 생각했다.

그 순간 고통차단이 활성화되면서 등에 어떤 느낌이 났다. 전쟁 당시 총상을 입었을 때 느꼈던 그 뭉툭하고 풀어진 느낌의 감

48

각이었다. 아마벨이 뒤를 보니 시체보관실 관리 로봇이었다. 오른쪽 팔에 해부용 메스를 들고 있었고 메스 끝은 아마벨의 등에 꽂혀 있었다. 뒤를 돌아보느라 칼에 꽂힌 상처가 더 벌어졌다. 로봇은 잠시 머뭇거렸다. 그러더니 다른 쪽 팔에 들고 있던 수술용 망치를 휘둘렀다. 아마벨은 등에 박힌 메스를 뽑아 쥐며 방어 자세를 취했지만, 망치가 노리는 대상은 아마벨이 아니었다. 로봇은 망치를 던져서 톰의 머리를 맞췄다. 망치는 측두엽을 뚫고 깊숙이 박혀버렸다.

아마벨은 전투모드를 가동했다. 메스는 로봇에 별로 유효한 수단이 아니었으므로 즉시 버리고 그냥 주먹을 휘둘렀다. 로봇은 아무 반항도 하지 않았다. 아마벨의 손에 양팔이 뜯겨 나갔고 프로세서 기판을 보호하던 원통형 몸체가 마치 종이처럼 찢겨 나갔다. 아마벨은 전투모드를 끄고 기판을 살폈다. 적어도 겉으로 보기에는 아무 이상이 없어 보였다. 손에 있는 단자를 작동시키고 인공지능 회로 기판에 손을 댔다. 그러나 논리폭탄이 터져서 전체 코드의 극히 일부만 남아 있었다. 병원의 방화벽이 달린 로봇을 몇 초도 안 되는 사이에 해킹해서 목적을 달성하고 논리폭탄으로 자폭시킬 만한 존재는 세상에 그다지 많지 않다. 하지만 그 존재 중 누가 이런 짓을 했느냐는 감도 잡히지 않았다. 일단 용의자는 있었지만 그 용의자의 배 속에서 지금 이렇게 버티고 있을 수는 없었다. 다만 범인이 무엇을 노린 것인지는 분명했다. 아마벨은 아니었다. 치명상을 가할 작정이었다면 아마벨의 척추를 노리지는 않았을 것이다. 보통의 인간은 척추를 절단하면 아무 힘도 없이 쓰러져 죽었겠지만 아마벨의 척추는 장갑탄도 어느 정도 버틸 수 있다. 아마벨이 목표였다면 그런 사실 정도는 미리 알고 있었을 것이다.

아마벨은 고통 관리자가 비명을 지르는 것을 보고 꺼버렸다. 고통은 버틸 만했다. 겨우 3센티미터도 안 되는 메스 정도, 아마 벨에게는 아무것도 아니었다. 아마벨은 치료 도구를 찾은 뒤 손에 잘 닿지 않는 곳에 생긴 피부를 더듬어가며 치료용 스테플러와 소독용 폼을 사용해 응급처치했다.

적이 누구인지 알지 못했지만 적어도 직접 쳐들어온 것은 아닐 것이다. 이런 로봇을 대신 이용한 걸 보면 다급했던 것이 분명하다.

그 순간 불이 꺼졌다. 병원에서 전등이 나간다는 것은 있을 수 없는 일이다. 적어도 클리니컬 이모털리티가 있기 전의 세상에서는 그랬다. 보조 전력이 가동되지도 않았다. 아무리 오래된 병원이라 해도 보조 충전 장치나 소형 발전기가 없을 리 없다. 누군가가 작동을 중단시킨 게 틀림없었다. 아마벨은 치료를 위해 벗어 놨던 외투를 입고 전속력으로 달렸다. 적들이 원하는 것은 분명했다.

아마벨이 실비가 있는 수술실 층까지 가는 데 19초가 걸렸다. 계단으로 올라가려다 그냥 천장을 뚫고 그대로 올라갔다. 다행히 철근콘크리트 건물이라 별 대단한 장애도 되지 못했다. 그렇게 4개 층을 한 번에 한 층씩 뚫고 수직으로 올라왔다. 수술실 방향에는 내장 전원이 있는 비상등이 마치 반딧불처럼 마지막 빛을 내고 있었다. 정전과 폭음에 놀란 간호사가 아마벨이 낸 구멍 쪽으로 달려와서는 놀란 표정으로 쳐다보았다.

"수술은 어찌 돼가고 있죠?"

"그게… 지금 중단되었어요. 이게 무슨 일이죠?"

아마벨은 대답하지 않고 최고속도로 달렸다.

수술실 안은 어두웠다. 아마벨은 적외선모드를 켜고 안을 들여다보았다. 다행히 실비의 생체기능에 큰 문제는 없어 보였다. 그리고 치명상을 입었던 곳도 모두 봉합이 끝나 있었다. 나노 머신 치료가 남아 있긴 했지만 지금 당장 필요한 것은 아니었다. 아마벨은 8센티미터 정도 되는 두꺼운 알루미늄 유리를 파편이 생기지 않도록 손으로 조심스럽게 잡아 뜯었다. 안으로 들어가자 아주 작은 홀로그램이 실비의 몸 위에 나타났다. 집도의인 사사키 의사였다. 크기를 보아하니 비상등 전력까지 빌려온 모양이었다.

"지금 위중한 상태입니다. 외부 공격이 있어서 수술을 마치지 못했습니다. 동력만 복구되면 수술을 재개할 테니 나가주십시오."

아마벨은 멈칫했다. 홀로그램으로 외부와 소통하는 스캔드들은 자신이 아닌 다른 어떤 모습으로든 형태를 바꿔서 보여줄 수가 있었다. 아마벨은 의식스피드를 가속시킨 다음 전에 봤던 사사키 의사의 홀로그램 모습을 왼쪽에 띄웠다. 그리고 지금 눈앞에 보이는 사사키 의사의 홀로그램과 비교했다. 홀로그램은 크기는 달라도 본질적으로 같은 전자적 성질을 가지고 있다. 하지만 다른 것이 있었다. 행동 패턴. 표정과 대화 패턴. 이것은 스캔드마다 아주 미소하게 달랐다. 보통 사람이라면 이런 실시간 비교가 불가능했겠지만 아마벨은 가능했다. 1초가 다 지나기 전에 아마벨은 결론을 내릴 수 있었다. 다행히 사사키 본인이었다.

"지금 병원 전체가 공격당하고 있는 거 몰라요?"

"수술 중이라 보안시스템에 접속을 끊은 상태… 뭐야, 이게 대체!"

사사키의 작은 얼굴에 경악이 떠올랐다.

"잠시 기다리십시오, 형사님."

홀로그램이 사라졌다. 아마벨은 실비를 수술대에서 아주 조심스럽게 들어서 옮겼다. 다행히 마취약이 충분히 들어가 있어서 반항을 하지도 않았고 끔찍한 고통을 겪지 않아도 되었다. 수술실 옆의 1인용 회복실에 두고 실비의 몸을 재차 살폈다. 옮기는 도중에 상처가 터질 수도 있기 때문이었다.

그때 불이 들어왔다.

그리고 회복실에 사사키가 나타났다. 원래 크기였다. 평온한 표정이었지만 홀로그램에 낀 노이즈를 보니 아직 정상은 아닌듯했다.

"막아냈습니까?"

"네."

"누구였죠?"

"모르겠습니다."

아마벨의 미간에 주름이 생겼다. 그럴 리가 없을 텐데.

"공격한 게 스캔드인 건 맞습니까?"

"몰라요."

사사키의 말투가 어쩐지 공격적이었다. 다시 본인이 맞는지 확인했다. 본인이 맞았다. 혹시 우리가 도착하기 전에 이미 사사키가 아닌 다른 스캔드가 이 병원을 움직이고 있었을 가능성은 없을까? 그랬다면 이렇게 힘들게 수술을 하지도 않았을 것이다. 그 가능성은 작았다. 아마벨은 아무 단서도 안 잡히는 게 너무 짜증 났다. 하지만 화가 나더라도 세상일에는 우선순위가 있었다.

"실비는 이대로 내버려둬도 되겠습니까? 수술실로 다시 가야 하나요?"

"당신이 부숴놓는 바람에 다른 수술실을 준비하고 있습니다. 소독하고 기기 준비하려면 시간이 걸릴 테니 간호사들이 오면 맡겨두면 될 겁니다. 지금은 아까처럼 급박한 상황도 아니고요."

"그렇다면 당신도 한가할 테니 다른 데로 가서 얘기 좀 하죠. 원장실은 따로 있나요? 아니면 병원 서버실이라도?"

아마벨은 일부러 서버실을 들먹이며 빈정거리듯 말했다. 마치 너는 인간이 아니라 모조 인간인 스캔드일 뿐이고 서버가 네 몸이라고 말하듯.

"원장실로 가죠. 3층에 있습니다. 그런데 형사님도 다치신 것 같은데 치료받으셔야죠?"

아마벨은 회복실을 나가면서 홀로그램 쪽을 보며 '내가 널 뭘 믿고'라고 커다랗게 적혀 있는 듯한 눈빛을 보냈다.

일단 초소형 드론을 실비의 몸에 붙여놨으니 당장 무슨 일이 일어나더라도 막을 수 있을 것이다. 지금 당장 해야 할 일은 협조를 거부하는 목격자에게서 범인의 정보를 뽑아내는 것이었다. 보통 사람이라면 편했겠지만 상대가 고통도 느끼지 못하고 사실상 무한대에 가까운 재력을 가지고 있는 스캔드라면 불편한 일 투성이었다. 하지만 아마벨은 불편할 기분이 아니었다. 더 이상은.

원장실로 안내하는 홀로그램 사사키는 그저 앞에 서서 걸어가는 척할 뿐 아무 말도 하지 않았다. 방 앞에 도착하자 홀로그램이 사라졌다. 아마벨은 순간적으로 사사키가 문을 열어주길 기다렸다. 그럴 리가 없는데. 스스로 문을 열고 들어가자 고풍스러운 원목 책상 뒤에 사사키가 앉아서 기다리고 있었다. 아마벨은 문을 닫고 앞에 있는 다소 불편해 보이는 의자에 앉았다. 아마 들어오는 사람, 환자가 위압감을 느끼도록 꾸민 것 같았다. 전혀 쓸모가 없는 방을 일부러 꾸며놓았으니 그런 목적이라도 없으면 안 되는 것일까.

아마벨은 입을 여는 대신에 외투 속에 있던 가죽 주머니를 꺼내 테이블에 꺼내어 풀었다. 아까 사건이 터진 순간에는 미처 조립할 틈이 없었던 총이었다. 순식간에 검사와 조립을 마치고 탄창에 36발의 단침탄이 있는 걸 확인한 후 입을 열었다. 사사키는 그 짧지만 영원처럼 어색한 순간에도 먼저 입을 열지 않고 표정 없이 기다리고 있었다.

"지금부터 내가 하는 얘기 잘 들어요. 오늘 나는 근무지역도 아닌 곳에 가서 내 일도 아닌 일을 보다가 아주 오래간만에 끔찍한 경험을 했어요. 끔찍한 건 참겠다 이거예요. 그런데 힘들게 살려서 병원까지 데려왔더니 한 명은 죽이고 또 한 명을 죽이려 했네?"

"원하는 게 뭡니까."

"불어요. 전부 다. 스캔드 중에 누가 이 병원에 공격을 건 거야. 당신도 피해자잖아. 복수하고 싶지 않아?"

사사키는 잠시 말이 없었다.

"좋아. 스캔드 사회에서 쫓겨날까 봐 무섭다 이거군. 남의 눈이 두려워서 폭행을 당하고도 참는 사람을 옛날에 많이 봤는데 말이야. 당신 같은 사람은 그 축에도 못 껴. 겁쟁이 같으니라고. 그러면 내가 다른 스캔드들에게 댈 핑계를 만들어줄게."

아마벨은 총의 안전장치를 풀고 바닥을 향해 세 발을 발사했다. 단침총에서 조용히 발사된 단침은 무른 콘크리트를 몇 겹이나 뚫고 1층 어딘가에서 폭발을 했다. 멀리서 폭음이 3번 들리자 사사키가 소스라치듯 놀라며 벌떡 일어났다. 당연한 일이었다. 폭발은 서버실 메인 전원부의 바로 옆과 냉각장치 바로 옆, 그리고 메인 프로세서 콤플렉스 바로 옆에서 일어났으니까. 어느 하나라도 잘못되면 사사키는 온갖 위세와 권력을 가지고 영원히 살아가는 스캔드라는 인격체에서 꺼진 메인프레임이 된다.

"말하기 싫으면 그대로 조용히 있어. 당신 서버가 가루가 될 때까지."

"날 해치면 환자도⋯."

"알 게 뭐야. 난 날 공격한 놈은 절대 가만 안 둬. 당신이 지금 멀쩡한 이유는 당신도 피해자이기 때문이야. 딱 그 이유밖에 없어. 그리고 당신 아니더라도 내가 죽지 않을 정도로는 치료할 수 있어. 여긴 병원이잖아?"

홀로그램이 다시 의자에 앉는 시늉을 했다. 그리고 굳은 표정을 만들더니 분노한 눈초리를 흉내 냈다.

"톰이라는 남자….."

아마벨은 말하다 말고 담배에 불을 붙였다. 부러져서 잘 빨리지 않았다. 사사키는 마치 담배 냄새를 맡을 수나 있다는 듯 불쾌한 표정을 지었다.

"혈전으로 사망했다고 말씀드렸죠. 그런데 지금 보니 그게 아니었습니다. 뇌에 뭔가가 장착되어 있었어요. 그걸 검사해보려고 하자 뇌가 정지된 겁니다."

"스캔 장치?"

"몰라요. 그런 건 내 전문이 아닙니다."

아마벨은 다시 정중한 말투를 썼다. 경험상 이 편이 더 위협적으로 들린다는 걸 아마벨은 잘 알고 있었다.

"그러면 질문의 방향을 바꿉시다. 당신을 공격한 스캔드는 누굽니까? 일단, 스캔드라는 사실을 부정하진 마시고."

사사키의 표정이 평정을 되찾았다. 가상으로 꾸며대던 감정과 표정이 사라지고 완벽하게 통제된 상태의 인간적이고 인공적인 뻔뻔함으로 돌아왔다.

"말할 수 없습니다."

아마벨은 다시 한 발을 쐈다. 이번에는 메인프레임실 바로 위에 있는 수도관 바로 옆이었다.

"말할 수 없습니다."

뭔가 이상했다. 스캔드도 결국 인간이고 인간이라면 생명의 위협에 반응하기 마련이다. 특히 죽기 싫어서 스캔드가 된 사람들이니까. 하지만 지금 사사키는 전혀 그런 반응을 보이지 않았다. 아마벨은 다시 홀로그램의 체크섬을 검사했다.

다른 스캔드였다.

"넌 누구냐."

사사키의 얼굴을 한 자는 일부러 만들어 낸 비열한 웃음을 지으며 말했다.

"코발레프스키 형사, 더는 이 일에 관여하지 마시오."

"다시 묻지. 넌 누구냐."

"당신이 군에 있었다는 사실을 알고 있는 사람이지. 빚이 130억 크레디트가 넘는다는 것도 알고 있는 사람이고."

아마벨은 감정억제 프로그램을 작동시켰다. 완벽한 포커페이스를 만들 자신은 있었지만, 자기 자신에 대해 너무 과신하지 않는 것이 좋다는 건 경험으로 알고 있었으니까.

"그딴 건 우리 서의 경찰견도 아는 얘기야."

아마벨이 있는 수원서에는 사실 경찰견이 없었다. 있으면 좋겠다고 생각한 적은 있었다.

"군에 있을 때 상당히 심한 짓도 많이 저질렀더군. 양군? 루방구? 아레키파? 그것도 강아지조차 알고 있는 사실인가?"

아마벨은 대답하지 못했다. 확실히 존재하지 않는 경찰견이 알리 없는 사실이었다. 왜냐하면, 자신도 모르는 얘기였기 때문이었다.

"지금 날 협박하는 건가?"

아마벨은 전쟁 당시 이 세 개 도시에 무슨 일이 있었는지를 검색하려다가 멈칫했다. 상대방은 스캔드다. 이걸 네트에 접속해서 검색한다는 것은 스캔드도 알아차릴 것이다. 그 스캔드가 이 스캔드와 동맹 관계를 맺고 있을지도 몰랐다. 아니, 아예 동일 인물일지도 몰랐다. 아마벨은 스캔드 사회에 대해서 보통 사람보다는 잘 알고 있었지만 이런 미세한 부분까지 알 수 있을 정도는 아니었다.

"아니. 불행히도 그건 국가기밀이니까. 그런 것을 까발렸다가 다치기는 싫어. 그냥 나의 힘을 보여주고 싶었을 뿐이었어. 어때, 물러서겠어?"

아마벨은 손에 깍지를 꼈다. 아무 의미 없는 동작이었지만 어쩐지 고치지 못한 버릇이었다. 그리고 손을 풀고 커피 테이블에 놓아두었던 총을 흘깃 바라보았다.

"사사키는 어찌 됐지? 당신들 두 사람을 모두 담을 정도의 서버는 아니던데."

"아, 잠시 압축해서 처박아뒀어. 걱정하지 마. 우리에게도 코드라는 게 있으니까. 우리…."

"알아. 당신들은 서로 죽일 수 없다는 거."

홀로그램은 말을 끊기자 기분 나쁜 표정을 보였다. 처음 보는 감정반응이었다. 아마벨은 그런 반응을 더 보고 싶었다. 그래서 단침총을 다시 손에 쥐고 말했다.

"그럼 이래도 되겠네."

일어선 아마벨은 발아래를 겨눠서 다시 한 발을 쐈다.

"무슨 짓이야!"

스캔드처럼 권력을 가진 자가 놀라는 모습은 장관이었다. 아마 아무도 본 적이 없을 거라고 아마벨은 생각했다.

"빨리 이 병원 메인프레임에서 나가. 방금 쏜 거로 수도관이 터졌어. 곧 전력에 합선이 일어나겠지. 그다음은 알겠지?"

홀로그램은 이를 악무는 표정을 보이더니 사라졌다. 왜 그런 표정을 보인 걸까? 아마벨은 알 수가 없었지만 그래도 기분이 좋았다. 총을 허리춤에 차고 밖으로 나가면서 휘파람을 불었다. 그런데 잘 불어지지 않았다.

아마벨은 실비를 들어서 오른쪽 어깨에 걸쳤다. 그리고 발로 수술대를 걷어차 홀로그램 발생 장치를 향해 날려 보냈다. 홀로그램이 사라지며 동시에 벽에 커다란 구멍이 생겼다. 아마벨은 가볍게 뛰어내렸다. 바닥에 닿기 직전에 이메일이 왔다. 겨우 몇 초 사이에 스캔드 사사키 의사가 사과 메일을 보냈다. 아마벨은 주차된 차에 올라타면서 이메일을 읽었다.

"죄송합니다. 형사님. 오늘 벌어진 일은 우리 병원이나 저와는 아무 상관 없는 일이며…."

변명, 그리고 사과문이었다. 스팸으로 분류해버렸다. 지금은 생각할 게 너무나 많았다. 왜 실비를 노린 걸까. 사사키는 스캔드였다. 스캔드를 제압할 수 있는 것은 다른 스캔드밖에 없다. 하지만 그들이 왜 이런 소녀를 원하는 걸까. 왜 죽기를 바라는 걸까. 정말 죽이고 싶었던 걸까?

아마벨은 차 뒤 칸에 실비를 조심스럽게 눕혔다. 그 순간 전화가 들어왔다.

서였다.

"네."

"어디야?"

서장이었다.

"아오모리라는 곳에 있는 병원입니다."

"그건 알아. 왜 아직도 거기 있어?"

"범죄 현장이 여기거든요."

아마벨은 방금 겪었던 장면을 서장에게 보냈다. 서장은 멍청한데다 무능했지만 적어도 부패 경찰은 아니었다. 아마벨이 아는한은. 그리고 아마벨은 서장에 대해서 꽤 잘 안다고 생각했다. 주기적으로 감시하고 있었으니까. 경험상 상사만큼 조심해야 하는인물은 없다. 동료 다음으로.

"이게 뭐야. 너 지금 로봇에게 공격당한 거야?"

"로봇이 머리가 있나요. 누군가가 조종했겠죠."

"설마…. 스로 시작하는 그것들이?"

서장은 보통은 멍청하지만, 가끔 경험에서 오는 예리함을 보여줄 때가 있었다. 자주 있는 일은 아니다.

"아직 증거는 없습니다. 하지만 여긴 그래도 명색이 국립 병원이고 방화벽이 중상급은 되고요. 그러니까…."

"스로 시작하는 개새끼들이라는 얘기군."

"범인이 뭐건 간에 여기로 과학수사팀 좀 보내주세요. 여기 시체도 부검해야 하고요."

"부검? 무슨 부검?"

아마벨은 말도 하기 싫어져서 수원에서 벌어진 시위부터 어떻게 병원에 비등록자가 오게 되었는지를 요약해서 보고서 형식으로 보냈다.

"그러니까 로봇이 죽인 게…."

"아. 얘는 이미 죽어 있었어요."

"그럼 살인은 아니잖아? 그럼 네가 거기 왜 있는데?"

이럴 때는 무능하지.

"아, 잔말 말고 과학수사팀이나 보내요. 끊습니다."

"야, 잠깐!"

"네?"

아마벨은 짜증에 극도에 달하고 있었다. 등에 난 상처도 짜증에 한몫하고 있는 것 같았다.

"너 유일무이한 부하를 또 던져버렸다며?"

"거기엔 충분한 이유가…."

아마벨은 잠시 핑곗거리를 생각했다.

"없네요."

서장의 매끈한 얼굴에 나이가 나타났다.

"내일까지 시말서 써놔. 내사과에서 찾아가도 나는 찾지 마라, 알겠냐?"

"네입."

"아, 참. 또 과학수사대한테 떠넘기지 말고 거기서 기다리고 있다가 확실하게 인수인계해."

"네입."

"말투하고는…."

전화가 끊기자 아마벨은 상황을 다시 분석했다. 지금 당장은 위협이 없는 것 같았다. 병원의 '타로'의 예를 봐도 급박하게 공격을 준비한 게 틀림없었다. 그렇다면 준비하는 데 시간이 걸릴 것이었다. 아마벨은 실비를 다시 차에서 데리고 나와 병원 침대에 실었다. 간호사에게 실비를 넘긴 후 과학수사대가 올 때까지 뭘 해야 하나 생각했다. 그러다 이 병원에는 실비 말고도 환자가 있다는 것이 생각났다. 어쩐지 병원 여기저기에 생채기를 만들어놓은 것이 미안해졌다.

3

수도관은 터지지 않았다. 아마벨은 왕년에 배운 솜씨를 살려서 밸브를 잠근 뒤 봉합 테이프로 대충 감아 누수를 막았다. 스캔드 메인프레임실에는 아마 물 분자 하나도 못 들어갈 정도로 어중간한 누수였다. 그런데도 스캔드는 도망가고 말았다. 그들이 물질세계에 거의 영향을 끼치지 못하기 때문이었다. 이렇게 작은 누수도 그들로서는 막을 힘이 없었다. 예를 들어 도우미 로봇을 해킹해서 배관작업을 할 수는 있을 것이다. 하지만 이런 작업에 전문화된 로봇이 아닌 이상 꽤 시간이 걸린다. 물론 성공이나 한다면 말이지만.

아마벨은 아니꼽긴 해도 그런 이유로 스캔드를 싫어하긴 해도 적대시하지는 않았다. 아마벨은 현실에 살고 그들은 사이버스페이스에 살며 그렇게 서로 각자의 세계에서 겹치지 않고 살아가기만 하면 될 일이다.

아마벨이 수리를 마치고 올라오자 수술실에서는 사사키가 미처 하지 못한 실비의 수술 마무리가 진행되고 있었다.

"닥터 사사키, 수술은 성공했습니까?"

"당연하죠. 간단한 드레싱 작업만 하면 마무리되는 거였습니다."

"불만이 많으신가 보군요."

"아니 왜 남의 병원을 엉망으로 만듭니까!"

사사키가 또 가공의 분노를 불러냈다.

"그쪽을 공격한 스캔드를 쫓아낸 것도 바로 저입니다. 잊었습니까?"

사사키는 말이 없었다.

"아무튼, 구급차는 불러와요. 서울로 데리고 갈 테니까."

"환자는 안정이 필요합니다. 지금 옮길 수는…"

아마벨은 소름 끼치도록 상냥한 표정을 지으며 말했다.

"당장."

먼저 해야 할 일은 실비를 옮기는 것이었지만 동시에 할 수 있는 일도 있었다. 증거수집. 일단 경찰이니 경찰 일을 해야 한다. 먼저 일어난 일을 하나하나씩 리와인드로 돌려봤다. 어디까지를 증거수집 범위로 잡아야 하는지를 정해야 영장을 신청할 수 있기 때문이었다. 아마벨로서는 아주 짜증 나는 서류작업에 속하는 일이었다. 더구나 이 서류가 사람이나 스캔드가 아닌 인공지능 판사에게 제출되는 것이라 더욱 짜증 났다. 조금이라도 오류가 있으면 영장은 반려되기 마련이었다. 인권을 지켜야 한다나? 아마벨은 영장 신청을 할 때마다 수백 년간 모아놨던 모든 짜증이 한 꺼번에 밀려오는 기분이었다. 인권이라니, 툭하면 사람에게 총을 갈겨대는 경찰이 무슨 인권을 지킨다고. 아마벨은 시민이 시위해도 경찰이 손끝 하나 건드리지 못하던 시대를 기억했다. 그 이전에 말 그대로 시민을 사살하던 시대도 기억했다. 클리니컬 이모털리티의 시대가 온 이후 경찰은 이전 시대 방패로 시민을 찍어내던 기분으로 기관총을 갈겨대고 있었다. 인권, 웃기는 소리다. 죽지만 않으면 다인가? 아마도 안 죽으면 전부 해결되는 모양이었다.

아마벨은 무심결에 영장에 담긴 이런저런 불만을 다시 불평을 쏟아내며 삭제했고 제대로 편집한 버전을 보냈다. 반려되는 데 정확히 17초가 걸렸다. 오타가 있었던 모양이었다. 제대로 된 영장을 받기까지 여섯 번을 반려당했다.

영장이 통과되자 병원으로 과학수사대원이 출발했다는 메시지와 함께 지역 경찰에도 현장 보전 명령이 내려졌다. 이제 아마벨이 할 일은 그들이 올 때까지 실비 곁을 지키고 있는 것뿐이었다. 사사키가 준비한 구급차는 이미 옥상에 도착해 있었다.

✳

스캔드는 근본적으로는 인간에 무한히 가까운 컴퓨터이다. 인공으로 만든 것은 아니니 인공지능은 아니고 본질적으로 네트와 연결되어 있는 아주 강력한 컴퓨터에 불과하다. 어떤 스캔드는 120층 높이의 거대한 빌딩 크기 슈퍼컴퓨터를 혼자 독차지하고 있지만 대부분은 지하터널에 만들어진 거대한 냉각 수조 속 양자 컴퓨터 안에 존재한다. 사사키처럼 작은 컴퓨터를 사용하는 스캔드도 있다. 종합병원의 지하 전체가 슈퍼컴퓨터로 채워져 있는데도 스캔드의 기준으로 보면 손목시계나 다름없었다. 그래도 모두 컴퓨터였고 모두 네트에 연결되어 있다. 사사키가 더 큰 스캔드에 당할 수 있었으니 그보다 못한 컴퓨터는 말할 것도 없다. 구급차에는 인공지능 프로그램이 전혀 없었고 모두 네트와 교신을 하며 빌린 컴퓨팅 파워로 자동운전장치가 작동했다. 당연히 해킹에 취약할 수밖에 없다. 동해 위에서 적 스캔드에게 공격을 받는 것만큼 난감한 일이 없을 것이다. 그래서 아마벨은 우선 구급차에 달린 통신장치의 안테나를 부숴버렸다. 분해할 수도 있었겠지만 그냥 귀찮았다. 그리고 수동조종 모드로 바꿨다.

실비를 이동 침대에 싣고 와서 구급차의 생명유지장치에 연결한 후 예후를 살폈다. 안정적이었다. 아마벨이 가진 센서로 건강 상태를 체크할 수 있었지만 직접 운전을 해야 하므로 손을 뺄 수가 없었다. 병원의 인간 간호사를 한 명 데리고 갈 수 있으면 좋겠지만 결국 사사키의 부하 직원이다. 전적으로 믿을 수는 없었다.

차를 이리저리 만지고 나자 마치 기다렸다는 듯이 정어리 통조림처럼 생긴 과학수사대 차량 두 대가 다가왔고 아마벨은 차에서 다시 내렸다. 깡통에서 내린 사람은 다행히 아는 얼굴이었다.

과학수사대 반장인 구인영은 괜찮은 사람이었다. 자주 볼 일은 없었지만 무뚝뚝하면서도 할 일은 제대로 제시간에 하는 것으로 경찰 내에서 유명인사였다. 일을 제대로 제시간에 하는 경찰을 찾기란 사실상 불가능했다. 그런 건 아마벨도 하지 못했다. 정확히 말하자면 안 한 것이지만.

아마벨은 머릿속에 있는 사건 관련 기록에서 불리한 부분을 대충 편집해서 물리적으로 복사한 뒤 구인영 반장에게 넘겼다. 구인영은 받자마자 아무 말도 하지 않고 손등에 달린 리더에 끼웠다. 구인영은 잠시 파일을 읽고 나더니 말했다.

"사고 쳤네요, 코발레프스키 과장."

아마벨은 어깨를 으쓱했다.

"그러게요. 그럼 최대한 빨리 결과를 알려줘요. 톰이라는 남자의 시신 부검 결과도요."

"멀쩡한 병원 건물에 사격은 왜 해요? 여기 비보험 인간이 환자로 있다는 거 몰라요?"

아마벨은 한숨을 푹 쉬면서 말했다.

"어휴, 그럼 내사과에 보고하시든가. 알아서 해요."

내사과는 아주 지긋지긋했지만, 그래 봤자 저들이 할 수 있는 일이라고는 몇 개월 정직이나 감봉처분뿐이다. 정직이면 고맙게 받아서 카리브해로 여행이나 떠나면 될 일이고, 감봉이면 몇 달 정도는 라면만 먹고 살 수 있다. 간신히. 아예 해고 처분이나 당할 수 있으면 좋겠지만 불가능했다. 빚을 다 갚을 때까지는 경찰 일을 그만둘 수 없다. 그리고 그 빚은 마치 암세포처럼 늘어만 가고 있다. 처음에 계약서를 설계한 자는 늙어서 죽는다는 것이 이 지구에서 사실상 사라지리라는 것을 예상하지 못했던 것이다. 누가 그런 걸 예상하나. 하지만 그래도 찾아서 패주고 싶은 마음이 사라지는 것은 아니었다.

아마벨은 운전석에 앉아 몇 년은 아무도 건드리지도 않은 먼지 낀 조종간에 손을 댔다. 그리고 심호흡을 하고 눈을 감았다. 구급차의 눈에 동기화가 되고 열여섯 개의 카메라로 기체 주위를 볼 수 있게 되었다. 항상 그랬지만 이런 동기화를 할 때마다 뇌에 과부하가 걸리는 느낌이었다. 차량이나 무기가 가진 양자 회로의 가상 위장에서 가상 식도를 타고 나오는 가상의 토사물이 뇌에 쏟아지는 느낌. 아마벨은 비행에 필요한 네 개의 주 카메라를 빼놓고 다른 카메라는 전부 꺼버렸다. 그러고 나니 조금 덜 더럽혀진 느낌이었다.

조종에 익숙해지고 독도를 지나 울릉도 상공에 다다랐을 무렵 다른 생각을 하면서도 운전을 할 수 있을 정도로 마음과 회로에 안정이 찾아왔다. 30분 정도면 도착할 것이다. 가면서 아마벨은 상부에 뭐라고 변명해야 할지부터 왜 실비와 톰이 스캔드에게 위협을 받는 것인지 생각했다. 뭔가 말이 되지 않았다. 스캔드가 직접 행동에 나선다는 것은 들어본 적도 없었다. 물론 하수인을 시켜서 더러운 짓을 하는 건 직접 본 적이 있었다. 하수인의 하수인의 하수인의… 하수인이겠지만. 기본적으로 스캔드는 돈이 많은 자들이었다. 무엇이든 살 수 있고 컴퓨팅 파워만 충분하면 무엇이든 할 수 있었다. 소문에는 전 세계를 완벽하게 재현한 세계에서 홀로 사는 스캔드도 있다고 들었다. 아마 상상을 초월하는 컴퓨팅 파워와 돈이 들겠지만, 마음만 먹으면 무엇이든 가능했다.

그렇다면 대체 왜 두 사람을 원했던 걸까?

아직 증거가 정리되진 않았지만 아마 사사키를 해킹해서 톰을 죽인 건 문제의 범인, 스캔드가 틀림없었다. 시위 현장에서 톰이 당한 부상은 치명상이 아니었다. 그 점은 아마벨의 진단 스캔 결과로 증명할 수 있었다. 수술 도중에 발생한 뇌혈관에 혈전이 막혀서 죽었을 가능성은 물론 있었지만 로봇이 톰의 머리를 부숴버리기 직전에 봤던 그것은 적어도 정상적인 혈전은 결코 아니었다. 그게 정말 톰이 죽은 원인이 된 것인지, 아니면 다른 원인으로 죽었을 뿐이고 그 '혈전'은 그 자리에 원래 있었는데 범인이 그것이 아마벨의 손에 들어가는 것을 막기 위해서 급히 해킹을 저지른 것일지 알 수 없었다. 증거가 부족했다.

또 하나의 가능성도 생각해야 했다. 왜 실비는 지금 살아 있는 걸까? 아마벨은 차내 카메라를 켜서 실비를 살폈다. 생명 반응은 모두 정상보다 미약하지만 악화되지는 않고 있었다. 아마벨은 그제야 실비의 얼굴을 제대로 볼 수 있었다. 눈을 감고 있고 입에 삽관이 되어 있었지만 아름다운 얼굴이었다. 아마벨의 미적 기준이 비록 수백 년 전에 머물러 있긴 했지만. 실비의 창백한 얼굴을 들여다보다가 어쩐지 훔쳐보는 기분이 들어서 카메라를 껐다. 생명 반응은 카메라를 통하지 않아도 충분히 살필 수 있다.

다시 생각의 꼬리를 잡고 따라가기 시작했다. 왜 실비는 살아 있는 걸까? 아마 죽이려고 든다면 실비 쪽이 훨씬 죽이기 쉬웠을 것이다. 아마 사사키의 로봇팔 중 하나 정도만 점유했어도 가능했을 것이다. 아주 작은 실수, 아주 작은 천공만 냈더라도 실비는 살아남지 못했을 것이다. 하지만 실비는 내버려두고 톰을 노렸다.

살인이 목적이었다면 구급차 자체를 추락시키는 방법도 있었다. 하지만 아무런 방해도 없었다.

그렇다면 내릴 수 있는 결론은 하나였다. 범인 스캔드는 톰이 죽길 원했지만, 실비가 죽기를 원하지는 않았던 것이다. 그렇다면 다시 처음의 질문으로 돌아가야 한다. 왜 세상 모든 것을 가진 스캔드가 클리니컬 이모털리티에 등록조차 되어 있지 않은 어린 소녀를 원했을까? 실비는 가진 것이 아무것도 없었다. 아니 시민 등록도 되어 있지 않았으니 정말 문자 그대로 가진 것이 전혀 없었다. 그렇다고 특이한 몸을 가졌거나 하는 것도 아니었다. 기록을 봐도, 지금 실비를 봐도 아무런 특이점이 없었다. 혹시나 해서 톰에게 있던 그 '혈전'이 실비에게도 있나 하고 찾아봤지만 없었다. 정말 보통의 소녀였다. 물론 요즘 세상에 이런 '평범한 소녀'를 보기는 매우 어려웠지만.

멀리 도시의 불빛이 보이기 시작했다.

2부

피맛골

4

서울.

철근이 녹아내리는 부서진 건물 옆, 틀 속에서 새로 프린트되고 있는 건물이 공존하는 영원한 변화의 도시. 수백 년간 변함이 없음에도 고정된 것 역시 없이 계속해서 부서지고 지어지기를 반복하는 불필요한 맥동이 서울의 밤하늘을 규칙적으로 두들기고 있었다. 고고도에서 보면 전기(前期) 라파엘파 그림을 흐트러뜨리지 않고 가루로 만들려다 실패한 것 같은 형상이 영등포에서 시작하여 말라버린 한강을 지나 여의도를 감싸고 합정을 뒤덮고 있었다. 그렇게 시작된 발작은 건축이라는 추상 개념이 마치 치사량의 두 배를 넘는 LSD를 먹고 광란을 벌이는 듯한 형태로 진입했다. 그리고 남산 주변에 이르러 어쩐지 인상파 그림처럼 흐릿하면서도 안정을 되찾다가 동쪽으로 가면 갈수록 또 다른 광기로 치달았다. 그곳에서는 회화적 감성이 사라지고 펜로즈의 계단을 무한히 복잡하게 만든 건물을 다시 펜로즈의 계단 형태로 지어가는 중이었다. 마치 모기의 여섯 개 침이 여기저기를 부수고 뚫고 범하다가 공간을 발견하면 암세포처럼 퍼지고 있는 형상이었다. 강남은 정신을 잃을 것 같은 혼돈의 세계 한가운데에서 홀로 명상을 하는 불승처럼 고고하게 질서정연한 수백 층짜리 고층 건물이 공중다리로 연결되어, 벌이나 거미가 만들어낸 기하학적인 형상을 자아내고 있었다. 서울이 이런 모양을 하게 된 데에는 이유가 있었다. 그리고 그 이유를 아마벨은 이 고도에서도 마치 눈앞에 있는 것처럼 똑똑히 볼 수 있었다.

왕십리 근처, 사대문 안의 질서와 동부 지역 광기의 접경 지역에서는 불법으로 지어진 고층 빌딩과 그걸 없애려는 시청 건축과 직원들의 전투가 벌어지면서 여기저기서 EMP 총이 발사 순간 반짝거리는 것을 아마벨은 볼 수 있었다. 보통 사람의 눈이라면 보이지 않았겠지만, 아마벨이 볼 수 있는 스펙트럼은 쓸데없이 넓었다. 하지만 의미도 없이 계속 변화하는 도시의 상공을 수동으로 비행하려면 반드시 필요하긴 한 능력이었다. 경찰 신호를 내보내고 있으니 불법 비행으로 격추당할 일은 없었지만 그래도 어디서 뭐가 날아와도 이상하지 않은 곳이었다.

통합전쟁 당시 서울 상공에서 전투가 벌어졌을 때, 추락하는 전투기와 장갑 전차에 피해를 보았던 시민들은 큰 빌딩 옥상에 버려져 있던 발칸포를 개조해 날아다니는 거면 무엇이든 쏴버리는 전략을 택했다. 전략이라기보다는 일종의 방공자경단이라고

74

해야겠지만. 반통합파는 이를 내버려두지 않고 공습을 감행했고 중심가를 비롯한 대부분 지역이 초토화되었다. 그런데 누구인지 아직도 이름이 밝혀지지 않은 천재가 나노 머신을 이용한 건축 방법을 서울에 쓰기 시작했다. 아무리 폭격을 해도 일주일 만에 고층 빌딩과 주거지역이 되살아나는 마치 좀비 같은 도시가 된 것이다.

결국, 점령도 불가능하고 파괴도 불가능한 도시가 된 서울을 포기할 수밖에 없었다. 진짜 문제는 통합전쟁이 끝난 이후였다. 17년간의 통합전쟁을 지나며 서울이라는 생물은 진화를 거듭했고 이제는 멈출 수 없는 지경에 이르렀다. 나노 컨스트럭터를 조종하는 인간들은 단기 부동산을 팔아치우기 위해서 통제 권한을 통합 지구 정부에 넘겨주기를 거부했다. 연방정부는 반통합파만큼 바보였던 것이다. 그래서 서울 내부의 '접경 지역'에는 오늘도 전투가 벌어지고 있었다.

그렇게 영원히 변화하고 영원히 진화하며 영원히 누구의 지배도 받지 않는 사실상의 무정부 도시 서울이 탄생했다. 서울시 정부는 존재했지만 완벽한 혼돈의 도시에 자신만의 질서를 가져오려고 발버둥 치는 또 하나의 파벌에 불과했다. 그리고 그런 질서를 원하는 건 서울시 정부만이 아니었다. 각종 부동산 회사와 증권회사와 은행은 시청과 구청과 피비린내 나는(하지만 누구도 죽지 않는) 영원한 전쟁을 계속하고 있었고 언젠가 자신들이 정한 자신들만의 질서를 이 도시 전체에 강제할 날을 꿈꾸고 있었다. 이 도시에서 질서는 권력이었고 권력이 곧 질서였다. 그리고 사람들이 원하는 질서는 서로 완전히 모순이었다.

그런 서울에도 변하지 않는 곳이 있었다. 바로 고궁이었다. 전쟁 직후, 통합 지구 정부가 자리를 잡기 전 서울시 정부는 20세기 말에 복원된 고궁을 나노 컨스트럭터로부터 보호하기 위하여 돔을 세웠다. 실재하는 돔은 아니고 나노 머신들이 침입하지 못하도록 하는 전파로 된 패러데이 케이지 같은 것이었다. 그리고 나노 머신들은 그 자신들이 들어가지 못하는 그 경계선 아슬아슬한 데까지 건물을 지어댔다. 그리하여 가상의 돔 위에 진짜 돔이 만들어졌다. 안에서 보고 있으면 언제 무너질지 몰라 아슬아슬하게 느껴졌지만 고궁을 관리하는 문화재 관리청은 문제의 근본을 없애는 대신에 푸른 하늘을 투사해서 보여주기 시작했다.

그런 가운데 두 개의 고궁 사이에 어느 것에도 속하지 않는 곳이 나타났다. 그곳은 고궁 밖이 아니었기에 무한히 변화하는 도시의 소용돌이에 휩쓸리지 않았다. 동시에 고궁 안도 아니었기에 융통성 없이 무자비한 문화재 관리청의 관리하에서도 벗어나 있었다. 그곳은 이미 먼 옛날 사라진 좁은 골목이었던 피맛골이라고 불렸다. 그 장소도 아니고 그런 모양의 장소도 아니었지만 이름만이 부활했다. 피맛골은 이제 온갖 무정부주의자가 들끓는 도가니가 되어 있었다. 경찰도 서울시청도 문화재 관리청도 손을 대지 못하는 이곳에는 행성 간 우주선과 통합 지구 정부의 최고 기밀이 오가는 시장이 있었고 바깥에서라면 눈 깜짝할 사이에 연행될 불법 기술을 만들어내는 공방, 그리고 그 모든 것들을 거래하는 자들의 안전가옥도 있었다.

아마벨은 실비를 보호하려면 이 태풍의 눈 한가운데에 들어서는 수밖에 없다고 결론 내렸다. 피맛골은 스캔드들의 손이 닿지 않는 지구 유일의 장소였다. 장악하려면 할 수도 있겠지만, 서울의 부동산가격을 생각한다면 사실상 무한의 부를 축적한 스캔드조차도 딸꾹질에 걸릴 정도로 거대한 부가 있어야 이곳을 통째로 사들여 통제할 수 있었다. 피맛골이 나름대로 가치가 있는 곳이긴 했지만 그 정도는 아니었다.

구급차가 피맛골 상공에 접근하자 그 위층을 일주일 전과는 다른 건설사의 나노 머신이 감싸고 있는 것이 보였다. 곤란한 문제였다. 새로 주도권을 쥐고 싶어 하는 자가 착륙을 허가해줄지 알 수 없었기 때문이었다. 경찰 권력은 딱 거기까지였다. 2백 년 된 30밀리미터 발칸포로 공격당하지 않을 권력.

아마벨은 한숨을 쉬고 차를 상공에 정지시켰다.

"경복궁 상공의 건물에 통과를 요청합니다."

대답이 없었다. 아직 관리 인공지능이 설치되지 않은 건가? 아마벨은 나노 건물에 대해서는 잘 알지 못했다. 나노 건물이 완성된 다음에 기술자가 와서 인공지능을 설치하는 것인지, 아니면 인공지능이 나노 머신을 조작해서 건물을 만드는 것인지. 닭이 먼저인가 달걀이 먼저인가.

"피맛골이 목적인가?"

"그렇습니다."

"피맛골에 착륙하는 문제는 내 담당이 아니다."

"착륙은 제가 알아서 할 테니 통로만 열어주세요."

"98초 후에 지정한 루트로 통과하시오. 통신 끝."

제한적인 지능을 가지고 있는 건물 인공지능들의 문제는 융통성이 없는 데다 공격성에 비정상적일 정도로 민감하게 반응한다는 점이었다. 그래서 말투부터 공손해야 했다. 짜증 나는 일이지만 허세, 비꼬기, 비유, 농담을 알아들을 정도의 지능을 가지고 있지 못하니 어쩔 수 없는 일이었다. 트집잡히면 괴로운 건 이쪽이니까.

잠시 후 달리의 시계 그림에서 시계의 스프링이 다른 차원으로 풀리듯 안쪽으로 구멍이 생기며 통로가 만들어졌다. 원래 이곳을 지하철이 아닌 차로 비행해서 접근하는 경우가 거의 없으니 아마벨도 처음 보는 광경이었다. 아마벨은 지정된 루트를 차가 아닌 자신의 시각에 입력한 후 아주 천천히 비행했다. 원래 통로가 아닌 곳에 나노 로봇들이 '양보'를 하면서 생긴 구멍에 불과한지라 조명도 없었고 유도등도 없었다. 너비도 구급차가 겨우 통과할 만큼만 벌어져 있었고 가끔은 이미 입주한 주민들과 창문을 통해 눈을 마주치기도 했다. 한 아이는 집이 꿈틀거리며 변하는데 놀랐는지 고양이를 끌어안고 겁먹은 표정으로 바라보았다. 아마벨은 웃어주고 싶었지만 프로세싱 파워를 표정으로 돌리긴 싫었다.

통과하는 데는 5분 정도 걸렸고 통과하자마자 바로 피맛골의 몇 안 되는 주차장이 나왔다. 무뚝뚝한 인공지능이었지만 생각외로 친절했다. 친절이 아니라면 순전히 우연이거나. 아마벨은 상냥한 인공지능이라고 여기기로 했다.

＊

쥐어짠 고름처럼 삐져나온 인간들이 비좁은 피맛골 길거리를 가득 채우고 있었다. 차가 겨우 한 대 지나갈 만한 골목 양쪽에는 식당과 바디숍, 테크숍이 늘어섰고 사람들은 각자 강화된 목청을 이용하여 소리높여 호객하고 있었다. 이 수많은 사람들이 대체 어디서 나와서 어디로 향하는지는 알 수 없었지만 적어도 실비가 누워 있는 이동용 침대를 끌고 가는 데는 엄청나게 방해가 된다는 것은 알 수 있었다. 사실 인파가 움직이는 데는 아마벨과 실비가 더욱더 큰 방해가 되고 있었다. 누가 험상궂은 표정을 지을 때마다 아마벨은 살짝 경찰 배지를 보여주었다. 피맛골에서는 경찰권을 발휘할 수 없었지만 대부분의 멍청이들은 그런 건 잘 모른다.

그렇게 30분이나 걸려서 겨우 2백 미터를 이동했고 다행히 찾고 있던 바디숍이 나타났다. 모래가 창문에서 떨어지다 눈높이 정도에서 서로 달라붙어 굳어지며 팔과 다리, 척수 모양을 그렸다. 바디숍은 빚 때문에 더는 클리니컬 이모털리티 보험을 사용할 수 없게 된 사람들이 오는 곳이었다. 팔다리에 이상이 생기거나 척추가 부서지거나 하는 부상을 당하면 의사 면허도 없는 종업원의 손으로 수리해서 지긋지긋한 삶을 지속할 수 있었다. 아마벨이 이곳을 알고 있는 이유는 자신의 육체를 '수리'하기 위해서였다.

아마벨은 침대를 밀면서 문을 거칠게 열고 가게 안으로 들어섰다. 계산대 뒤에 누워 있던 17세기 유럽풍 옷과 가발을 쓰고 마치 가면처럼 두꺼운 화장을 한 사람이 벌떡 일어났다.

"이 아이 좀 고쳐줘."

그 사람은 마치 정지화면처럼 일어난 자세로 멈춰 아마벨을 쳐다보았다. 그렇게 한참을 숨도 쉬지 않고 서 있다가, 아마벨이 짜증을 내려는 순간 입을 열었다.

"다른 데 가봐, 아마벨."

아마벨이 이 바디숍 점장과 거래를 해온 지도 거의 50년이 넘어가고 있었다. 절대 믿을 수 없는 놈이었지만 사사키 같은 돌팔이 스캔드에 비교하는 것을 모욕으로 느낄 정도로 실력이 훌륭했다. 물론 봉합 실력 같은 것은 로봇팔 달린 스캔드가 더 훌륭할지도 모른다. 명색이 스캔드이니 스캔 되어 나온 정보를 분석하는 것도 더 잘할지도 모른다. 하지만 인간의 몸을 창의적으로 자르고 붙이고 상처입히고 치료하는 것은 오로지 오기현만이 할 수 있는 마술이었다. 물론 마취상태에서 환자의 인공장기, 가끔은 생체장기마저 빼다가 팔아치우는 악질이긴 했지만. 그래도 아마벨에게는 정직한 장사꾼이었다. 정직하지 않을 수가 없었으니까.

"말 못 들었어? 딴 가게 가보라니까."

"나한테 화났어, 오′?"

오′의 발음은 성조를 줘서 강하게 발음해야 한다. 오, 이렇게. 오기현은 이렇게 부르는 걸 무척 싫어했다.

"화났구나! 우리 자기."

"화 안 났어!"

오기현이 화를 냈다.

"꼭 자기 필요할 때만 나 찾지."

"이번에는 공무야. 꼬박꼬박 낸 세금에서 착실하게 경비 처리해줄 테니까 치료해줘."

두껍게 칠한 화장 아래 얼굴이 눈에 띄게 풀어졌다.

"알았어."

오기현은 퉁명스럽게 대답하더니 침대를 끌고 뒷방으로 향했다.

"미리 말해두지만 얘는 보험 비가입자니까 조심해. 실수하면 바로 과실치사죄야."

"뭐?"

오기현은 주머니에서 외눈 안경을 꺼내 끼더니 실비의 몸을 훑듯이 살폈다.

"세상에, 이런 애를 어디서 구했어?"

마치 귀중품이라도 발견한 듯한 얼굴이었다.

"피해자야."

"이건 경찰 짓인데?"

"시위 현장에 있었어."

"망할 짭새 새끼들."

"야, 나도 경찰이거든?"

"넌 다르잖아."

오기현은 침대를 치료실로 끌고 갔고 실비에게 붙어 있는 것을 하나하나 치료실의 기자재와 연결했다. 그러고는 여러 수치를 소리 내서 읽고 난 뒤 말했다.

"당장 급할 건 없네. 마무리 치료는 1시간 정도 걸릴 거야. 최고급 코스메뉴로 간다. 알았지? 흉터가 있는지 알아내려면 현미경을 가져와야 할 거야."

"내 돈 나가는 것도 아닌걸."

아마벨은 어깨를 으쓱했다. 사실 경비처리가 될지 안 될지 확신이 서지 않았다. 경찰 예산이란 게 뻔한데 과연 이런 부랑아를 위해 그렇게 많은 돈을 써줄지. 그건 그때 가서 생각하자.

"그리고 스캔드가 이 아이 오빠를 죽였어."

레이저 피부 재생기를 조작하던 손이 멈췄다.

"내가 항상 말했지. 그것들은 악마라고."

"항상 말했잖아. 나도 그렇게 생각한다고 말이야."

"그랬지."

오기현이 낄낄대며 웃으며 다시 손을 바삐 움직였다.

"나가서 기다려. 더러운 숨 뿜지 말고."

아마벨은 극단적으로 깨끗한 치료실을 나와 극단적으로 더러운 대기실로 돌아갔다. 그사이 근처에 있던 주민이 들어와서 기다리고 있었지만 아마벨의 얼굴을 흘깃 보더니 이곳의 매너대로 봐도 못 본 척을 시작했다. 아마벨은 진짜로 그 사람 얼굴을 보지 않았다.

언뜻 보기에도 부서지기 직전일 듯한 플라스틱 대기실 의자에 앉아 이제 뭘 해야 할까 생각하려던 찰나 메일이 들어왔다. 이곳에서는 전화가 잘 통하지 않는다. 전화뿐만 아니라 무선통신 자체가 잘 통하지 않았다. 쉴 새 없이 변화하는 나노 컨스트럭터 탓에 중계기를 설치하기 어렵기 때문이기도 하지만 그건 표면적인 이유이고, 실제로는 피맛골을 지배하고 있는 조직인 재건축조합이 일부러 사보타주를 하고 있었기 때문이었다. 재건축조합이 심혈을 기울여 설치한 방벽은 고궁을 감싸고 있는 나노 머신 방지용의 전파적 패러데이 케이지가 아닌 진짜 쇠와 구리와 알루미늄으로 된 패러데이 케이지였다. 그것도 전체를 완전히 감싸는 것이 아니라 각 건물에 있는 전파 흡수제와 반사제와 철망과 알루미늄 은박지와 드러난 구리 선을 교묘하게 배치하여 만들어져서 서울시나 재건축조합 같은 조직 눈을 피할 수 있었다. 아마 상공에서 직접 볼 수 있다면 눈치챌 수 있을지 몰랐지만 수시로 변하는 건축물에 가려서 실제로 그 각도에서 피맛골을 보는 것은 불가능했기 때문에 들키지 않을 수 있었다.

그렇다면 왜 이런 전파장벽을 만들었는가. 그건 간단했다. 여기에 사는 사람들은 모두 스캔드를 두려워했다. 그리고 증오했다. 두려움과 증오는 같은 감정이다. 아마벨은 자신이 스캔드를 증오하지는 않는다고 생각했다. 특히 피맛골의 바디숍에 앉아서 감히 증오를 논할 자격은 없었다. 피맛골 사람들의 증오에 비하면 아마벨이 느끼는 가벼운 역겨움은 미워한다는 분류에조차 속하지 못할 값싼 감정이었다.

아마벨은 피맛골 인트라넷에 유료 계정을 구매해 접속해서 외부 메일을 받았다. 싸지 않은 이용료였지만 그렇다고 안 쓸 수도 없었다. 들어가 보니 메일이 와 있었다. 과학수사대 구인영 반장이었다. 생각보다 빠른 보고였다. 아마벨은 증거목록과 현장 감식 보고서를 보고 나서 왜 빨랐는지 알게 되었다. 거의 잡히는 것이 없었던 것이다. 그럴 만했다. 스캔드가 물질적 증거를 남길 리가 없었다. 그렇다고 정보증거를 뒤지기에는 영장이 한정되어 있었다.

스캔드, 이 경우에는 사사키의 서버를 뒤질 수 있는 권한이 구인영에게는 없었다. 사실 그런 영장은 이론적으로 신청할 수 있을지 몰라도 통과되는 경우는 없었다. 스캔드는 완전한 인간으로 인정되고 있었고 그들의 서버, 즉 영혼과 뇌와 육체가 한데 뒤섞인 그 컴퓨터는 연방정부 헌법상 개인의 사생활 보호 조항에 의해서 강력하게 보호되었다. 물론 단서조항은 있었다. '중대한 사건에 한하여 침해할 수 있다.'라고 말이다. 중대한 사건이 뭐란 말인가? 반역? 테러?

하지만 아마벨은 입장상 사생활 보호 조항의 적용을 찬성할 수밖에 없었다. 안 그랬다가는 아마벨 두뇌에 있는 사소한 생각부터 성생활에 이르기까지 자신의 모든 것이 털려 나갔을 것이다.

일단 병원에서 건질 만한 것은 예상대로 아무것도 나오지 않았다. 나머지는 직접 찾아내는 수밖에 없었다. 먼저 필요한 건 컴퓨팅 파워였다. 살인과 예산으로 충분한 타임을 살 수 있을까. 사실 올해 예산이 얼마나 남았는지도 잘 몰랐다. 회계프로그램만은 깔아놓지 않았기 때문이었다. 잔돈 세기는 정말 딱 질색이다. 컴퓨터가 모두 계산해준다 해도.

다시 수원역 시위 현장. 이미 경비과에서 채증한 기록이 있으니 꺼내서 쓰면 된다. 아마벨은 빌린 컴퓨팅 파워를 이용해서 먼저 실비와 톰을 찾아냈다. 하지만 아마벨이 원하는 건 그게 아니었다. 수원 광장에 있었다는 사실은 이미 알고 있었으니까. 시위 현장에 오기 전까지 어디서 뭘 했는지 동선을 따야 했다. 여기에는 적지 않은 컴퓨팅 파워가 필요했다. 특히 동선이 어딘가에서 끊어져 있다면. 그리고 분명히 어딘가에서 끊어져 있을 것이다.

먼저 수원역 내부로 돌아간다. 톰과 실비. 두 손을 꼭 맞잡고 긴장한 표정이다. 역사로 올라가면서도 수많은 인파에 익숙지 않은 표정이다. 옷은 병원에 실려 갈 때 피범벅이 되어 있던 바로 그 옷. 그런데 어느 열차에서 내렸는지 명확하지가 않다. 1호선 전차는 너무 오래되어 고장났는지 내부 감시카메라가 작동하지 않았다. 62호선은 서울에서 오는데, 아무래도 서울을 거쳐서 수원까지 왔을 것 같진 않았다. 서울은 아무것도 모르는 외지인이 마음대로 들어가고 나가기가 쉽지 않은 곳이다.

아마벨이 지금 하는 일은 한정된 컴퓨팅 파워를 어디에 배정하는지에 대한 것이지 실제로 두 사람이 어디서 어떻게 왔는지를 추리하는 것이 아니었다. 예를 들어 1호선이 아닌 E호선에 배치하게 된다면 컴퓨팅 파워는 훨씬 적게 들 것이다. E호선은 대륙이 아닌 태평양 쪽에서 들어오는 선으로 강원도의 지하를 관통해서 멈추지 않고 바로 수원역에 선다. 따라서 인종 구성이 한반도 지역의 지루한 구성과 달리 다양하기 때문에 오히려 구별이 쉬워진다. 하지만 여기 함정이 있다. E호선 열차는 동쪽에서 온다. 톰의 말에 의하면 두 사람은 히말라야에서 내려왔다고 했다. 그 말은 서쪽에서 왔다는 얘기였다. 따라서 컴퓨팅 파워를 덜 쓰는 E호선 대신 사방팔방으로 뚫려 있는 1호선과 그 지선을 훑어야 한다는 뜻이었다.

컴퓨팅 파워를 이용한 수사의 문제점은 고비용이었다. 그리고 더욱더 큰 문제점은 대체 그 비용이 얼마가 나올지 전혀 예측할 수 없다는 데 있었다. 심지어 못 찾을 가능성도 작지만 존재했다. 세상은 넓고 어떤 일이 일어날지 알 수 없으니까, 정말로 뿅 하고 도로 한가운데에서 나타나지 말라는 법도 없지 않나. 아마벨은 두 사람이 그러지 않았길 튜링에게 기도 올리면서 최소비용 청구서 파일을 카드 패 뽑아보듯이 천천히 열었다. 그 돈이면 아마벨의 빚도 갚을 수 있을 정도였다. 아마벨은 0의 행렬을 잠시 멍하니 쳐다보다가 검색을 실행시켰다.

"어차피 내 돈도 아닌데, 뭐."

진행표시가 늘어나고 있었지만 종종 뒷걸음치기도 했다. 새로운 지역의 네트워크에 들어가야 하거나 새로운 방법론을 만들어야 하거나 하는 경우일 것이다. 어쩌면 사설 보안 네트워크를 해킹하고 있을지도 몰랐다. 블랙박스. 뭘 어떻게 하는지 들여다볼 수 없지만 맡은 일은 반드시 해내는 블랙박스. 아마벨은 그게 사실은 안을 들여다볼 수 없는 검은색 상자가 아니라는 것을 알고 있었다. 시간만 있다면 그 자신이 그 블랙박스가 되어줄 수도 있었으니까. 시간만 있다면. 한 백만 년 정도?

아마벨에게도 매우 우수한 컴퓨터가 달려 있었지만 이런 규모의 계산을 하기에는 어림도 없었다. 하지만 이런 생각도 들었다.

안면 인식 같은 건 이미 수백 년 전에 나온 기술이었다. 이런 싸구려 고대기술을 쓰는 데도 그렇게 거대한 컴퓨팅 파워가 필요할까? 아니, 정확히 말을 하자. '비싼' 컴퓨팅 파워가 필요할까? 옛날을 기억 못 하는 젊은이들은 몰라도 아마벨은 뭔가 이상하다는 것을 항상 느끼고 있었다. 스캔드들이 전 세계의 컴퓨팅 파워를 독점하게 되면서 쥐꼬리만 한 잉여 컴퓨팅 파워를 가지고 치고받고 싸우고 있는 것 아닐까? 비록 확인해볼 방법은 없었지만 다른 논리적인 결론을 찾아낼 수가 없었다. 다만 파헤쳐볼 여유도 없고 이유도 없었기 때문에 그냥 내버려두고 있었을 뿐이었다.

이걸 안다고 실제로 뭘 어떻게 할 방법도 없었지만.

그래서 아마벨은 스캔드를 싫어했다. 전 세계에서 생산하는 에너지 대부분은 컴퓨터에 들어가고 있었다. 실제로 존재하는 인간들이 아닌 컴퓨터 속의 한 줌밖에 안 되는 인간프로그램들을 위해 지구 인류가 생산하고 있는 에너지의 80퍼센트가 넘게 들어가고 있는 것이다. 만약 그걸 다른 곳으로 돌린다면 지구 시민들이 영원히 사는 가난뱅이에서 벗어날 수 있지 않을까? 문득 아마벨은 스캔드가 대체 몇 명이나 있는지 궁금해졌다. 간단한 검색을 하면 금방 나올 정보니까 검색해봤다. 나오지 않았다. 대표적으로 알려진 유명 스캔드들이라면 리스트가 있었다. 부와 명예를 가진 자들은 자취 없이 사라지기 힘드니까. 하지만 모든 부자가 다 유명한 것은 아니었다. 쓰레기 정보로 가득 찬 스팸 페이지가 영원히 이어졌고 결국 이런 방식의 단순 검색으로는 스캔드가 몇 명이나 지구에 있는지 알아낼 수 없다고 결론 내렸다. 스캔드들이 자신들에 대한 정보를 역정보로 파묻어버리도록 조작한 것일까? 그럴 가능성이 매우 컸다. 하지만 전쟁 전의 지구에서도 셀레브리티에 대한 대중의 관심은 거의 관음적이고 집착적이었다. 그러니 지금까지 그런 관심이 지속한다 해도 별로 이상하지 않았다.

사실 뭐든 상관없었다. 이렇게 노닥거리는 동안에도 살인과의 예산이 컴퓨팅 파워를 마켓에서 사들이는 데 들어가고 있었고 곧 바닥을 보일 것이다. 제발 그 전에 발견되길 다시 빌었다.

아마벨이 대기실에서 일어나 커피를 한 잔 타서 가지고 돌아오려는데 메일이 왔다.

'경로가 확인되었습니다.'

먼저 진짜 남매가 지난 경로인지 확인할 필요가 있었다. 예상한 대로 루트는 히말라야 밑자락에 있는 하리드와르에서 시작되었다. 하지만 그다음 루트는 혼돈 그 자체였다. 어떤 목적성도 보이지 않고 규칙성도 보이지 않았다. 두 사람은 누군가를 찾아다닌 걸까? 아니면 그냥 먹고 살기 위해 떠돌아다닌 걸까? 인도 쪽은 불과 수십 년 전까지만 해도 지구상에서 유일하게 지구연방으로부터의 독립을 유지하고 있던 나라였다. 그 말은 아직도 연방의 교통체제와 공적자금이 투입되고 있는 도중이라 대부분 지역이 21세기 수준으로 낙후되어 있다는 뜻이었다. 그 이유로 혼란스러운 루트가 만들어졌는지도 몰랐다.

그래도 수확은 있었다. 하리드와르는 히말라야의 산자락 끝에 있는 작은 마을 리시케시로 들어가는 입구에 해당하는 중소도시였다. 즉 톰이 했던 진술대로 거묵에서 출발해 강고트리를 지나 우타르카시와 리시케시를 지나 하리드와르에 도착했다는 뜻이었다. 백 퍼센트 증명된 것은 아니지만 적어도 거짓말을 했을 확률은 상당히 줄어들었다.

두 사람은 하리드와르를 떠난 이후 콜카타로 갔다가 뉴델리로 다시 온 후 라자스탄 지역을 어지럽게 돌아다니더니 남인도로 방향을 틀었다가 다시 북인도로 돌아왔다. 아마벨은 문득 두 사람이 쫓기고 있었을지도 모른다고 생각했다. 그래서 이렇게 무작위로 이동했을지도 몰랐다. 그렇다면 두 사람이 어떤 경로로 움직였는지보다 누가 이들을 추적했는지를 알아내는 것이 더 중요해졌다.

또 컴퓨팅 파워가 필요해지는 순간이었다. 인도에 사는 20억이 넘는 사람 중에 두 사람의 경로와 일치되게 움직인 사람을 찾아내야 한다. 이번에는 예산이 얼마나 깨질까. 또 퍼부을 예산이 남아 있기나 할까? 이건 모래밭에서 바늘 찾기가 아니었다. 그 정도는 할 수 있는 영역이었다. 지금 하려는 건 바늘 밭에서 바늘을 찾는 일이었다. 알고리즘을 만드는 데 소요될 초기비용과, 별로 신빙성은 없었지만 실제 추적에 들 컴퓨팅 파워 비용 예상 금액을 뽑아봤다.

알고리즘 금액만으로도 부서가 아니라 수원시 전체 예산을 훌쩍 뛰어넘었다. 자동생성된 청구서에서 가장 눈에 띄는 건 추적자가 팀으로 움직였을 가능성을 포함했을 때였다. 한 사람이 남매를 쫓지 않았을 가능성. 아마벨은 잠시 그 가능성을 잊고 있었다. 그렇게 되면 필요한 컴퓨팅 파워의 수십, 아니 수천 배가 더 늘어도 실패할 가능성이 있었다. 물론 추적자가 처음부터 존재하지도 않았을 가능성까지 생각해둬야 한다.

아마벨은 일단 보류해두기로 했다. 보류한다 해서 저런 거액의 예산이 어디서 떨어지는 건 아니었지만.

그 부분은 일단 건너뛰고 인도를 어떻게 떠났는지를 살펴봤다. 두 사람은 1년이나 걸려 도망(추정하건대) 다녔고 결국 콜카타로 돌아왔다. 그곳에서 흔적이 툭 끊겨 있었고 2주 후 안다만 제도에 있는 항구에서 실비가 관광객 카메라에 찍혔다. 인도에서 찍힌 사진과는 달리 짧은 머리에 헐렁한 티셔츠와 반바지 차림이었다. 그리고 똑같은 복장을 한 사진이 다시 2주 후 싱가포르, 그다음은 대만을 지나 두 달 전 인천에 도착했다. 아마 여러 화물선을 얻어 탄 것 같았다. 그렇다면 무슨 이유에서 이곳으로 왔을까. 그냥 우연일까.

아마벨은 문득 기본적인 것을 까먹고 있다는 걸 깨달았다. 부검 보고서는 메일에 포함되어 있지 않았던 것이다. 아직 끝나지 않았나? 과학수사 보고서가 다소 빨리 나온 편이니 그럴 가능성이 컸다. 그리고 더욱 중요한 것이 하나 더….

"끝났어. 들어가봐. 애가 오빠를 찾네."

오기현이 어울리지 않게 심각한 표정으로 말했다. 죽음이 사라진 세계에서 누구에게 부고를 전하는 일이란 살인과 경찰이 하는 일이었다.

입원실 문 앞에 선 아마벨은 우선 심호흡을 했다. 그리고 문을 열고 들어갔다. 오래됐는지 경첩에서 끼익 하는 기분 나쁜 소리가 났다.

"안녕."

"안녕하세요. 우리 오빠 못 보셨어요?"

온종일 실비의 얼굴을 보고 있었지만, 눈을 뜬 모습은 이번이 처음이었다. 감시카메라 영상으로는 봤지만 실제 두 눈으로 보는 것하고는 전혀 달랐다. 아마벨은 이렇게 아기처럼 맑은 눈을 가진 사람을 처음 만났다. 아니, 아기나 다름없었다. 이 세계에서 백 세가 넘지 않는 사람은 만나기가 힘드니까.

"저기요, 괜찮으세요?"

아마벨이 쳐다보기만 하고 아무 말도 하지 않자 불안한 표정의 실비가 물었다.

"아니야. 난 아마벨이라고 해. 넌 실비지?"

"네, 언니. 우리 오빠는요?"

"어디까지 기억하니?"

"오빠랑 역에서 나와서 올라온 것까지 기억해요. 사람 많은 곳으로 가야 한다고 생각했어요. 그래서 몰려가는 사람들 틈에 끼어들었어요."

톰이 생각한 게 아니라?

"맞아, 수원역 앞 광장에 있었던 시위에 있었어. 거기서…."

창백한 실비의 얼굴이 더욱 창백해졌다.

"커다란 천둥소리가 막 나면서 사람들이 쓰러졌어요! 피가….

피가!"

실비는 갑자기 공황에 빠졌다. 너무 큰 충격을 받은 나머지 눈물조차 나오지 않는 듯했다. 아마벨은 사용하기 싫었지만 이 말이 사실인지 거짓말탐지기에 걸었다. 진실이었다. 정말 패닉에 빠진 걸까? 아마벨은 몰래 아랫입술을 살짝 깨물고 실비의 어깨를 다독였다.

"실비, 먼저 내가 질문을 할 텐데 힘들겠지만 대답해줄래? 중요한 거야. 그러면 네가 알고 싶은 것도 모두 말해줄게."

거짓말이었다. 말해주고 싶어도 말해주지 못하는 것이 너무나 많았다.

"네, 언니."

실비가 조심스럽게 고개를 끄덕였다.

"먼저 소개부터 해줄래? 네 이름이 실비라는 건 톰한테 들었어."

"제 이름은 실비고요, 열네 살이에요. 고향은 거묵이라는 데고요. 거묵이라고 들어보셨어요? 정말 아름다운 곳이에요. 춥긴 하지만요. 건조하기도 하고요. 가끔 숨쉬기가 힘들긴 해요. 그래서 막 뛰어다니면 안 돼요."

"응 들어봤어. 히말라야에 있지?"

"네. 거기서 계속 살았어요. 그런데 정말 심심한 곳이었어요. 친구도 없었고요."

"너희 말고 어른들은 없었어?"

"있었는데 모두 떠나버렸어요. 2년 전부터는 오빠하고 저만 있었고요. 그런데 눈사태가 일어나서 기르고 있던 양 떼가 모두 죽어버렸어요. 오빠하고 저는 겨우 살아남았고요."

양 떼라니.

"그랬구나. 그런데 떠난 사람 중에 기억나는 사람은 있니?

"한 6년 전? 모르겠어요. 그냥 떠났어요. 맬러리라는 언니였는데, 그냥 어느 날 일어나 보니 사라지고 없었어요."

[노트: 맬러리도 추적할 것. 큰 희망은 갖지 말자.]

"그냥 자기가 갈 시간이 왔다고 했던 건 기억나요."

"갈 시간? 그러니까 원래 그곳에서 계속 살 예정이 아니었다는 거니?"

"그런가 봐요. 나도 떠날 시간이 오느냐고 막 보챘더니 그럴 거라고 했어요. 저는 정말 거길 떠나고 싶었거든요. 거긴 진짜 아무것도 없었어요. 아마 지금도 아무것도 없을 거예요."

"또 기억나는 사람 있니?"

"왜 이런 걸 묻는 거예요?"

실비는 짜증이 나는 것 같았다. 과거의 일은 어찌 되든 좋지 않으냐는 태도. 어린아이에게서 볼 수 있는 참을성의 결여. 너무나 오래간만에 보는 것이라 아마벨은 당황스러울 정도였다. 이 아이를 정말 아이로 대하려고 해도 백 년 넘게 각인된 '겉모습을 믿지 말라, 모두 노인이자 늙은 아이들이다'라는 행동강령을 바꾸기가 어려웠다. 눈. 너무나 맑고 투명해서 아무것도 봐온 것 같지 않은 천진한 눈. 군에 있을 때 만난 동료 중에 말을 좋아하는 자가 있었다. 탈 줄도 모르는 주제에 경마에 미쳐 있었는데, 전역 후 경찰이 되어서 다시 만나니 마권 업자를 하고 있었다. 왜 말을 좋아하느냐고 물으니 인간의 눈에서는 볼 수 없는 완벽한 투명함이 말의 눈에는 아직 남아 있기 때문이라고 했다. 지금 실비를 보면서 어쩐지 그의 심정이 이해가 될 것만 같았다.

"실비야, 잘 들어. 난 경찰이야. 경찰이 뭔지는 알지?"

실비가 대답 없이 고개를 끄덕였다. 경찰이라는 단어에 어쩐지 두려움을 느낀 것 같았다. 세계 어디를 가나 다 마찬가지다. 경찰을 좋아하는 사람은 없다. 좋아하는 사람이 있다면 경찰이 뭔지 모르는 사람뿐이다. 경찰도 사람들이 자신들을 좋아해주길 바라지도 않는다. 경찰에 필요한 건 친근감이 아니라 위엄이다. 상대방이 겁을 먹고 주눅 들게 하는 것. 물론 홍보부에서는 '시민과 함께하는 경찰' 같은 공복(公僕) 이미지를 내세우고 싶겠지만. 광고쟁이들이 경찰에 대해서 뭘 알겠어.

"사실은 톰이 사고를 당했어."

실비의 창백한 얼굴이 더욱 창백해졌다.

"다쳤어요? 저처럼요?"

"네가 더 크게 다쳤어. 그래서 큰 수술도 여러 번 받았단다."

"하지만 저는 아무렇지도 않은걸요."

"그건 여기 의사 선생님이 잘 치료해주셔서 그런 거야. 겉으로는 지금 다 나은 것처럼 보이지만 아직 몸 안은 상처투성이니까 함부로 움직이면 안 돼, 알았지?"

"그럼 오빠는요?"

"톰은⋯ 살해당했어."

"살해가 무슨 뜻이에요?"

아마뻴은 난감했다. 어디서부터 설명을 해야 하나.

"누군가에게 죽임을 당했다는 뜻이야. 그래서 내가 수사 중이고."

"여기도 곰이 있어요?"

"곰?"

"어렸을 때 들었어요. 집에서 멀리 떨어진 곳에 가면 곰이 나타나서 잡아먹힌다고요."

"아니야. 스캔… 사람이었어."

아마뻴은 스캔드라고 하면 설명이 밑도 끝도 없이 길어질 거라고 생각해서 그냥 사람으로 칭했다.

"말도 안 돼요! 누가 사람을 죽여요?"

어디부터 이야기를 시작해야 할지 알 수가 없었다. 아마뻴은 차라리 강수범을 불러서 취조를 맡겨볼까도 생각해봤다. 지금쯤이면 재생성이 끝나서 병원을 나왔을 테니. 또 강수범 쪽이 실비와 나이가 더 가깝기도 했다. 250세보다는 80세가 14세에 가깝긴 하니까. 하지만 누가 와도 지금 상황에서는 도움이 안 될 것 같았다. 짧은 시간에 너무 큰 충격을 줬다. 숙련된 경찰이라면 피할 수 있었던 장면이었다. 아마뻴은 지구상 누구보다 숙련된 경찰이었지만, 그렇다 해서 옛날 기술을 까먹지 않는 것은 아니다. 단순한 실수였다. 그러나 이런 단순한 실수가 큰 결과를 초래할지도 몰랐다. 숙련된 경찰로서 쌓고 또 쌓은 경험이 그렇게 말해주고 있었다.

"아니 왜, 하필 우리 오빠를…. 누구죠? 그런데 왜. 말해봐요, 언니가 죽였어요? 아, 미안해요. 지금 제가…."

아이는 제정신이 아니었다. 아마벨은 링거를 조작해서 신경안정제를 주사했다. 요금이 추가되겠지만 이 정도는 내주겠지.

아마도.

*

가게 밖으로 나온 아마벨은 담뱃불을 붙였다. 이곳에서는 어디서나 담배를 피울 수 있었다. 담배나 대마초뿐만 아니라 공공연하게 마약을 피우거나 맞거나 하는 사람들이 널려 있었다. 아무도 신경 쓰지 않았고 아무도 쳐다보지도 않았다. 그냥 길거리의 돌이나 마찬가지였다. 아마벨도 그 돌무더기 중 하나의 차돌멩이가 되어 끼어들었다.

담배 맛이 나지 않았다. 잘못 말았나? 담뱃잎에 습기라도 찼나? 아니면 후각이 고장 난 걸까? 고장은 아니길 빌었다. 한번은 딸기 냄새가 미역 냄새로 느껴졌고 미역에서는 녹슨 철 냄새가, 녹슨 철에서는 그 이전에도 이후에도 맡아본 적이 없는 냄새가 난 적이 있었다. 아마 그 냄새가 무엇인지 알아냈다면 계속되는 연쇄작용의 다음 마디를 알아낼 수 있었을 것이다. 하지만 이런 '이름 없는 후각 경험'을 남에게 옮길 수 있는 기술은 없었다. 아무도 원하지 않았으니까.

이름이 있는 건 쉬웠다. 딸기를 가져다 냄새 분자를 분석하면 되니까. 문제는 냄새가 아니었다. 후각세포였다. 그리고 후각세포에 연결된 뇌세포, 뉴런과 뉴런이 저장하고 있는 정보의 문제였다. 그 정보가 어떤 정보인지 인식론적이고 추상적인 수준의

담론이 아니라 프로그래밍 언어적 수준의 코드가 필요하다는 것이 문제였다. 그리고 그 코드는 모든 사람이 달랐다. 비슷한 사람도 있었지만 단 하나의 코드만 달라도 전혀 다른 결과가 나오기 마련이었다. 예를 들어 민트향을 좋아하는 사람은 민트가 구린내와 바로 옆 코드라는 것을 잘 모른다. 민트향을 싫어하는 사람들도 그 사실을 모르지만 적어도 무의식적으로는 알고 있다. 모르건 알건 이 코드가 하나만 틀려도 민트의 상쾌한 향이 똥냄새라는 역겨운 악취가 된다.

아마벨은 냄새에 대한 비용주의적 고찰을 하면서 이게 고장이 나면 또 얼마나 들까 하는 생각을 해봤다. 직접 물어볼 수도 있었다. 지금 서 있는 골목에서 불과 15미터만 가면 네 평 반짜리 작은 가게가 있다. 입원실도 없는 병원. 그곳에 가면 그렇게 헝클어진 후각을 가진 사람들이 줄을 서서 기다리고 있다. 클리니컬 이모털리티가 거의 완벽한 기술이긴 했어도 이 정도의 코드 복제 오류는 심심치 않게 일어나고 있었다. 이상한 일이지만 특히 후각 코드 복제과정에서는 평균보다도 높은 오차가 발생했다. 보험사에서 재보험가입을 거절할 정도로 큰 오차는 아니었다. 물론 통계를 조작했을 가능성도 있었다. 그런데 통계를 내는 건 스캔드였고, 스캔드는 클리니컬 이모털리티에 대해 간여할 어떤 이유도 없었다. 그들은 이미 완벽한 영생에 도달했다. 왜 클리니컬 이모털리티처럼 노예의 개목걸이가 달린 반쪽짜리 영생을 원하겠는가? 스캔드들은 그들의 두뇌와 환경을 구현하는 슈퍼컴퓨터의 아주 작은 일부분을 컴퓨팅 파워 시장에 팔아서 막대한 이익을 취하면 그뿐이었다.

아마벨의 심리적 방황은 돌고 돌아 다시 처음으로 돌아왔다.

담배 맛이 나지 않았다.

아마벨은 그래도 습관처럼 손가락이 타들어 가기 직전까지 피운 후 바닥에 밟아 껐다.

*

"야, 쓰레기 투기범아."

누군가가 아마벨의 등을 톡톡 두드렸다. 오기현이었다.

"치료 다 했으니까 이제 데려가."

"조금 더 맡아주면 안 돼?"

"안 돼. 여기가 탁아소냐."

"에이, 그러지 말고. 웃돈 얹어줄게."

"돈이 문제가 아니…."

오기현의 말이 끝나기 전에 청각을 전화 통화가 가로막았다. 과학수사대 전화였다.

"코발레프스키 과장? 여기 과학수사대입니다."

"구인영 반장님. 최종 보고서가 나왔습니까?"

"부검이고 뭐고 두부에 타박상으로 인한 사망. 그것뿐이네요. 그런데 이렇게만 제출하면 그쪽한테 욕 처먹을 것 같아서 내가 알아서 기었죠."

아마벨은 피식 웃었다.

"네, 제가 빚진 거로 하지요. 결과는요?"

"깨끗해요. 아무것도 없고요. 수상할 정도로 아무것도 없더라고요."

아마벨은 막막해졌다.

"그런데 말이죠…."

"네?"

"너무 깨끗하더라고요. 지나칠 정도로."

"무슨 말이죠?"

"사람이 살다 보면 다치기도 하고 병에 걸리기도 하고 하면서 항체라는 걸 만든단 말이죠. 항체는 엄마에게서 물려받기도 하지만 기본적으로 자기 자신이 싸워 이긴 흔적이란 말이죠…. '내가 이런 놈이랑 싸웠다. 다음에 오면 더 확실하게 죽여주지.' 같은 거라고요."

"그런데요?"

"얘는 그게 없어요."

"그게 말이 되나요?"

"클리니컬 이모털리티가 표준이 된 우리 몸에도 면역학적 기억은 남죠. 이걸 잘못 건드렸다가는 끔찍한 병에 걸린 채로 영원히 재생되어 살아가야만 하니까. 그런데 이 남자에겐 없어요."

"잠깐, 그러면 클리니컬 이모털리티로 만들어낸 육체라는 거예요?"

"아니, 아니에요. 아, 코발레프스키 과장은 잘 모르겠구나. 클리니컬 이모털리티가 어떻게 작동하는지. 스캔드가 될 스캔 대상자가 뉴트리노 스캐너에 걸려서 스캔 되면 원래의 육체는 죽고 컴퓨터 속에서 살아난다는 건 알고 있죠?"

"네. 원인도 모른다면서요?"

"맞아요. 하지만 과정은 몰라도 의학에선 쓰이죠. 마취제인 에테르만 해도 정확히 어디에 어떻게 작용하는지 전혀 모르는 채로 백 년 넘게 쓰였고요…. 어쨌든 이 원리를 그대로 이용한 게 클리니컬 이모털리티예요. 다만 육체에서 컴퓨터 안으로 가는 게 아니라 육체에서 다른 육체로 옮기는 것뿐이죠."

"그렇다면 딱 들어맞지 않나요?"

"그게 아니라니까요. 완벽한 정보의 인식만이 완전한 스캔으로 이어져요. 조금만 달라도 안 된다고요. 그러니까 내가 클리니컬 이모털리티에서 살아나려면 나와 완벽하게 똑같은 뇌만 가능해요. 간단히 말하자면 클리니컬 이모털리티로 만든 육체도 면역학적 기억을 가지고 있는 게 정상이란 거예요. 죽은 애는 비정상이라는 거죠. 너무 정상이라서 비정상. 박살 나서 얼마 남지 않은 뇌였지만 검사 결과 뇌세포에는 어떤 면역학적 기억도 없었어요."

"그러면 얘는 대체 뭐죠?"

"그걸 내가 어떻게 알겠어요."

"그런데 이걸 왜 전화를 걸어서 설명해주세요?"

"사람이 친절을 베풀면 말이죠, 좀 얌전히 받아들일 줄도 알아야지 말이야."

이 아가씨가 나 좋아하나?

"지금 보고서 보내니까 읽어봐요. 얼마나 빚졌는지 알게 되면 내 보험금까지 다 갚아주고 싶어질걸요? 끊어요."

잠시 후 메일이 도착했다. 온갖 기호와 염기서열과 평범해 보이지만 기술적 용어로 쓰이는 것 같은 이상한 단어들이 연쇄된 보고서는 암호 그 자체였다. 차라리 양자암호였다면 알기 쉬웠을지 몰랐다. 아마벨은 보고서를 끝까지 보고 구인영에게 진심 어린 감사의 마음을 담아 수원 쪽을 향해 인사를 했다.

지금 이 증거가 대체 무슨 뜻인지 이해한다는 것은 결코 아니었지만.

"통화 끝났어?"

"응. 하려고 했던 말이 뭐였지?"

"난 저 애 못 데리고 있는다고. 안 된다고. 데려가라고. 탁아소 아니라고. 너도 좀 가라고."

오기현이 기다리느라 짜증이 늘어난 모양이었다.

"내가 빚진 거로 할게. 이틀만 맡아줘. 직접 데리고 있지 않아도 괜찮아. 내가 피맛골에 대해서 잘 몰라서 그러는데, 애를 잘 보호할 만한 곳 알고 있지? 그곳에 숨겨줘도 괜찮아."

잘 모른다고 한 건 거짓말이었다.

"정말 나한테 빚진 거다."

오기현은 뚱한 표정으로 안으로 들어갔다.

아마벨은 평소 남에게 빚을 지는 성격이 아니었다. 그런데 방금 불과 5분도 안 되어서 두 번이나 빚을 지게 되었다.

✳

피맛골을 빠져나가는 길은 다양했다. 음속으로 달릴 수 있다면 두 발로 나가는 방법도 있고 올 때처럼 나갈 때도 재건축조합을 회유, 협박, 매수해서 공중으로 나갈 수도 있다. 아니라면 다른 모든 사람과 마찬가지로 지하철을 이용하는 수밖에 없다. 지하는 기묘하게 나노 컨스트럭터가 건드리지 않는 평화의 공간이었다. 서울 땅의 가치는 전 세계로 뻗어 있는 교통에 있었고 그 교통은 모두 지하에 자리 잡았다. 가장 깊은 곳에 있는 진공 튜브 철도를 비롯해서 자기부상열차도 있었고 수백 년 전부터 운행한 전철도 여전히 다니고 있었다. 그것도 거의 업그레이드 없이.

지하철공사는 존재하고 있었지만 다른 열차 회사들의 틈바구니에서 기생충처럼 자금을 빨아먹고 있었고 그나마 얻어낸 예산은 모두 유지보수에 들어갈 뿐이었다. 그 결과 거의 3백 년간 변하지 않고 조금씩, 조금씩 부스러져가는 동굴에 전철 역사가 자리 잡게 되었다. 열차도 최신식 기술을 이용해 3백 년 전 구식 전철을 그대로 굴리고 있었다. 새로 설계해서 만드는 것보다는 나노테크놀러지를 이용한 수복 기술로 땜질하는 것이 훨씬 쌌던 것이다.

을지로입구역에 열차가 들어오며 굉음이 났고 광풍이 몰아쳤다. 누군가가 앞쪽에서 담배를 피웠는지 미지근하고 탁한 공기에 향이 숨어 있었다. 아무래도 담배가 문제였나 보다. 다행이라고 생각하면서 아마벨은 옛날을 떠올렸다. 예전에는 터널과 승차장을 가로막는 스크린도어가 있었다. 언젠가 부서진 이후부터는 유지할 예산이 없어서 모두 철거해버렸지만.

아마벨이 들어오는 전철 쪽으로 가자 누군가가 강한 힘으로

미는 것이 느껴졌다. 만약 아마벨이 2백 킬로그램이 넘는 사이보그가 아니었다면 분명히 나가떨어져서 커다란 전철의 주물제 바퀴에 갈려나갔을 것이다. 아마 50킬로그램만 가벼웠어도 그리되었을 것이다. 아마벨은 가볍게 등을 떠밀리는 것으로 끝났고 반사적으로 뒤를 돌아보았다. 아마벨을 밀어낸 건 키가 2미터 정도 되어 보이는 거한이었다. 자기 생각대로 일이 되지 않자 당황한 기색이 역력했다.

"누가 시켰냐."

아마벨은 대답을 기다리지 않고 거한의 정강이를 걷어찼다. 남자의 비명은 전철 소리에 묻혔다.

"대답 안 해?"

아마벨이 가볍게 팔을 들어 내려쳤다. 거한은 손을 들어서 막았지만 오른쪽 팔이 부러지고 얼굴에도 타격을 입었다. 아마벨이 천천히 다가가자 거한은 겁을 먹고 도망가려 했지만 부러진 팔로는 일어날 수 없었고 부서진 다리로는 도망갈 수 없었다.

"안 들려? 클리니컬 이모털리티에 들어가기 전에 얼마나 험한 꼴 당하고 싶은 거야?"

아마벨이 뺨을 후려쳤다. 주위에서 보고 있던 사람들이 구경났다는 듯이 쳐다보고 있었다. 아마벨은 경찰 배지를 군중에게 보였다.

"경찰 업무입니다. 물러나세요."

피맛골에서는 경찰이 큰 권위를 가지지 못하고 오히려 증오와 경시의 대상이 되겠지만 역에만 도착해도 피맛골의 영역에서 벗어나게 된다. 이곳은 경찰이 지배하는 곳이었다. 아마벨은 다시 차가운 눈으로 거한을 쳐다봤다. 그 등 뒤에서 다시 굉음이 일어나고 전철이 출발하고 있었다. 다음 열차는 19분 후에나 온다는 표시가 안내판에 떴다.

"너 때문에 전철 놓쳤잖아. 왜 그랬냐고. 너 클리니컬 이모털리티로 도망가면 다 끝날 줄 알아? 너 찾아가서 체포할 거야. 그러면 이 짓을 또 당하게 된다고. 그러고 싶어? 어?"

말을 할 줄 모르는 건지 그냥 겁에 질린 건지 구별이 되지 않았다. 아마벨은 그냥 몸수색을 하기 시작했다. 경찰 교범대로라면 제압한 순간에 해야 했지만 뭐 이런 멍청한 놈이 무슨 위협이나 될까 하고 방심하고 있었다. 그래서 놈이 품 안에 가지고 있던 플라스틱 폭탄을 미처 보지 못했다. 아마벨은 잠시 아찔했다. 저게 터지면 방금 떠나는 열차를 놓치지 않으려고 달려왔던 수십 명의 시민도 가루가 될 것이다. 아마벨이 뺏으려고 하자 놈은 부러지지 않은 손으로 폭탄을 꽉 쥐고 놓지 않았다. 아마벨은 허리춤에 항상 차고 있는 칼을 꺼내 놈의 손가락을 잘라버렸다. 하지만 소용없었다. 폭탄은 터질 것이고 아마벨로서는 막을 방법이 없었다.

"폭탄이다!"

아마벨은 딱 한 번 그렇게 외쳤다. 하지만 주위 사람들은 무슨 일이지 하는 표정으로 바라만 볼 뿐이었다. 그 정도면 경찰로서 할 수 있는 일은 다 했다고 치기로 했다. 숫자가 거의 다 돼가고 있었다.

5초.

"너 뭐야?"

4초.

"이유가 뭐냐고!"

3초.

"말 안 해?"

2초.

그놈이 입을 열었다.

"손 떼."

1초.

5

을지로입구역 폭탄 테러 사건에 사망자는 없었다. 중상자는
21명, 모두 클리니컬 이모털리티로 되살아나 다음 날 멀쩡하게
출근했다. 가장 큰 피해를 당한 건 아마벨이었다. 아마벨은 클리
니컬 이모털리티 보험에 가입되어 있지 않았고 언제라도 죽을 수
있었다. 하지만 매우, 매우 어려운 일이었다. 고성능 플라스틱 폭
탄이 눈앞에서 터지는 것 정도로는 아마벨을 죽일 수 없었다. 그
렇다고 다치지 않는다는 것은 아니었다.

폭발력을 최소한으로 줄이기 위해 폭탄을 감싸 안는 바람에
동체와 팔다리가 너덜너덜하게 박살이 났다. 현장에 출동한 소방
로봇은 아마벨을 인간이라고 인식하지 않았다. 인간이라고 하기
엔 너무나 완벽하게 타버렸으니까. 인간이라 해도 별다른 조처를
취하지는 않았을 것이다. 소방로봇이 할 수 있는 일이라고는 머리

위로 무너진 토사에 깔린 사람들이 더는 고통을 당하지 않도록 목숨을 깨끗하고 고통 없이 끊어서 클리니컬 이모털리티로 되살 아나게 해주는 것뿐이었다. 그것이 트라우마를 더 만들지 않는 방법이었다.

인간으로 인식되지 않는 아마벨은 그런 축복도 받지 못했다. 양팔은 완전히 가루가 되었고 가장 잘 보호되고 있는 동력원이 자 순환계 장치인 '심장'은 간신히 기능을 유지하고 있었다. 아니 었다면 중합체 하이브리드 뇌에 필요한 산소를 공급하지 못했을 것이다. 그리된다면 아마벨이 아마벨일 수 있는 유일한 끈, 뇌세 포가 모두 사멸하게 된다.

물론 안전장치가 있어서 바로 사멸하지는 않는다. 그래도 뇌 세포에 산소가 도달하지 않는 것이 기분 좋은 일은 아니다. 그리 고 그 상태가 계속되어 안전장치마저 작동을 멈추면 법적으로도 사실상으로도 진짜 죽음을 당하게 될 것이었다.

머리를 짓누르고 있는 수백 톤의 콘크리트를 느끼며 아마벨은 항상 궁금해 왔던 것의 답을 알게 되나 생각했다. 마지막 남은 생명체로서의 부분이 사라져도 아마벨은 아마벨일 것인가. 백 퍼센트 기계화된 아마벨은 50퍼센트 기계화된 아마벨과 무엇이 다를까. 사실 궁금한 건 따로 있었다. 정말 살아 있는 인격체로 서 작동이나 할까? 그저 입력과 출력을 반복하는 두 발 달린 로 봇이 될까? 물론 지금은 두 다리가 멀쩡하진 않았지만. 그 상태 가 되어서도 다리와 팔을 고쳐주긴 할까? 그냥 폐기물로 처리하 진 않을까?

시각이 완전히 사라진 상태라 아마벨은 완전한 고립 속에서 자폐적 망상과 패배주의적 공상을 오가며 파멸과 죽음을 염원하고 있었다. 이런 상황에 빠져서도 최대 몇 년까지는 살아남을 수 있다는 것을 알고 있었고, 애써 그 사실을 머릿속에서 지워버리려 했지만 대신 비슷한 일을 겪은 적 있다는 걸 고통스럽게 기억해냈다. 이렇게 큰 충격과 트라우마를 겪으면 간혹 이렇게 인위적으로 묻혀 있던 기억이 다시 의식의 수면으로 떠오르는 경우가 있었다.

대공 미사일에 격추당해서 바닷속에 떨어진 적이 있었다. 동료 대원이 아마벨을 '회수'하는 데 일주일이 걸렸다. 그때는 시각은 멀쩡했다. 그래서 깊은 바닷속에서 동이 트는 것을 볼 수 있었다. 칠흑같이 어두운 밤하늘에 울렁거리는 빛이 아주, 아주 희미하게 아마벨의 시각센서에 겨우 기어 오듯 와 닿았다. 일주일을 버티는 데는 그 정도면 충분했다. 무서웠지만 빛이 있는 한 희망이 존재했다. 그렇다 해서 바다 밑바닥에 일주일 동안 가라앉아 있는 것이 아름다운 추억은 아니었다. 바다 밑바닥에 울려 퍼지는 고래의 울음소리라도 없었다면 아마 미쳐버렸을지도 몰랐다.

지금 아마벨의 두 눈은 폭발광으로 과부하가 걸린 데다가 렌즈 부분이 충격파로 가루가 되었다. 바다 밑바닥에서 구원이 찾아오길 기다렸을 때처럼 빛을 바라보며 버틸 수는 없었다. 아마벨은 그때도 스스로 미칠 수 있을까 하는 의문을 가졌었다. 미친다는 것이 뭘까. 의사는 그냥 뇌의 전기신호가 잘못 연결되었고 호르몬에 이상이 온 것뿐이라는 대답을 했었다. 그래서 아마벨이 일부가 기계인 뇌를 가진 사람은 어떠냐 물었다. 의사는 곰곰이 생각하더니 기계도 버그가 일어나지 않겠느냐고 대답했었다.

바닷속에 있을 때 아마벨은 차라리 동면 모드로 들어갈까도 생각해봤다. 하지만 그럴 수는 없었다. 그곳에 무한정 있을 수 있다면 그런 선택지도 있었겠지만 만약 그랬다가 영원히 발견되지 않을 수도 있었다. 그렇게 아무것도 해보지 않고 수동적으로 죽는 일은 반드시 피하고 싶었다. 아마벨은 진정한 죽음의 순간이 오더라도 마지막까지 발버둥 칠 작정이었다. 가만히 있는 것이 움직이는 것보다 더 현명한 선택일 때도 있다. 있는 정도가 아니라 꽤 많았다. 그 정도의 지혜는 쌓을 정도로 오래 살아왔다. 하지만 아마벨의 핵심은 절대 변하지 않았다. 생존자. 어떻게든 살아남는 자. 이번에도 마찬가지였다. 이런 경우에는 경험도 지혜도 그다지 도움이 되지 않는다. 차라리 본능이 쓸 만하다. 본능이 비명을 지르며 공포 호르몬을 뿜어대지만 않는다면.

육체는 지금 거의 작동하지 않았다. 척수가 끊어진 걸까? 차라리 잘된 일일지도 몰랐다. 고통 피드백 때문에 뇌에 과부하가 걸릴지도 모를 일이니까. 목 위는 그나마 멀쩡했다. 눈만 빼고. 하지만 느껴지는 감각으로 볼 때 눈이 있었어도 아무 짝에 쓸모가 없었을 거라고 확신할 수 있었다. 코에 닿는 감각으로 볼 때 다행히 고운 모래나 흙이 아니라 바위가 머리를 짓누르고 있는 것 같았다. 어딘가에서 공기가 흘러와서 먼지로 반 이상 막힌 콧 구멍을 간신히 통과하고 있었다. 희소식이었다. 적어도 뇌에 산소가 떨어질 일은 없어졌다. 2차 붕괴만 일어나지 않는다면.

"젠장."

아마벨의 턱이 정상적으로 움직였다. 하지만 실수였다. 코를 통해 들어오는 얼마 안 되는 산소를 말하는 데 써버린 것이다. 정상치를 회복할 때까지 호흡에 정신을 집중했다. 입으로 무엇을 할 수 있을까. 무심코 나온 말이지만, 말을 할 수 있으니 다른 무언가도 할 수 있을지 몰랐다. 살려달라고 외칠까?

그러다 다시 고래 생각을 했다.

고래.

고래의 울음.

멀쩡한 턱과 성대.

아마벨은 깨달음에 '이거야!' 하고 소리를 지를 뻔했다. 당장 해결되는 일은 아니니 산소는 아껴야 한다. 아마벨은 먼저 성대에 대해서 조작을 시작했다. 평소에 건드리지 않는 부분이기 때문에 집중하기도 어려웠다. 또 소스 코드와 설계도가 없었기 때문에 성대를 구성하고 제어하는 코드를 어림짐작으로 뜯어고쳐야 했다. 아마벨은 많은 일을 할 줄 알았지만 그중에 코딩은 없었다. 그래도 지금은 해야만 했다.

먼저 주파수를 찾기로 했다. 사람의 목소리는 실제로는 여러 소리의 조합이고 그 주파수의 조합이 바로 성문(聲紋)이라고 부르는 것이다. 아마벨은 코드에 직접 손을 대려다 말고 백업을 해두기로 했다. 원래의 목소리를 좋아했으니까. 만약 원상복구를 못 한다면 매우 슬플 거라고 생각했다. 아마벨이 가진 신체 특징 중에서 유일무이하게 변하지 않은 것, 정확히 말하자면 바꾸지 않은 것은 목소리밖에 없었다.

먼저 성대를 굵고 넓은 음역으로 점점 바꿔 나갔다. 지금 필요한 건 투과성이 없는 고음이 아니었다. 되도록 저음, 인간이 들을 수 없을 정도의 저음도 괜찮다. 하지만 아마벨의 목은 좁았고 음정을 내리는 데도 한계가 있는 것 같았다. 아마벨이 정한 수치를 인터프리터가 즉각 거부했다.

일단 준비는 끝났다. 아마벨은 먼저 크게 심호흡을 열 번 넘게 해서 산소를 비축했다. 이 정도라면 1분 정도는 문제없이 계속 소리를 낼 수 있었다. 그리고 폐에 최대한 공기를 부풀렸다. 이건 코딩 없이도 가능했다.

그리고 소리를 냈다.

아마벨은 지금까지 들어본 그 어떤 목소리보다 더 소름 끼치고 끔찍한 소리를 냈다. 인간이 간신히 들을 수 있는 저주파 음이 폐에서 빠져나와 굵은 성대를 울렸다.

"사.람.살.려.사.람.살.려.사.람…"

한국어로 아마벨은 이 4글자를 계속 반복했다. 그리고 숨이 다하자 멈추고 천천히 쉬면서 산소를 보충했다. 이 소리 때문에 진동이 일어나 터널이 더 무너지면 어쩌지 하는 생각이 문득 들었다. 아마벨은 그건 또 그것대로 괜찮을 것 같다는 생각을 했다.

이 과정을 아마벨은 계속 반복했다. 소리와 진동 사이에 걸쳐 있는 아마벨의 외침이 벽 너머에 있을 구조자에게 들리기를 빌면서.

그리고 이 과정을 정확히 16시간 12분 42초 동안 반복했다. 언제까지 이렇게 있어야 할까. 언제까지 이렇게 자기 자신마저 괴롭게 하는 소리를 내야 할까. 이렇게까지 해서 살아야 할까. 저 바깥에 무엇이 나를 기다리고 있나 하는 자기 파멸적 생각과 싸웠다. 자기 파멸적 소리와도. 아마 자폭 기능이 있었다면 2시간 정도가 지났을 때 눌렀을 것이다. 하지만 그럴 수 없었다. 자살이 가능했더라도 누를 수 없었다. 왜냐하면 저 바깥에 아마벨을 기다리고 있는 사람이 딱 한 명이지만 존재했기 때문이었다. 실비. 성도 모르고 출신도 모르고 10분 정도 이야길 해본 게 전부이지만 그 아이가 아마벨을 기다리고 있었다.

아니, 잊어버리고 있을지도 몰랐다. 실비에게 아마벨은 그냥 경찰일지도 몰랐다. 실비는 이 세상에 그 어떤 것도 자신을 위해 존재하지 않는다는 것을 모르고 있었으니까. 집착일까? 망상일까? 그럴지도 모른다고 아마벨은 생각했다. 하지만 아무래도 상관없었다.

지금 이 상황에서 아마벨은 누군가가 필요했다. 아마벨을 구해줄 누군가가 절실히 필요했다. 하지만 아마벨은 누군가가 구해주는 것보다 자신이 누군가를 구하기를 원했다. 군에서 전역한 후 적어도 사람을 안 죽이고 누군가를 구할 수 있을 거라고 생각해 경찰이 되었다. 그러나 그 누구도 구하지 못했다. 경찰은 본질적으로 시민을 보호하는 것이 아니라 억압하기 위해 존재했다. 아마벨이 지난 2백 년간 아무리 애를 써도 그 본질에서 결코 벗어날 수 없었다. 4시간이 지났을 때 아마벨은 나가기만 한다면 실비를 구하기 위해서 무엇이든 할 것이라고 결심했다. 이유는 아무래도 상관없었다.

아마벨은 문득 미치지 않으려면 가속 모드를 꺼야 한다는 결론에 도달했다. 지금 비현실적인 이상론과 현실적인 파멸 사이의 연옥에서 이상화한 인생 목표를 마음대로 만들어내고 있었다. 현실적인 시간은 몇 시간에 불과했지만 재난 대응 모드로 들어간 아마벨의 뇌는 지금 수천 배의 속도로 움직이고 있었다. 1시간은 1천 시간이었고 16시간은 무한대였다.

"사.람.살.려."

아마벨은 차라리 백 퍼센트 기계 두뇌를 가졌다면 매크로를 이용해 자동 재생하게 할 수 있었을 텐데 하고 생각했다. 지겨웠다. 지긋지긋했다. 차라리 사라졌으면 좋겠다고 생각했다. 차라리 멈췄으면 좋겠다고 생각했다. 아마벨은 왜 자신이 이렇게까지 살려고 하는지 알지 못했다. 이해할 수 없었다. 그렇게 살 만한 인생이었나? 길게 살긴 했다. 연애도 했고 결혼도 몇 번 했었다. 아이는 가지지 않았지만 입양해서 키운 아이도 여럿이었다. 모두 끔찍한 실수였고 다시는 결혼을 하지 않기로 생각했다. 입양도 하지 않기로 했다.

아마벨은 막내 이름을 떠올렸다. 알프레도. 연락을 안 한 지가 벌써 백 년이 넘었다. 살아 있을까? 잘 살았을까? 잘 살고 있을까? 죽음의 유혹에 짓눌려 생을 끝내지는 않았을까? 그랬다 해도 용서할 수밖에 없을 것이다. 여기서 나가면, 나갈 수 있으면, 누군가가 구해주기만 한다면 연락을 해볼까? 그 아이는 엄마를 용서했을까.

아마벨은 경찰이었고 평생을 파괴와 살인만을 일삼으며 살아왔다. 뇌의 대부분은 생체가 아닌 회로로 되어 있었고 몸 대부분도 기계였다. 마음 한구석에서 자신은 결코 좋은 엄마가, 좋은 양육자가 되지 못할 거라는 걸 알고 있었다. 몸이 기계이고 뇌가 기계이고 경찰이며 평생 파괴와 살인만 행해와서 좋은 양육자가 되지 못한다는 것은 변명에 불과했다. 그게 되지도 않는 변명이라는 사실은 아마벨도 잘 알고 있었다. 그리고 알프레도도 알고 있었다. 그리고 그런 생각 때문에 아마벨은 좋은 양육자가 되지 못했다. 모두 자신의 책임이었다. 연락하면 알프레도가 받아줄까? 메일을 보낼까?

✳

소리가 들려왔다. 이제까지 들려오던 소리와는 다른 소리였다. 지하는 조용한 곳이 아니었다. 이곳 2호선 말고도 수십 가닥의 전철과 진공 전철들이 수 킬로 깊이까지 얽혀 있었다. 때문에 온갖 소음이 들려왔다. 그래도 아마벨은 청각을 끌 수 없었다. 생존에 도움이 될 만한 소리를 놓칠 가능성이 있었기 때문이었다. 그런데 그런 소리가 모두 배경 소음이 되어, 들리지만 마치 들리지 않는 상태에 이르고 있었다. 그런 규칙적이고 일정한 소음과 진동 사이에 다른 소음과 진동이 들렸다. 아마벨은 배경 소음을 모두 줄이고 그 소리에 집중했다.

"버.텨.버.텨.버.텨…."

아마벨은 화가 치밀어 올랐다. 언제 올 거냐고! 정보값이 있는 말을 전해주지 대체 왜 저런 아무 의미도 없는 말을….

"하.하.하.하.하.하.하."

화가 나서 눈물이 나는데 입에서는 웃음이 터져 나왔다. 아마벨은 수분을 아끼기 위해 눈물을 참고 산소를 아끼기 위해 웃음을 참았다. 이제 다시 전략을 변경할 시간이었다. 구조대가 어떤 전략을 세웠는지 잘 모르겠지만 아마벨의 위치를 정확하게 알릴 필요가 있었다. 주파수가 낮은 음으로는 어디서 오는지 파악하기 힘들 가능성도 약간이지만 있었다. 아마벨은 목으로 내는 주파수를 몇 도 정도 올렸다.

"여.기.야.여.기.야.여.기.야.여.기.라.고.이.씨.발.개…."

욕을 한바탕하고 나자 다시 산소가 부족해졌다. 하지만 기분은 훨씬 좋아졌다. 특정 누구에게 한 욕은 아니었다. 그냥 불특정 다수 전체에게 한 욕이었다. 세상이 미웠고 자기 자신이 미웠다. 알프레도만 빼고. 그 아이를 미워할 자격이 없다고 아마벨은 생각했다.

그제야 아마벨은 찬찬히 생각해볼 여유가 생겼다. 여기서 나가게 되면 치료, 아니 수리 때문에 휴면모드로 들어가야 할지도 모른다. 그리되면 지금 상황을 정확하게 파악할 틈이 없어질 것이다. 가장 중요한 것부터 생각해야 했다.

대체 자살폭탄 테러를 벌일 만큼 나를 노릴 이유가 있을까? 실비와 톰을 만난 이후로 의문은 늘어나는데 답은 하나도 없었다. 지금은 네트에 접속도 불가능한 상황이니 가지고 있는 정보만으로 답을 이끌어내야 했다. 하지만 아무것도 생각나지 않았다. 아마벨은 셜록 홈즈가 아니었고 주어진 티끌만 한 정보로 거대한 추리 산맥을 그려낼 재능 따위는 없었다. 대신 남은 시간 동안 '무슨 질문을 던져야 할까'에 집착하기로 했다.

왜 톰은 죽여놓고 실비는 살려뒀을까?

왜 실비와 가족들은 히말라야에 살고 있었을까?

방금 나를 죽이려고 든 개새끼는 대체 누구일까?

첫 번째 질문이 가장 어려운 질문 같았다. 어려운 일은 일단 미루자는 격언에 따라서 일단 미루기로 했다. 실비가 왜 히말라야에 살고 있었는지에 대해서는 가서 수사해보면 알게 될 일이다. 보류. 마지막 질문의 답은 알기 쉬웠다. 아마벨의 전신에 그놈의 유전자 정보가 있으니 추적해서 재생성된 놈을 체포하면 된다.

거기까지 생각했을 때 갑자기 가까운 데서 소리가 들렸다. 그리고 흙을 퍼내는 소리가 들리기 시작하더니 점점 사람들의 목소리가 섞였다. 평소에는 그렇게 짜증 나고 증오스러웠던 것이 이때만은 너무나 반가웠다. 하지만 말소리의 내용은 그다지 반갑지 않았다.

"뒈진 거 아니여?"

"안 뒈졌어. 저거 봐, 움직이잖아."

"저 지경이 되어서도 살아 있다니. 대체 저 여자 뭐야?"

"참전 용사야."

참전 용사라고 말한 목소리는 아는 목소리였다. 오기현이었다.

"이거 기계야?"

드러난 내 몸속을 보고 누군가가 말했다.

"맞아. 야, 너. 마침 여기 있네, 너희 할아버지 집에 계시냐?"

"아뇨, 하와이로 여행가셨는데요."

"그럼 할머니는?"

"에이, 40년 전에 이혼하셨잖아요. 같이 여행가실 리가 있겠 어요?"

소리만 들려도 오기현이 얼굴을 감싸 쥐는 걸 알 수 있었다.

"아니, 어디 계신지 아느냐고."

"네."

잠시 침묵이 지속됐다.

"그럼 모시고 와! 아니다. 이 바보는 정확하게 말 안 해주면 못 알아 처먹지. 지금 당장 너희 할머니 찾아서 내 가게로 모시 고 오란 말이야. 알았어? 아 잠깐! 폰 쓰지 마. 직접 가. 빨리!"

달려가는 소리가 났다.

"아마벨, 들려?"

아마벨은 아까부터 계속 대답을 하고 소리를 지르고 있었다. 하지만 지금 아마벨의 목소리는 거의 가청주파수 밑에 내려가 있을 정도로 저음이라 누구의 귀에도 들리지 않을 것이다. 안 들 리는데 어떻게 찾아냈을까? 무언가가 아마벨의 얼굴을 핥는 느 낌이 들었다. 고약한 침 냄새. 오기현이 기르는 강아지가 틀림없 었다. 개가 찾아낸 걸까? 방법은 아무래도 상관없었다.

몇 명의 구조대원, 아니 동네 사람들이 아마벨을 양자 도박장

간판을 부숴서 만든 들것에 조심스럽게 싣고는 어처구니가 없을 정도로 마구 들고 뛰기 시작했다. 아마벨의 불평은 아무에게도 들리지 않았다. 오기현을 따르며 이따금 아마벨의 얼굴을 핥는 무례한 털북숭이 짐승을 제외하고는.

6

    얼굴에 쇳물이 부어지는 고통이 느껴져 잠에서 깼다. 어지간한 자극이 아니라면 강제 수면 모드는 꺼지지 않는데 그 역치를 넘어서는 고통이었다. 비명을 지르려고 했는데 나오지 않았다. 아직 성대가 수리되지 않은 상태였다. 발버둥을 쳐보려고 했지만 불가능했다. 두 팔과 양다리의 감각이 살아 있었지만, 아마벨의 뇌는 환상통으로 인한 착각이라고 신경 신호를 해석했다. 다행히 척추를 따라가는 근육은 움직일 수 있었다. 그것도 아주 약간만. 그 약간의 움직임으로 아마벨은 지금 느끼고 있는 모든 고통을 표현했다. 그러고 나서야 고통이 조금 가시는 것 같았다. 아니, 확실히 가시고 있었다.

    "어. 깨어 있었네. 미안해, 지금 진통제 넣었어."

    오기현의 목소리였다. 대체 이 새끼가 내 몸에 무슨 짓을 하고 있는 걸까 생각하다가 여기에 오기 전에 폭탄과 무너진 터널에 깔려 이미 만신창이였다는걸 겨우 기억해냈다. 고통의 메아리가 신경계를 뛰어다니다 다시 돌아오고 있었다. 그 또한 가짜 고통 이라는 것을 알았다. 안다고 해서 덜 아픈 것은 아니다. 다만 곧 사라지리라는 것을 알게 될 뿐이다. '곧'이 얼마나 빠른 시간인지 는 어디까지나 주관적 개념에 속했다. 그것만은 보조뇌의 힘으로 도 어쩔 수 없었다. 오늘의 '곧'은 길고도 길었다.

"지금 네 얼굴을 고치고 있어. 여자의 생명은 얼굴 아니겠어?"

뭐, 얼굴? 이 개새끼의 멱을 따버릴 거야. 껍질을 벗겨서 항문 에 쑤셔 넣어버리겠어. 살아 있는 채로 말이야. 이런 끔찍한 저주 를 속으로 퍼부으며 아마벨은 다시 척추의 발버둥을 쳤다.

"또 왜? 뭐가 불만인데? 지금 네 얼굴이 어떤 꼴인지 알아? 보 는 사람도 좀 생각해줘야 할 거 아니야. 그리고 얼굴을 고쳐야 성 대도 고칠 수 있어. 전부 세트 구성품이라서 말이야. 그러니까 나 한테 무슨 욕을 하려는 건지 몰라도 다 연결될 때까지 좀 참아. 알았어?"

오기현이 아마벨의 머리칼을 쓰다듬었다. 퉁명스러운 말투에 안 어울리게 따뜻하고 부드럽고 상냥한 손길이었다. 지금 남아 있는 피부가 있었다면 전신에 소름이 돋았을 것이다. 고통이 참 을 만해지자 아마벨은 다시 수면 모드를 켰다. 고통은 버틸 만했 는데 오기현을 견디기는 불가능했다.

✳

꿈을 꾸었다. 꿈을 꾸면서도 이건 꿈이라는 것을 알고 있었으며 꿈이라는 것을 알고 있기에 똑같은 꿈을 여러 번 꾼다는 지식이 불려 나왔다. 아마벨의 뇌는 여러 부분으로 분리되어 있고 꿈을 분석하려는 이런 시도는 분명히 뇌가 아니라 뇌에 딸린 부속 장치들의 짓이라는 쓸모없는 지식도 불려 왔다. 생체뇌는 이런 지식들을 효율적으로 제거한 후 모순되고 아름다우며 소름 끼치고 영원한 망각의 언어로 된 꿈의 세계로 애원하듯 잡아끌었다. 하지만 한번 살아난 지식은 지워지지 않는다. 비록 이 꿈의 내용이 결국 사라지게 될지라도.

마지막으로 꿈을 꾼 것은 101년 7개월 3일 4시간 전이라는 진정으로 쓸모없는 지식까지 알게 되었다. 하지만 완전히 쓸모없지는 않았다. 잠을 잘 때 꿈을 아예 꾸지 않아 왔다는 사실을 알게 된 것이다. 습관적으로 그저 꿈을 꾸고 있지만 기억을 못 할 뿐이라고만 생각하고 있었다. 평범한 사람들처럼. 꿈은 기억의 정리다. 그런데 아마벨은 백 년이 넘게 그 정리를 하지 않고 있었다. 이유가 뭘까? 꿈에서 다리가 여섯 개 달린 유니콘에게 이유 없이 쫓기면서도 그 생각을 떨치지 못했다. 정리할 필요가 없어서가 아닐까? 아마벨의 기억은 장기 기억과 단기 기억 모두를 기계 부분에 의지하고 있었다. 그걸 지휘하고 감독하는 역할은 생체뇌 부분이었지만, 새로 들어오는 정보를 아마벨이 분류하고 압축하고 정리할 필요는 없었다. 그 이유가 분명했다.

하지만 지금 꿈을 꾸는 이유는 대체 뭘까? 기계녀 부분이 부서졌을까, 아니면 트라우마가 박살 났을까. 높은 빌딩에서 끝없이 추락하면서 이것이 가짜라는 것을 알면서도 전신을 공포가 감싸는 느낌을 받았다. 이런 꿈은 왜 트라우마를 일으키지 않는 걸까 의문을 가지며 비명을 질렀다. 유니콘의 뿔에 찔리고 빌딩에서 추락하면서 이 꿈에는 서사가 없다는 느낌을 받았다. 아니, 그보다는 폭력적인 부분만을 놔두고 나머지 인간이 나오는 드라마 부분을 검열 삭제한 느낌이었다. 아무래도 상관없었다. 아마벨은 그런 이야기에 흥미 없었다.

"엄마, 어디 가?"

알프레도였다. 다섯 살 때쯤? 새벽이었지만 아마벨은 사건 때문에 현장으로 나가야 했다. 이미 동틀 무렵이었으니 아이 학교 준비는 남편이 할 것이었다. 그런데 아마벨이 서두르는 소리가 시끄러웠는지 아이가 깬 것 같았다.

"응. 일하러 가야 해."

알프레도가 울음을 터뜨렸다. 바빠서 빨리 나가야 하는데 곤혹스러울 뿐이었다. 남편이 나와서 아이를 달랬다. 남편의 낮고 허스키한 음성. 아마벨이 좋아하는 목소리였다.

"꼭 이래야겠어? 자기가 경찰일 하는 건 반대 안 하는데 꼭 이 오밤중에 나가야겠냐고. 내근직으로 바꿔달라고 하면 안 돼?"

"언제적 얘기하는 거야. 경찰에 내근직이 어디 있어. 전부 스캔드가 차지했잖아. 세상 물정도 모르는 소리 하지도 말아."

아마벨은 짜증을 내면서 집을 나섰다.

이건 실제로 일어났던 일이었다. 기억이었다. 한 가지 다른 점이 있긴 했다. 남편의 얼굴이 이상하게 뒤틀려 있었다. 마치 너무 빨리 움직이는 동물을 찍은 사진처럼, 흐리게 보였다. 목소리는 기억이 났지만 얼굴은 보이지 않았다. 기억 속에서 사라져버린 걸까? 또 하나. 이름도 기억나지 않았다. 알프레도가 남편의 아버지 이름이라는 것은 기억나는데 정작 남편의 이름만은 기억나지 않았다. 꿈답게 모순적이구나. 모든 것이 기묘하게 뒤틀려버린 거구나. 아마벨은 꿈을 있는 그대로 받아들이기로 했다.

그렇게 편안하게 절망과 자조와 수용의 세 점 사이 어딘가 중간에 자리 잡으려는 순간, 여섯 개의 다리가 달린 유니콘과 높은 빌딩과 알프레도와 남편과는 전혀 다른 세계에 떨어졌다. 기억은 아닌 것 같았다. 하지만 기억일지도 몰랐다. 혼란스러웠다. 아마벨은 손에 쥐고 있는 기밀 분류된 소음 제거 단침총의 사용법을 알고 있었다. 단순히 소음이 나지 않는 것이 아니라 소음을 제거하는 음파를 발생하는 권총이었다. 사용하기가 대단히 까다로웠지만 꿈속의 아마벨은 아무런 문제 없이 다루고 있었다. 등을 기대고 있는 거대한 저택에는 사이보그 경비견과 감시카메라와 동작 추적 장치 등이 지나칠 정도로 촘촘하게 깔려 있었다. 하지만 아마벨은 이미 이곳을 해킹해서 그 위치를 정확하게 알고 있었다. 저택의 설계도와 설계도에는 나오지 않는 안전실, 그리고 안전실로 연결된 보안시스템이 모두 눈앞에 3차원으로 떠올라 손으로 만질 수 있을 것처럼 생생하게 보였다.

이건 꿈이라고 하기에는 너무 상세했다. 기억이 틀림없었다.

그런데 이런 곳에 들어간 기억이 없었다.

전쟁 때 기억일까? 당시 대체 내가 무슨 일을 했을까 하고 의문을 가져본 적은 있었다. 그저 막연하게 전장에서 적들을 포위 섬멸하고 남들처럼 민간인 학살도 조금 했겠지, 단정 내리며 기억나지 않는 일에 대해 미리 죄책감을 만들어 스스로를 괴롭혔다. 하지만 그 죄책감은 순수하지 못했다. 그 한켠에는 '나는 무죄일지도 몰라'라는 의식이 자리 잡고 있었다. 오염된 죄책감이었다.

기억 속, 아니 꿈속의 아마벨은 보안장치를 파괴하거나 해킹하지 않고 모두 완벽하게 피해 안으로 잠입하는 데 성공했다. 안에는 인간 경비원이 스무 명 정도 있었다. 카메라와 적외선 감지 장치와 동작센서를 모두 피해 그 스무 명의 목숨을 모두 끊었다. 한 명은 끈으로 한 명은 단침총으로 나머지 열여덟 명은 두 손으로 목을 꺾어버렸다. 다음은 목표물이었다. 정확히는 목표물들. 이 저택의 주인인 반통합파 국가의 육군 중장이 목표였지만 방해되는 어떤 것이라도 제거해도 좋다는 허가를 상부에서 받았다. 아마벨은 자고 있는 육군 중장의 얼굴에 단침을 쐈다. 잠귀가 밝은 아내도 쐈다. 부부침실이었고 아이들은 다른 방에 자고 있어야 했지만 그 날은 하필 막내가 부부와 함께 자고 있었다. 아이 엄마가 죽어가면서 손을 움켜쥐는 바람에 아이가 깨서 비명을 질렀다.

당기지 마. 쏘지 마. 죽이지 마. 안 돼. 네가 사람이니? 아니야, 이건 꿈이야. 그냥 꿈이야. 기억이 아니야. 절대 아니야.

아마벨은 방아쇠를 당겼다.

육체적 트라우마뿐만 아니라 정신적 트라우마 또한 수면 모드를 강제로 해제시킬 수 있었다. 아마벨은 침대에서 벌떡 일어나 숨을 몰아쉬었다. 어둑한 입원실 침대 발치에 실비가 엎드려 자고 있었다. 왜 저 아이가 여기 있는 걸까 하는 의문이 들 만한데 얼굴에 용암을 붓는 것과 맞먹는 트라우마가 되살아나 아마벨을 괴롭히고 있는 지금은 신경쓸 겨를이 없었다.

강제로 참선 모드에 들어갔다. 참선 모드는 호르몬과 뇌파 등을 평소 이하 수준으로 내려서 강제적인 선정(禪定)에 이르게 하는 프로그램이다. 곧 호르몬 레벨이 정상으로 돌아오고 몰아쉬고 있던 숨도 평온해졌다. 이런 기능을 정말 사용하게 되리라고는 전혀 생각지 못했다. 프로그램의 도움 없이도 그냥 자연스럽게 할 수 있는 일이어서 필요로 한 적이 단 한 번도 없었다. 무엇이든 있으면 언젠가 쓸모가 있는 법인가 보다 하고 아마벨은 생각했다. 그래도 의존하지 않던 무언가에 의존하게 되었다는 불쾌감은 여전했다.

한편, 평정 상태에 들어갔어도 전쟁 기억은 여전히 괴로웠다. 아마벨은 전쟁 중의 기억은 절대 되살리지 않으리라고 다짐했다. 비록 마음 한켠에 있는 양심이라는 불필요한 기능은 전쟁 동안 무슨 범죄를 저질렀는지 알아내야 한다고 부르짖고 있었지만, 알아서 좋을 일이 아니라고 양심을 끈질기게 설득했다.

그리고 실패했다. 어쩔 수 없이 양심을 참선으로 억눌렀다.

아마벨이 뒤척이는 낌새에 실비가 선잠에서 깨서 고개를 들었다. 졸음기 가득한 큰 눈망울로 아마벨을 바라보았다.

"언니, 괜찮아요?"

"그건 내가 물어야 할 것 같은데. 너야말로 괜찮니?"

"언니만큼 다치진 않았어요."

'언니'라고 부르지 말라고 하려다가, 딱히 적당한 호칭이 없었다.

"다행이네. 난 사이보그야. 치료가 아니라 수리가 필요한 것뿐이야. 부품 구하기가 어렵긴 하지만."

"사이보그가 뭐예요?"

실비는 별 의미 없는 질문을 하듯이 툭 내뱉었다.

"기계 반 사람 반. 아니 반반은 아니네, 나는 90퍼센트 정도가 기계니까."

정확히는 91.9퍼센트였다.

"안 아파요?"

"어디가?"

"그냥 여기저기요."

"안 아파. 고통은 신경작용의 결과일 뿐이야. 그냥 끄면 되거든."

어쩐지 거짓말을 해야 할 것 같은 기분이었다. 아마벨은 진짜 어린아이와 대화해본 지가 까마득히 오래전이라는 걸 생각해냈다. 어쩌면 알프레도가 마지막이었을지도 몰랐다. 설마 그 정도로 오래됐을까 하고 생각해봤지만 진짜 어린아이와 만난 기억이 없었다. 다섯 살짜리 몸으로 재생성한 변태를 만난 적은 있었다. 아마벨은 강렬한 혐오감에 그 자리를 떴었다. 아무리 오래 살아도 익숙해지지 않고 익숙해질 수 있어도 익숙해지기 싫은 것이 있기 마련이다.

실비는 아마벨의 거짓말을 조용히 응시하며 아무 말도 하지 않았다. 아이들에게 직감이라는 것이 있다는 걸 까먹고 있었다. 거짓말을 바로 꿰뚫어 볼 수 있는.

"미안해. 거짓말이야. 아플 땐 나도 아파."

실비는 자그맣게 고개를 끄덕였다. 아마벨은 이 아이에게만큼은 거짓말을 하면 안 되겠다고 생각했다. 아니, 결심했다. 어린 시절, 학교 건물이 폭격을 당했을 때 아마벨은 운동장에 있었다. 폭발 직후 무슨 일이 일어났는지 기억하지 못했지만 그건 기억했다. 군에서 아마벨의 정신에 접속해서 징집 설득을 했던 것. 다 거짓말이었다. 연금도, 복지도, 그리고 군에서 가벼운 임무만 맡게 될 거라는 말도. 그 당시 딱 실비의 나이였다. 속을 수밖에 없었다. 속는 걸 알았더라도 그 선택을 했을까? 열네 살짜리가 스스로 죽음을 선택하지는 않는다. 자살했더라도, 그건 자살이 아니다.

"이제 어쩔 거예요?"

실비의 눈빛은 하나도 변하지 않았건만 마치 톰을 누가 죽였는지 밝혀내라고 채근하는 것처럼 느껴졌다.

"몰라. 너는 어쩔 거니?"

"몰라요."

두 사람은 한동안 서로를 바라보며 어둑한 입원실에서 조용히 있었다. 아이가 태어나는 일은 드물었고, 태어났는데 어쩔 수 없이 고아가 되는 경우도 더욱 드물어졌다. 보육원이 필요 없어지게 된 시대였다. 실비는 지금 어디에도 갈 곳이 없었다.

"나랑 같이 갈래?"

실비가 기다리고 있던 제안을 아마벨이 했다. 실비는 강요하지 않았건만 아마벨은 압력을 느낀 것 같았다. 하지만 아마벨이 원하는 일이기도 했다. 누군가가 실비를 보호해야 했다. 적어도 수사가 마무리될 때까지는.

"제가 왜요?"

"누군가가 톰을 해쳤어. 너도 위험해."

"언니도 당했잖아요. 저까지 지켜줄 수 있어요?"

아마벨은 할 말이 없었다. 맞는 말이었다.

"이제는 지킬 수 있어. 놈들이 수단과 방법을 안 가린다는 것을 알게 되었으니까."

"정말요?"

아니었다.

"미안. 물량 공세를 벌이면 나도 아마 못 버티겠지. 하지만 나도 만만한 사람 아니야."

"좋아요. 대신 조건이 있어요."

"무슨 조건?"

"우리 집으로 돌아가요. 그곳이라면 안전할 거예요."

"너희 집이 어딘데?"

"히말라야요. 거묵."

아마벨은 잠시 유혹을 느꼈지만 곧바로 떨쳐냈다.

"안 돼. 여기서 할 일이 있어."

"무슨 일이요?"

"네 오빠를 죽인 놈을 잡는 거."

"하지만 그 사람이 거묵에 있을지도 모르잖아요!"

"거기엔 이제 아무도 없다고 하지 않았니?"

일부러 선심 쓰는 척하는 느낌이 덜 들면서도 상냥한 말투를 사용하려고 노력했다. 잘 안 되는 것 같았다.

"하지만 강고트리에 가면….."

아마벨의 팔다리가 아팠다. 아마 연결부 위의 신경이 자라서 접합하기 시작한 모양이었다. 몇 시간만 있으면 불편 없이 걸어 다닐 정도는 될 것이다. 하지만 그때까지는 이 정도의 불편함을 참아야 했다. 그리고 그걸 참아야 한다는 사실이 매우 짜증이 났다.

"못 가. 너도 여기서 나가면 위험해. 여기라면….."

"여긴 낯선 사람밖에 없어요. 누가 해치려고 하는지도 모르겠다고요."

"이 가게 주인… 아니 의사는 믿을 만한 인물이야. 짜증 나는 놈이지만."

"그리고요? 또 없어요? 믿을 만한 사람?"

없었다. 서에 믿을 만한 동료가 있던가? 역시 없었다.

"아무튼. 먼저 여기에서 빨리 수사해야 할 게 있어."

"무슨 수사요? 오빠는 여기 말고 멀리서 죽었다고 했잖아요."

"맞아. 톰 말고 나를 죽이려고 한 새끼를 찾아서 모가지를….."

실비의 멍한 표정을 보고 아마벨은 말을 멈췄다.

"…찾아서 체포해야지."

체포하기 전에 '할 일'도 있고.

"알았어요. 그러면 여기서 기다릴게요. 주무세요. 저는 졸리네요. 그런데 언니 옆 침대에서 자도 돼요?"

"괜찮아. 그런데 내가 조금 피곤하거든? 네 말에 대답하지 않아도 이해하렴."

"귀찮게 하지는 않을 거예요. 제가 어린애도 아니고."

실비는 비어 있는 옆 침대에 올랐다. 금방 자그맣게 코 고는 소리가 들렸다.

✳

아침이 되자 아마벨은 가장 중요한 일을 처리했다. 추가 근무 수당 신청이었다. 그리고 근무 중 상해 비용처리도 해야 했다. 그게 안 된다면 휴가를 내야 하니 그 신청서도 미리 작성했다. 어차피 어마어마한 빚에 월급 조금 깎인다고 티가 나지는 않겠지만, 그래도 해볼 건 해봐야 한다. 온갖 양자컴퓨터와 스캔드가 세상 모든 것을 조종하고 있어도 관료주의가 어디 가는 것은 아니었고 무능함과 비효율이 사라지는 것도 아니었다.

서류 작성을 모두 마친 후 톰의 뇌에 있던 것에 대한 분석 결과 보고서를 읽기 시작했다. 결과는 어렴풋이 짐작했던 대로였다. 이 지구상에 있는 거의 모든 사람의 뇌에는 뉴트리노 스캐너가 장착되어 있다. 스캐너라고는 해도 좁쌀만 한 크기의 장치를 두개골에 심는 것뿐이다. 그것으로 뇌에 저장되는 모든 활동을 새로운 육체로 '이동'할 수 있다. 왜 카피가 아니고 이동인가. 그건 스캔드와 마찬가지의 기술이 여기에 사용되고 있었기 때문이었다. 성공한 뉴트리노 뉴럴 스캐닝은 원본의 죽음을 의미했다. 그리고 똑같은 존재가 컴퓨터 안에서 살아나게 된다. 오로지 성공한 스캔만 그런 현상이 일어나는 것이다.

성공하지 못한 스캐닝으로 만들어진 데이터는 아무런 자아를 가지지 못하고 0, 1, 0-1의 큐빗에서 결코 벗어나지 못하는 그냥 더미 파일이 된다. 뉴트리노 스캐너가 발명된 지도 이미 150년이 지났다. 스캔 기술은 한층 더 발전되었다. 스캐너의 미세화로 누구나 그걸 뇌에 심을 수 있게 된 것이다. 그리고 죽음을 맞이하면 미리 복제해놓은 육체에 다시 살아날 수 있게 된다.

톰의 뇌에 있던 것은 그냥 뉴트리노 뉴럴 스캐너가 아니었다. 그건 분명했다. 일단 크기부터가 달랐다. 너무 컸다. 그리고 시술 장소도 달랐다. 보통 두개골이나 두개골 안쪽에 심는 것이 정상인데 이 '기계'는 뇌간에 있었다. 의학 기술이 발전하던 시절에도 함부로 손을 못 대는 곳이었다. 하지만 남겨진 나노 머신 파편으로 볼 때 일종의 뉴럴 스캐너인 것은 분명했다. 하지만 더 큰 만큼 단순한 스캔 이상의 역할을 하는 것이 분명했다. 누가 남의 생각을 중계라도 하고 있었던 걸까? 그게 가능이나 한가?

감각 부분, 즉 시각 정보 같은 걸 기록 장치로 연결하는 시스템은 이미 존재했다. 바로 아마벨의 뇌에도 달린 그것이다. 하지만 일반적이지 않았다. 나노 머신으로 만들어진 뉴트리노 뉴럴 스캐너 덕에 사람들은 자신의 몸에 대한 애착을 버리게 되었다. 그래서 비싼 돈을 들여서 업그레이드하거나 하지 않았고 사이보그도 더 이상 보기 힘들었다.

아마벨이 전역한 직후만 하더라도 사이보그가 흔하디흔했다. 하지만 모두 클리니컬 이모털리티를 손에 넣고 새로운 육체로 돌아갔다. 아마벨은 클리니컬 이모털리티를 사용하기에는 기계와의 하이브리드 정도가 너무 높았다. 뇌의 뉴런과 기계 부분의 양자 회로 소자의 양자적 상태를 동시에 읽어내는 기술이 필요한데 그런 기술은 아직껏 발명되지 않았다. 그런 기술이 필요한 사람이 세상에 열 명이 채 되지 않으니 이 우주가 끝나는 날까지 만들어지지 않을 것 같다. 직접 만든다면 모를까.

아마벨도 그 생각을 안 해본 것은 아니었다. 영원한 시간이 있으니 학교에 다니며 과학과 기술을 배워서 스스로 만들 수도 있지 않을까. 하지만 아무리 많은 시간을 들인다 해도 고급 미적분학을 이해할 수 없었다. 양자 회로로 된 보조뇌는 '내가 풀까? 내가 풀게. 내가 풀게 해줘!' 하고 애원했다. 머릿속에 커닝 용지를 박아놓고 학교에 다닐 수는 없었고 공부도 되지 않았다. 어쩔 수 없이 포기했다.

아마벨의 생각이 이리저리 부유하는 동안 톰의 뇌에 달린 기계의 정체가 더욱 궁금해졌다. 인체에 사용하는 나노 머신은 이제 개발하는 곳이 얼마 없다는 것 정도는 알고 있었다. 아마벨은 네트에 들어가 얼마나 있는지 검색했다. 열아홉 곳. 생각보다 많았다. 하지만 재무구조를 분석해서 소유자를 추적하니 모두 한 명이 소유한 19개의 계열사라는 것을 알게 되었다. 그러니까 딱 하나밖에 남지 않았던 것이다. 소유자는 다케나가 미츠요시, 먼

옛날 스캔드 인구가 늘어나기 직전 뇌 임플랜트 기술의 펌웨어 개발로 거대한 부를 축적한 인물이었다. 그리고 그 거대한 부로 자신도 스캔드가 되었다.

✳

"언니, 일어났어요?"

어느새 동이 터 있었다. 진짜 태양은 나노 컨스트럭터가 끊임없이 파괴와 창조를 계속하는 건물들에 가로막혀 보이지 않았지만 그래도 실제 일출 시간에 맞춰서 태양 같은 조명이 떴다. 심지어 여름에는 피부가 따가울 정도로 출력을 높이기도 했다.

"안 잤어. 미안한데, 네가 도와줘야 할 일이 있어."

실비는 벌떡 일어나서 아마벨의 침대에 올라와 양반다리를 하고 앉았다.

"뭔데요?"

아이들이 도울 능력도 없으면서 괜히 돕고 싶어 한다는 것을 기억해냈다. 성가시고 귀찮지만 긍정 강화는 아이 교육에 큰 도움이 된다고 알고 있었다. 실비를 교육할 생각은 전혀 없었지만.

"너를 조사해야겠어. 뇌를 말이야."

"왜요?"

실비는 겁을 먹은 것 같지는 않았다. 아마 여기서 익숙해진 탓인 것 같았다.

"너에게 톰과 똑같은 것이 들어가 있는지 알아내야 하거든."

"알았어요. 근데 그거 아픈 거 아니죠?"

"몰라. 오기현을 불러서 물어보자."

오기현은 낮에는 평범한 차림새를 하고 있었다. 슬리퍼에 운동복을 입은 오기현은 마치 사극에서 뛰쳐나온 것 같은 평범한 차림새였다. 오기현은 그런 연출을 매우 좋아했다. 아마벨은 자꾸 하품으로 말을 가로막는 오기현을 후려치고 싶은 충동을 애써 참으며 그동안의 경위를 설명했다.

"그러니까 죽었다는 애 머릿속에 이상한 게 있었다고?"

"맞아. 아마 뉴트리노 스캐너는 아닌 것 같아. 그보다 더 고성능의 무엇이든가, 아니면 전혀 다른 무언가든가."

"골치 아프네. 그걸 직접 보지 못하면 뭐라 말할 수가 없겠는걸."

아마벨은 오기현에게 톰의 검시 보고서를 보냈다. 오기현은 모니터를 띄워서 톰의 부서진 뇌 속의 부서진 기계 속의 부서진 나노 머신을 이리저리 돌려보더니 미묘한 표정을 지었다.

"뉴트리노 스캐너 맞네. 그런데 이건 좀 달라."

"뭐가?"

"기다려봐."

나노 머신 조각을 맞추는 건 지그소 퍼즐과 다를 것이 없었다. 3차원이라는 것이 다를 뿐. 시간이 꽤 걸리는 작업이었고 기다리다 지친 실비는 어느샌가 꾸벅꾸벅 졸고 있었다. 인공지능 같은 게 있어서 이런 걸 자동으로 해주면 좋을 텐데라는 생각이 들었다.

오후가 지나 아마벨과 실비가 식사를 하고 커피를 마시고 있을 무렵, 세상에서 가장 재밌는 게임을 다 깨고 온 표정으로 오기현이 뛰어 들어왔다.

"방향이 양방향이야!"

"양방향?"

"클리니컬 이모털리티는 일방통행이거든. 원래의 육체에서 재생성 장치로 정보를 보낼 뿐 그 반대 방향 정보는 흐르지 않아. 옛날이었다면 데이터 체크섬 같은 걸 사용해야 하니 양방향 통신이 무조건 필요했겠지만, 이젠 양자통신이니까. 무결성은 깨지지 않거든."

"전문적인 얘기는 됐고⋯."

"그런데 이놈은 양방향으로 양자 정보가 흐른단 말이야."

"왜?"

"그걸 내가 어떻게 알아."

"잠깐. 스캐닝하게 되면 원본은 죽는 거 아니었어?"

"맞아. 내가 아는 한 모건 재판 당시 논란이 일어난 걸 제외하면 한 번도 실패한 적이 없었어."

"모건 재판?"

"클리포드 모건이라고 몰라? 옛날에 잘나가던 재벌 총수였는데 어느 날 사고를 당해서 스캔을 받은 거야. 그런데 죽지 않고 살아난 거지. 스캔 된 스캔드는 그 나름대로 지구의 세트라급 서버에서 살게 되었고."

"난 왜 몰랐지."

"네 무식의 이유를 나한테 물어보면 답이 나오나? 하여간, 클리포드 모건과 스캔드 모건 사이에 소송전이 붙은 거야."

"어떻게 됐어?"

"어…. 싱거웠어. 지구연방 법원이 생각보다 보수적이더라고. 스캔드 모건이 졌지. 삭제당했어."

"내가 기억 못 할 만도 하네. 정말 양방향으로 정보가 흐르는 이유를 모르겠어?"

"그건 설명하기가 쉬워. 통신기라고 하면 되니까. 그런데 뉴트리노 스캐너와 양방향 양자 통신기가 결합된다? 이건 정말 들도 보도 못한 얘기야."

"실비의 머릿속에 이게 있는지 알 수 있을까?"

"어, 알 수 있어."

"음….”

오기현은 아마벨의 말을 기다리는 듯했다.

"그럼 해."

"했어. 그런 거 없어."

"진짜?"

"내 가게에 들어오면 그 정도의 검사는 다 한다고. 깨끗해. 진짜 너무 깨끗해. 재생성된 육체도 깨끗하거든. 그런데 이 정도는 아니야."

"없다, 이거군."

"맞아. 없어. 확실해. 보고서 보니까 4밀리미터 크기라고 되어 있던데, 그게 박살 난 조각인 걸 생각해보면 더 크겠지. 그렇게 커다란 게 내 환자 뇌에 박혀 있는데 내가 모를 수가 있나!"

오기현의 잘난 척이 꼴 보기 싫었지만 잘난척할 만한 실력은 있었다. 그런 걸 놓칠 리가 없었다. 그러면 그 기계는 뭐고 왜 톰에게는 있는데 실비에게는 없을까.

마침 실비가 설거지를 다 하고 진료실로 들어왔다.

"그럼 검사라는 거 언제 해요?"

"그거 필요 없어. 이미 검사했는데 너한테는 톰한테 있던 그 기계가 없대."

"다행인 건가요?"

"모르겠어. 다행인지."

잠시 침묵이 흘렀다.

"아, 담배 있어?"

"내 가게에 담배가 있겠어?"

아마벨이 째려봤더니 오기현은 뚱한 표정으로 카운터 쪽을 턱으로 가리켰다.

"손님이 두고 간 거 있어. 청구서에 넣을 거야!"

담배에 불을 붙이고 깊게 들이마셨다. 문득 어렸을 때 아빠가 담배를 피웠다는 게 기억났다. 엄마는 해롭다며 끊으라고 타박을 했던 것도. 항상 혼나면서도 아빠는 담배를 끊지 못했다. 중독이란 그런 거니까. 그리고 아마벨도 중독을 끊지 못했다. 다행히 아마벨의 폐는 정기적으로 갈아주면 되는 물건이라 폐암으로 죽을 일은 없다. 아빠처럼.

서에서 연락이 들어왔다. 재떨이가 없어서 대충 바닥에 비벼끈 후 받았다.

"네."

"과장님, 출근 안 하세요?"

강수범이었다.

"왜. 서장님이 뭐라고 하셔?"

"그게 아니라 시말서 쓰셔야죠."

"수범아, 내가 지금 시말서 쓰게 생겼니? 그리고 내가 무슨 시말서 쓸 일을 했다고?"

"그게 내사과에서 절 던져버리는 게 카메라에 찍혔다고 하잖아요. 저도요, 그런 일 다시 당하고 싶지 않고요. 이번 분기 끝나면 전출 신청할 거예요. 아셨어요? 그러니까 과장님 뒷바라지는 더 못하겠다고요. 그러니까 들어와서 시말…."

더 못 참고 끊어버렸다. 강수범 경사는 입만 닥치고 있으면 멀쩡한데 그걸 열면 쓰레기 같은 말만 하는 귀중한 능력이 있었다. 아마벨은 문득 저놈의 목소리가 거슬린다는 느낌을 받았다. 새로 장착한 귀 때문인가?

하지만 어제 일어난 일을 생각해보면 지금은 아군이 하나라도 있어주는 게 나을 것 같았다. 그게 거슬리는 목소리를 가진 백 살짜리 새파란 애송이라 해도. 기다리면 다시 폰이 들어올까 기다려봤지만 신호는 오지 않았다. 아마벨은 짜증 섞은 표정으로 강수범을 불러냈다.

"왜요?"

받자마자 이 새끼가.

"수범이니? 아까는 내가 미안했어."

"…과장님 왜 이러세요? 그런다고 전출 신청 취소는 안 할 거라고요."

"아니야. 너 가고 싶은 데로 가야지. 갈 때 내가 추천서도 잘 써줄게. 그동안 내가 미안했어. 더 잘해줘야 했는데. 어제 일도 내가 너무 심했고."

"사과는 받아들이죠. 그런데 지금 어디세요?"

"서울이야. 피맛골."

갑자기 강수범의 목소리가 작아졌다.

"거기 가 계신 거 서장님한테 들키면 시말서가 네 배가 된다는 거 아시죠? 수사 관련이라고 해줘요. 제발."

"수사 관련이야. 그래서 말인데 여기로 좀 와라."

"저까지요? 저까지 시말서 쓰고 경력 말아먹으라고요?"

"괜찮다니까. 내가 보증해줄게. 경비과 어때? 거기 국장이 애송이 시절에 내가 교육시킨 놈인데."

"정말 경비과로 보내주실 수 있어요?"

"물론이지."

본청의 경비국장이 풋내기 경관이었을 때 교육을 시켜준 것은 사실이었다. 딱 거기까지만 사실이라는 게 문제였지만. 그래도 자신의 스파르타 교육 덕에 그 알짜배기로 불리는 경비국장까지 올라갔다고 우길 수도 있었으니 아예 거짓말도 아니었다. 아니, 거짓말이 아니라고 생각하기로 결정했다. 방금.

"알았어요."

아마벨이 먼저 끊었다.

강수범을 부른 이유는 단순했다. 자신이 없는 동안 실비를 지켜줄 누군가가 필요해서였다. 정말 실비의 목숨을 노리고 있는 건지 알 수 없지만, 목숨이든 육체든 아니면 머릿속에 있을지도 모르는 정보든 누군지도 알지 못할 적에게 넘어가지 않게 하는 게 중요했다. 경찰은 믿을 수 없었다. 유라시아 경찰청장을 비롯해 거의 모든 경찰 수뇌부는 스캔드였으니까. 지금 찾아가서 따질 상대도 스캔드였다. 모두 한통속이라고 볼 수는 없지만 같은 편이라고 간주하는 것이 안전하다고 아마벨은 판단했다.

7

아마벨이 가게를 나왔을 때 아름다운 붉은 노을이 동쪽으로 지고 있었다. 서쪽으로 지게 설정할 수도 있겠지만 피맛골 건물 중에서는 고층 빌딩인 YMCA 빌딩이 그쪽을 가로막고 있어서 잘 보이지 않는다는 항의가 많았다고 한다. 아마벨이 향하는 곳도 YMCA 빌딩이었다.

YMCA 건물은 20세기 초에 지어진 건물인데 그 자체로 이미 문화재였다. 고궁만큼 소중한 취급을 받지는 않고 있었지만 그래도 함부로 허물 수도 없었다. 그걸 이용해 정문을 완전히 봉쇄하고 개인 건물로 사용하는 자가 있었다. 피맛골의 실력자 중 한 명이자 서울을 감싸고 일어나고 있는 건축 전쟁의 당사자 중 한 명. 재건축조합장이었다. 아마벨도 직책명은 알고 있었지만 그 사람의 실명은 알지 못했다. 어느 서류를 봐도 그저 재건축조합장이라고만 나와 있었다.

아직 아마벨의 사지가 마음대로 움직여주지는 않았다. 결국 뇌의 문제였다. 아주 미묘하게 달라진 팔다리의 설정과 무게와 반응속도가 불편하다고 뇌가 아우성치는 것이다. 방법은 없었다. 익숙해지는 수밖에는. 인파를 뚫고 도착한 YMCA 빌딩의 작은 쪽문에는 장갑복을 입은 덩치가 가로막고 있었다.

덩치가 아마벨을 내려보며 말했다.

"그냥 지나가."

마스크 때문에 보이지 않았지만 일부러 험악한 표정을 만들려고 애쓰는 게 몸짓만으로도 보였다. 아마벨은 이런 부류의 인간을 잘 알고 있었다. 복어처럼 겉만 부풀어 오르게 해서 상대방에게 겁을 주는 물주머니들. 독도 없는 것들이.

"조합장님을 만나러 왔습니다."

아마벨은 경찰 배지를 보여줬다. 사고 때 흙먼지에 광택을 잃기는 했지만 간단히 부서지는 물질로 만들지는 않았다.

"여기서는 경찰이 아무런 의미도 없다는 거 알잖아?"

"그냥 내 신분을 증명해 보인 것뿐입니다. 상부에 연락이나 해보시지?"

아마벨은 갑자기 짜증이 확 났다.

"이미 알고 계신다. 만나고 싶어 하지 않으셔. 여기서 5초 이내 안 꺼지면…."

덩치는 문장을 끝까지 마치지 못하고 쓰러졌다. 대부분의 경장 갑복은 몸을 가볍게 하기 위해서 부분부분 장갑을 비워놓았는데 선제공격을 하는 자는 그곳만 노리면 된다. 바닥을 뒹굴면서 헬멧 안에 구토를 하고 있는 놈을 건너뛰어서 쪽문을 열고 들어가려다 다시 돌아와서 헬멧을 벗겨줬다. 아마벨도 헬멧을 벗지 않은 상태에서 구토해본 적이 있어서 그게 얼마나 위험하고 불쾌한지 알고 있었다. 어떤 인간도 그런 걸 겪으면 안 된다고 생각하게 될 정도로.

✳

문안의 세계는 문밖과 완전히 다른 세계였다. 아마벨은 이곳이 그냥 건물이 아니라 종교 시설, 가톨릭교의 성당이라는 사실을 이제야 눈치챘다. 예상하던 것과는 너무도 달라서 머리가 멍해질 정도로 충격을 받았다. 24시간 항상 시끄럽고 더러운 피맛골과 달리 YMCA 건물 안은 너무나 조용하고 깨끗했다. 강렬한 위화감이 느껴질 정도로 아무런 냄새도 나지 않았고 소음도 전혀 없었다. 이 정도로 완벽하게 소음을 없앴다는 건 액티브 노이즈 캔슬링을 건물 전체에 사용하고 있다는 의미였다. 그 오래된 기술을 이런 식으로 건물에 사용하는 걸 아마벨은 본 적이 없었다. 물론 종교 시설에 들어와본 적은 없었기 때문에 다른 곳도 이런 장치가 있을지도 모르지만 말이다.

복도를 지나가던 수사 한 명이 아마벨을 향해 조용히 다가왔다. 너무도 조용해서 마치 눈앞에 이 사람이 존재하지도 않는 것 같았다.

"무슨 일로 찾아오셨습니까?"

"조합장님을 찾아왔습니다."

정중한 질문에는 정중하게.

"죄송하지만 조합장님은 자리를 비우셨습니다. 다른 시간에 찾아오시는 것이 어떠신지요?"

수사의 깎은 머리에 땀방울이 송골송골 솟아오르는 것이 보였다. 아마 아마벨의 강화된 눈이 아니었더라도 누구에게나 보였을 것이다.

"조합장님이 이곳에서 거주하지 않는다는 사실 정도는 알고 있습니다. 그냥 연락만 하게 해주시면 됩니다."

"성함이…?"

"수원서 살인과 아마벨 코발레프스키 경위입니다."

"알겠습니다. 전해드리죠."

"전해졌다는 건 알고 있습니다. 지금 보고 계시겠죠. 그러니 제가 할 말만 하고 빨리 나가겠습니다. 어제 누군가가 저를 죽이려고 했습니다. 역 안에서요. 저는 클리니컬 이모털리티를 사용하지 않기 때문에 죽으면 그걸로 끝입니다. 그래서 지금 살짝 짜증이 나 있는 상황입니다. 아, 걱정하지 마십시오. 교회가 관련이 없다는 것은 잘 알고 있습니다."

수사의 얼굴이 창백해지자 아마벨은 급히 단서를 붙였다.

"그런데 이곳은 아시다시피 경찰의 수사영역도 아니고 말이죠. 누군가가 나를 죽이려고 해도, 폭탄 테러가 일어나도 손을 댈 수가 없는 상황입니다. 아시다시피 이곳을 지배하는 것은 조합장님이니까요. 그래서 개인적인 수사에 도움을 주십사 하고 이렇게 찾아오게 된 것입니다."

"그래도 만나실 수는 없습니다. 안 계시니까요."

"그렇겠죠. 신성한 성역에 와서 난동을 부릴 수도 없는 노릇이니 여기서 조용히 물러나겠습니다. 그럼."

약간의 협박은 양념이었다.

＊

가게로 돌아오니 실비와 오기현 둘이서 게임을 하고 있었다. 참 목숨이 위험해도 이렇게 한가할 수가 있구나 싶어서 조금 허탈해졌다. 무방비로 나갔다 온 것은 물론 아니었다. 가게 카운터에 장착한 초소형 드론으로 쉬지 않고 감시하고 있었다. 하지만 아무도 찾아오지 않았다. 손님도 없었다.

두 사람이 무슨 게임을 하고 있는지 몰랐지만 솔직히 관심이 없었다. 뇌 신경에 직접 연결하는 방식의 VR 게임에 아마벨은 접속이 불가능했다. 아마벨도 어렸을 때, 그러니까 아직 멀쩡한 몸이었을 때는 게임을 즐겼었다. 뇌 신경 연결형은 아직 개발 전이었고 그냥 헬멧과 컨트롤러를 써야 했지만.

"오′! 게임 끄고 나와봐."

아마벨이 오기현의 뒤통수를 가볍게 때렸다. 뭐가 그리 재밌는지 실실 웃고 있던 오기현의 얼굴이 험악해지더니 몇 분이 지나서야 '모자'를 벗고 나왔다.

"야! 여기 내 집이거든? 내가 내 마음대로 게임도 못하냐?"

"그래서 실비한테 가르쳐준 거야?"

"애가 심심해하잖아. 그리고 게임 같은 건 해보지도 못했다잖아. 불쌍하지도 않아? 기계 몸이라 인정을 잃었냐?"

아마벨이 욕지거리를 쏟으려는 찰나, 경고메시지가 눈앞을 가득 채웠다. 아마벨은 즉시 모든 통신을 끊고 진단기를 작동시켰다. 5초 후 어떤 공격이었는지 리포트가 작성되었다. 네트워크 공격이었다. 정확히 말하자면 B-게이트 바밍 어택. 기술적인 부분을 차치하더라도 이런 종류의 공격은 생각보다 흔했다. 다만 당하는 쪽이 기계기 때문에 눈치도 못 채고 순식간에 털리고 지나가는 것이다.

하지만 문제가 있었다. 이 공격은 일반 네트워크의 B-게이트를 바밍, 즉 폭격하듯 두들겨대는 다소 무식한 해킹 기법인데 이런 방법을 사용하려면 상당한 컴퓨팅 파워가 필요하다. 그리고 주요시설에 그런 컴퓨팅 파워를 사용한 당사자가 누군지는 시장에서 그 시각 대량 구매자만 추적해 분석하면 금방 알아낼 수 있었다. 아마벨의 머리를 공격한 폭격도 누구 짓인지 알아내기 쉬울 것 같았다. 적은 들키지 않고 순식간에 정보를 빼낸 후 흔적을 남기지 않고 나올 수 있을 거라 생각했을 것이다. 만약 컴퓨팅 파워 시장의 고객명단에 대한 영장을 신청하면 적에게 이쪽이 눈치챘다는 사실을 들키게 되지 않을까.

공격 메시지가 나오고 무한에 가까운 6초가 지나고 있었다. 공격이 들어오면 자동적으로 가속 모드로 사고가 진행된다. 오기현은 앞에서 실비와 함께 게임을 하다 헛소리를 늘어놓는 중이었고 가게 창밖의 가짜 햇빛이 과하다 싶을 정도로 들이치고 있었다.

아마벨은 왜 B-게이트 폭격이 자신에게 먹히지 않았는지 알지 못했다. 그 이유는 보고서 마지막에 쓰여 있었다. 알고보니 아마벨 뇌에 달린 보조 컴퓨터는 구식이라 B-게이트가 없었다. 공격이 이루어질 만한 '문' 자체가 존재하지 않으니 상대편의 공격은 처음부터 의미가 없었다. 아무리 물량 공세를 해도 없는 문을 열 수는 없다. 아마벨은 보조뇌에 가상머신을 하나 만들라고 한 다음 B-게이트를 두고 가짜 정보로 가득 채우도록 했다. 그리고 그 안에 쓸 만한 정보는 딱 하나 남겨두도록 했다. 그리고, 지켜봤다.

1밀리초가 지나자 마치 머리에 뻥 소리가 들리는 듯한 착각이 들 정도로 강력한 공격이 가상머신의 방벽문을 뚫었다. 아마벨은 적이 누구건 간에 정보를 원해서 그 머리를 해킹했을 것으로 예상했고 그게 논리적으로 타당했다. 하지만 동일 가정에서 논리적으로 타당한 논증은 무한히 존재한다. 이 경우도 마찬가지였다. 적은 겹겹이 쌓여 있는 정보와 그 사이에 놓인 매력적으로 암호화되어 있는 정보는 거들떠보지도 않고 티끌만 한 앱을 하나 내려놓고 흔적도 없이 사라졌다. 언제 폭격이 있었느냐는 듯. 가상머신은 자신이 털렸다는 사실을 눈곱만큼도 눈치채지 못했다. 적이 그게 가상머신이었다는 것을 알아챘을지 못 알아챘을지에 대해서는 지금 당장은 알 수가 없다. 하지만 저 '앱'이 무슨 역할을 하건 간에 매우 위험하다는 것은 직감할 수 있었다. 그리고 지난 며칠간 일어난 일을 봤을 때 건드리지 않는 것이 최선이라고 결론 내렸다.

하지만 사람이 항상 최선의 일만 하는 것은 아니라는 것을 아마벨은 알고 있었다. 왜냐하면 지금 당장 가장 필요한 일과 최선의 일이 일치하지 않을 수 있기 때문이었다. 지금이 그랬다. 일단은 그 앱에 진단을 돌려봤다. 헛수고라는 것을 알고 있었지만 그래도 한번 해보자는 생각이었다. 하지만 실수였다. 앱은 진단 프로그램을 감지하자마자 스스로 압축을 다른 스핀으로 바꿔버렸고 전혀 다른 앱의 껍질로 변해버렸다. 단순하게 설명하자면 진단프로그램이 Hack.exe라는 것을 검사하려 하자 파일이 다음 순간 kasd3914669.jpg로 바뀐 식이었다. 진단프로그램은 상대 프로그램이 사라졌으므로 에러를 일으켰고 곧 멍청한 인공지능을 흐느적거리며 움직여 스핀을 바꾼 양자 정보를 다시 찾아내려고 했다. 그리고 이 일은 반복되었다. 양자 프로그램이 스스로의 중첩상태, 즉 스핀을 바꿀 수 있나? 아마벨이 사이버보안 전문가는 아니었지만 그런 것이 가능하다고는 들어본 적도 없었다. 전문가가 아니라서 들어본 적이 없을 뿐일지도 몰랐지만.

1밀리초가 다시 흘렀다. 컴퓨터 기준으로는 막대한 시간이었다. 하지만 결정을 내리지 못했다. 가상머신 안에 있는 한 적이 남겨놓은 이 폭탄은 영원히 터지지 않고 안전할 수 있을 것 같았다. 자신을 보호하기 위해서 스핀을 바꿀 능력은 있었지만 주위가 가상머신인지 진짜 기계인지 구별할 힘은 없었다. 그러려면 호스트 컴퓨터의 컴퓨팅 파워를 뺏어와야 하는데 그러자니 눈에 띄기 쉽고 바이러스로서의 역할을 못하게 된다. 그러니 지금은 안전했다.

하지만 아마벨이 원하는 것은 안전이 아니었다. 정보였다. 단서였다. 지금 단서가 너무나 없었다. 바로 눈앞에, 아니 눈 '뒤'에 그 단서가 있었다. 그걸 잡지 않을 수가 없었다.

아마벨은 현실 시간으로 가속 모드를 맞춘 뒤 원래 오기현에게 내뱉으려던 욕을 자신의 머리를 해킹하려 했던 놈을 향해 대신 뱉었다.

"씨발놈."

"욕이 심하네?"

"너한테 한 거 아니야. 실비랑 둘이서 게임이나 하고 있어. 여기 물리적 패러데이 케이지 있어?"

"당연하지. 수술실에 있어. 없으면 위험하니까. 왜?"

"필요해서. 수술 없지? 내가 빌릴게. 아무도 들어오지 마. 내가 괜찮다고 할 때까지는. 알았어?"

"어."

"실비, 너도 알아들었니? 내가 들어오라고 하기 전까지 들어오면 안 된다?"

"네."

실비는 게임에 더 관심이 가는지 심드렁하게 대답했다.

＊

패러데이 케이지는 물리적인 장벽으로 어떤 전파든 간에 통과하지 못하게 하는 그물망으로 된 구조물이다. 피맛골 자체에도

149

이론적인 패러데이 케이지가 깔렸긴 했지만 수술실에는 구리로 된 망으로 만들어진 진짜 패러데이 케이지가 있었다. 환자가 통신을 하거나 다른 사람이 집도의를 간섭하는 경우가 있기 때문이었다. 피맛골이 사실상 무법지대이기 때문에 필요한 시설이었다.

아마벨은 문을 닫고 좁다란 수술대 위에 올라가 앉았다. 먼저 허벅지 안쪽을 열고 드라이버를 쑤셔 넣은 뒤 에너지와 신호가 오가는 센트럴 라인을 힘을 줘서 꺾어버렸다. 곧 다리의 통제권이 사라지고 아무런 감각도 피드백되어 오지 않게 되었다. 왼쪽 다리도 똑같이 만든 뒤 오른쪽 팔 안쪽을 열어 비슷한 작업을 했다. 남은 왼쪽 팔도 열어서 센트럴 라인을 길게 빼서 입에 물었다. 그리고 왼쪽 팔이 자신의 팔 안쪽을 열 수는 없었으므로 아마벨은 자신에게 수갑을 채워 수술대의 조명 기둥에 묶어버렸다. 그리고 보기에 아주 불편한 자세로 누웠다.

아마벨은 눈을 뜬 채로 가속 모드를 가동했다. 그리고 가상머신을 눈앞에 떠올린 다음 앱을 '바깥'으로 꺼낼 준비를 했다. 그리고 심호흡을 아주 깊게 했다. 아마벨에게 심호흡은 아무런 의미도 없었다. 하지만 지금은 필요할 것 같았다.

앱을 작동시켰다.

먼저 자동으로 압축이 풀렸다. 앱은 마치 망델브로 집합 모양처럼 끝없이 확장하며 끝없이 축소하기를 반복했고 그 과정에서 생기는 '나머지'를 제외한 부분을 불규칙적으로 보이는 규칙에 따라 잘라냈다. 곧 잘린 조각들은 서로를 잡아당겨 하나가 되었다. 아마벨은 압축이 풀리는 걸 이런 식으로 바라본 적이 없었으므로 이 과정이 정상인지는 알 수 없었지만 무언가가 다르다는 것 정도는 느낄 수 있었다. 가장 이상한 것은 그 복잡성이었다. 저렇게 복잡한 프로세스를 거쳐서 대체 무엇이 만들어졌을까?

그 답을 알아내는 것은 간단했다.

먼저 망델브로 집합의 가랑이 부분이 아마벨의 오른쪽 다리를 공격했다. 둥그런 부분은 왼쪽 다리를, 하트 부분처럼 보이는 곳은 오른팔을, 삐죽한 부분은 왼쪽 팔을 노렸다. 그리고 창처럼 솟아 있는 가장 바깥 부분이 제일 공격적으로 아마벨의 기억을 공략했다. 하지만 아마벨이 물리적으로 사지를 무력화시켰으므로 점령을 한다 해도 아무 의미도 없었다. 아마벨은 온 전신이 남에게 침범당하는 기분에 끔찍한 불쾌감이 들었다. 오래전, 힘도 없던 평범한 여자아이였던 시절 당했던 성추행 같았다.

하지만 적어도 그 정도로 불쾌하지는 않았다. 어렸을 때 느꼈던 그 강렬한 분노에 비하면 지금 치밀어 오르는 화는 용암 앞의 성냥불에 불과했다. 어느 한쪽이 더 끔찍한 경험이어서가 아니라 지금은 강력하고 적확한 반격을 가할 수 있기 때문이었다. 아마벨은 머리를 차갑게 식히고 바이러스가 어디까지 가는가를 가만히 지켜보기만 했다. 그리고 과정을 일일이 기록했다. 바이러스가 아마벨의 머리를 지배하려고 했으나 불가능했다.

이 바이러스는 바이러스라기보다는 운영체제에 가까웠다. 그만큼 완전한 기능을 가지고 있었지만 그 광범위한 공격패턴에는 아마벨처럼 하이브리드로 된 것을 공략할 방법은 없었다. 공격할 목표 중 몇 개는 아예 사라졌고 가장 중요 목표물은 아예 건드리지도 못하는 상황. 아주 미세하지만 다음 행동 패턴을 결정할 때 시간 지연이 일어나고 있었다. 아마벨은 바이러스가 '당황하고 있다'는 것을 느낄 수 있었다. 아마벨이 지금 얼굴 근육을 움직일 수 있었다면 웃음이 스쳐 지나갔을 것이다.

하지만 웃을 시간이 없었다. 이 바이러스의 목적을 알아내야 한다. 아마벨은 작동이 정지되어버린 바이러스의 모듈을 떼어냈다. 그러자 망델브로 모양이 자기 복제를 하면서 다시 원래대로 돌아가기 시작했다. 즉 일부분만 잘라내도 금방 원래의 모습을 되찾으며 되살아날 수 있었던 것이다. 운영체제급의 복잡한 기능을 가지고 있으면서도 이렇게 작고 자기 회복기능까지 있는 프로그램은 들어본 적이 없었다. 스캔드 그 자체를 제외하고는.

차라리 잘된 일이었다. 큰 의미가 있는 공격이 아니기 때문에 이런 식으로 떼어내는 작업을 공격으로 인식조차 하지 않는 것 같았다. 특별히 반응할 필요도 없다고 말이다. 떼어낸 조각도 망델브로의 영원히 계속되는 복제를 다시 시작하며 원상태로 돌아가려고 했다. 아마벨은 그 부분의 프로세스 자체를 멈춰버렸다. 관찰하기 위해서였다. 아주 천천히, 컴퓨터상의 시간 개념으로 너무나 천천히 한 프레임씩 돌려가며 과정을 연구했다. 곧 떼어낸 조각은 완전한 조각이 되었고 아마벨은 그걸 왼쪽 팔로 보내서 저장했다. 저장이라기보다는 덫으로 잡은 것과 비슷했지만.

아마벨은 눈을 뜨고 왼쪽 팔을 보았다. 그러자 왼쪽 팔이 발버둥을 치기 시작했다. 지금 현 상태를 아마벨의 시각을 통해 인식한 바이러스가 어떻게든 이 상태에서 탈출하려고 하는 것이었다. 왼쪽 팔은 수갑을 곧 부술 것 같았다. 아마벨은 입에 물고 있던 센트럴 라인을 끊었다. 그리고 자신의 뇌 거의 전부를 차지하고 있는 바이러스를 없애기 위해 리부팅 시퀀스를 시작했다. 뇌가 말 그대로 꺼지면서 아마벨의 뇌 기능 대부분이 정지했다.

8

아마벨이 눈을 뜨자 오기현이 짜증 가득한 얼굴로 내려다보고 있었다.

"깼네."

"응."

"뭐 할 말 없어?"

"뭘?"

아마벨은 짓궂은 표정을 지었다.

"하아…. 나 참 이년을 때릴 수도 없고."

년? 그게 연도가 아니라 욕설이라는 걸 깨닫기까지 생각보다 한참 걸렸다. 들어본 지 너무나 오래된 단어였다. 오기현이 나이가 어떻게 되지?

"뭘 하려는 건지 잘 몰라서 팔다리는 재접속 안 시켰어. 왜 이런 거야?"

"시간이 얼마나 지났어?"

"지나긴 뭘, 한 30분 전에 네가 수술실 빌려달라고 했잖아. 큰 소리가 들려서 들어와보니까 이 꼴이던데?"

그러고 보니 밝은 역광 때문에 잘 보이지 않았을 뿐, 아마벨은 여전히 수술실에 있었고 오른쪽 팔도 수갑에 그대로 묶여 있었다. 옆에 작업대가 딸려온 걸 보니 오기현이 팔다리를 다시 접속시키려고 작업하려는 모양이었다.

"걱정해줘서 고마워."

아마벨은 진심에서 나온 감사 인사를 했다. 이 역시 오래간만에 해보는 말이었다.

"인사는 됐어. 청구서에 아주 뻥튀기시켜서 적을 테니까."

"그러면 일 좀 시켜도 되겠네. 나머지 팔도 잘라줄래?"

"뭐? 왜? 야, 이 팔이 얼마인 줄 알기나 하니? 얘는 나이도 먹을 대로 먹은 애가 물건 아낄 줄을 몰라. 사이보그 팔다리는 요즘 만드는 데가 거의 없어요. 그러니까 주문 제작하는 방법밖에 없다고요. 알았어요, 호구 고객님아?"

"아까 돌아와서 너희랑 얘기하던 중에 누군가 아주 강력한 존재가 내 머리를 해킹하려고 들었어. 실패했지만. 내가 어떤 존재인지 잘 모르는 것 같더라."

오기현의 얼굴이 짜증 나는 표정에서 호기심 어린 표정으로 바뀌었다.

"네 머리를? 실패했다며. 뭐가 더 강력해?"

"그냥 내 머리가 얼마나 구식인지 잘 몰랐던 것뿐이야. 지금 기술로 20세기 진공관 컴퓨터 같은 걸 해킹할 수는 없잖아?"

오기현은 갑자기 폭소를 터뜨렸다.

"말 잘했다. 이 진공관아!"

새로운 별명이 마음에 들었는지 오기현은 계속 진공관, 진공관이란 말을 반복했다.

"아, 좀 닥쳐. 그래, 나 진공관이다."

"그래서 어떻게 됐어? 진공관 마님?"

"먼저 가상 머신을 새로 만들어서 그걸 공격하도록 유도했어. 그런데 그거 가지고는 단서가 부족하겠더라고."

"그래서 네 몸에 퍼뜨렸다? 이년이 정말 미친 년이네, 맛이 궁금하다고 우라늄도 씹어먹겠어?"

"오기현?"

"웅?"

"한 번만 더 년년 그러면 네년을 푸딩으로 만들어주겠어."

"알았사옵니다. 진공관 마님."

"팔다리를 일부러 다 자르고 왼팔에 놈을 가둬놨어. 그래서 저 모양이야."

사지 중에 유일하게 달린 왼팔은 센트럴 라인이 잘렸음에도 불구하고 완전히 독립적으로 움직이고 있었다. 감각 정보가 처리될 수 없었으므로 자신의 상황을 파악하지 못했고 정보를 받아들일 수도 내보낼 수도 없었으므로 발악하는 것 이외에는 방법이 없었다. 하지만 의외로 거친 발악을 하지는 않고 있었다. 그저 수

갑에 묶여 있는 채로 여러 군데를 더듬고 있을 뿐이었다.

"이 팔 잘라가서 아는 기술자에게 분석 좀 시켜줄래?"

"알았어."

오기현은 갑자기 복잡한 표정이 되었다.

"이 팔 진짜 비싼 거란 말이야. 똑같은 거 구하기도 힘들다고. 일상생활용으로 만들어진 팔 구하기가 그렇게 쉬운 게 아니야."

"일상생활용?"

"응. 전투용 같은 거 일상생활에 썼다가는 문이나 부수고 번거롭잖아?"

"맞아."

전투용이었다면 이런 수갑쯤은 순식간에 가루로 만들었을 것이다. 그래도 설마 일상생활용인 줄은 생각도 하지 못했다. 아마벨은 문득 YMCA 건물 앞에 있던 문지기를 때려눕혔던 것이 기억났다. 존재하지 않는 식은땀이 흘렀다. 만약 선제공격에 실패하기라도 했으면….

"그리고 전투용으로 바꿔 달아줘."

"전투용? 요즘 그런 걸 어디에 쓰려고?"

"전투."

오기현은 농담인가 싶어서 아마벨의 얼굴을 살폈다. 농담이 아니었다.

"네가 더 잘 알겠지만 격투용도 아니고 전투용 사이보그 사지는 규제 품목이야."

"여긴 피맛골이잖아. 그런 게 무슨 상관이야. 없으면 만들면 되지."

"알았어. 구해볼게."

"아, 그리고 경고해둘 게 있어."

"뭐?"

"스캔드를 조심해."

"너야말로 여기가 어딘지 착각한 거 아니야? 여기 피맛골이야. 스캔드 조심하지 않고 장사하는 사람이 여기 한 명이라도 있을 것 같아?"

"잘됐네."

"그럼. 다리라도 일단 연결해둘까?"

"어차피 떼어내야 하잖아. 그냥 이대로 내버려둬."

"왼팔을 떼어내면 아무것도 못 할 텐데 어쩌려고?"

"글쎄. 빨리 전투용 사지를 찾아서 달아주면 해결되겠지?"

"어휴, 이 대책 없는…."

'년'이라는 말을 뱉으려다 겨우 참는 얼굴.

"그럼 실비에게 돌보라고 할게."

오기현은 구시렁대면서 수술실을 나가자마자 바로 앞에서 기다리고 있던 실비가 들어왔다.

"언니는 왜 자꾸 다쳐요?"

질문이 아니라 힐난이었다.

"다친 게 아니야. 다른 사람한테 당해야 다치는 거고. 이건 내가 한 일이거든?"

"언니 바보예요?"

"뭐?"

"왜 자기 팔다리를 잘라요?"

"내 전자두뇌에 해킹이 들어와서⋯."

문득 이 아이가 원하는 건 설명이 아니라는 걸 깨달았다.

"머리에 독 같은 게 들어왔는데 팔다리로 안 퍼지게 하려고 한 거야. 내 몸의 의지를 빼앗기면 무슨 짓을 할지 모르니까."

"무슨 짓이요?"

널 해치는 짓.

"그건 모르지, 적이 어떤 생각을 하고 있는지 지금 잘 모르거든."

"그럼 경찰들은 다 이런 거 해요?"

"너 참 질문이 많구나."

"네. 맞아요, 오빠도 저더러 그렇다고 했어요. 그래서요? 경찰들은 원래 다 이래요?"

"아니, 나만 이래."

실비는 곰곰이 생각하는 거 같았다. 심각한 표정이 조금 우습게 보일 정도였다. 아는 게 뭐가 있고 경험이 뭐가 있어서 저리 열심히 생각하는 걸까.

"그러면 왜 했어요?"

왜 했을까. 왜 이렇게까지 하고 있는 걸까. 답이 떠오르지 않았다. 단순히 범죄 피해자를 보호하려는 목적이었다면 생활안전과에 실비를 넘기면 될 일이었다. 물론 진짜 어린아이를 만나본 적도 없고 그 자신의 어린 시절을 기억조차 못 하는 경찰들에게 맡겨놓기에는 불안했던 것도 사실이었다. 하지만 불안은 이유가 되지 못했다.

"모르겠네."

"봐요. 언니 바보잖아요."

"그러게. 지금 나 좀 피곤한데 저기 앉아서 혼자 놀면 안 되겠니? 난 좀 자야겠어."

"네. 그런데 언니 머리는 기계라면서요?"

"전부 기계는 아니야."

"그런데도 꿈을 꿔요?"

"응. 남은 뇌세포 찌꺼기에는 꿈이 필요하거든."

"아항."

실비는 고개를 끄덕이더니 수술실 구석에 있는 작은 의자를 수술대 옆으로 가져다 걸터앉았다.

"그럼 자요. 제가 봐줄게요."

"고마워."

✳

말이 씨가 되었는지 다시 꿈을 꿨다. 하지만 꿈이 아니었다. 바이러스의 편린이었을까? 알 수 없었다. 그래도 인정해야 했다. 이건 꿈이지만 꿈이 아니라고. 아마벨은 꿈이 기억의 재생이자 정리라는 걸 알고 있었다. 그러니 이건 꿈이 아니었다. 아마벨은 지금 자신의 꿈속을 걸어 다니고 있는 저 남자를 만나본 적이 없었다. 유행이 지난 양복에 지금은 더 이상 찾아볼 수 없는 가죽 구두를 신고 있는 남자는 금발에 키가 매우 컸지만 얼굴의 조형이 지나칠 정도로 가지런했다. 아마벨은 즉시 가공된 얼굴과 외모라는 걸 알아챘다. 저렇게 요란한 얼굴과 금발을 자신의 모습으로 선택한 사람이라면 외모 콤플렉스를 가지고 있기 마련이다. 그리고 그런 사람을 함부로 대하면 곤란해진다는 걸 알고 있었다. 화난다고 아무거나 때려 부순다면 큰일이다. 이 꿈나라에서 '아무거나'는 아마벨의 정신을 의미하니까.

"당신은 누구죠?"

"저는 다케나가 미츠요시라고 합니다."

"일본인처럼 생기진 않았네요."

"아바타죠, 물론. 원하시는 외모로 나타날 수 있습니다만?"

"됐고, 용건이 뭐죠?"

"아이를 넘기십시오."

잠시 침묵이 흘렀다.

"그것뿐? 안 넘기면 어떻게 하겠다 하는 협박이나 넘기면 이런 보상을 주겠다는 회유도 없이, 그냥 넘기라고요?"

"협상을 청하면 응하셨을까요?"

"아뇨."

"협박은 어떨까요. 통할까요?"

"그건 모르죠."

"그럼 협박으로 하죠. 아이를 내놓지 않으면 당신이 있는 지역 전체를 파괴하겠습니다. 빈말이 아니에요."

"그러면 실비도 죽을 텐데요?"

"실비가 누구죠?"

"'아이'요."

"아…. 흥미롭군요. 실비라고 이름을 짓다니."

"이름도 몰랐나요?"

"네. 알 필요가 없었으니까요. 살아준다면야 고맙겠지만 죽어도 사실 큰 손실은 아닙니다."

"당신들이 실비를 만들어냈군요."

"만들어내다니요. 사람은 만들 수 있는 게 아니랍니다."

"평범한 인간보다 수조 배 빠른 생각을 할 수 있어도 여전히 거짓말은 못 하네. 당신네가 아니면 누가 있어서 저런 아이를 만들어냈겠어?"

"호오. 내가 어떤 존재인지 벌써 알아차렸군요."

"양자통신을 이용해서 나하고 통신을 하고 있는 거 아니었어? 이런 수법을 쓸 수 있는 '인간'이 존재할 리가 없으니까."

"저도 인간입니다. 몸 거의 전부가 기계인 당신처럼요."

"아예 전부가 기계인 당신하고 일부라도 인간인 나는 달라."

"철학 논쟁은 됐고요. 제 협박에 대한 응답은 정하셨습니까?"

"못 돌려줘. 안 돌려줘."

아마벨은 일부러 건방진 표정을 지었다. 상대방에게 표정 정보가 전달되는지는 의문이었다.

"아까도 말했다시피 그 지역 전체를 파괴할 텐데도요?"

"마음대로 해. 당신이 얼마나 대단한 권력을 가졌는지 몰라도 그럴 만한 힘은 없을 거야."

"있습니다."

"그거 알아? 스캔드들은 자기들이 인간보다 수조 배 빠른 사고를 할 수 있다고 해서 거짓말도 잘하는 줄 알아. 그건 당신도 마찬가지야."

다케나가의 표정에 프레임 스킵이 일어났다. 사고가 매끈하게 연속된 곡선을 그리지 못하고 있다는 증거였다.

"그런데 왜 이 아이를 원하는 거지?"

"내가 말해줄 것 같습니까?"

"그럼 내가 생각하는 걸 듣기나 해봐. 어차피 시간은 무한으로 가졌잖아?"

다케나가는 대답하지 않았다.

"먼저 당신은 이 일이 널리 퍼져나가는 걸 바라지 않고 있어. 하지만 누구에게 퍼지지 않는다는 걸까? 톰을 죽이고 머리를 박살 냈을 때부터 계속 생각한 게 그거였어. 일단 당신들 스캔드가 범인이라는 건 의심할 여지가 없었지. 아오모리 병원을 그런 식으로 유린할 수 있는 건 스캔드밖에 없으니까."

"동족 인간을 너무 무시하는 거 아닙니까?"

"순전히 기술적인 문제야. 할 수 있느냐 없느냐고 묻는다면 물론 인간도 해킹할 수 있겠지. 하지만 그 속도로? 그렇게 급하게? 그렇게는 못 해. 우리 인간은 다른 건 몰라도 컴퓨터 인터페이스는 가지고 있지 않거든. 하지만 스캔드가 범인이라 해서 스캔드 전체가 범인이라고 단정 지을 수는 없었어. 당신들도 당파가 있고 편 갈라서 자기들끼리 싸우고 하지 않겠어?"

"우리도 인간이니까요."

"아니, 지능을 가진 존재란 그런 법이야. 진짜 인공지능이 나타 난다 하더라도 마찬가지일걸. 자기들끼리 다투고 싸우다 전쟁을 일으키고 말 거야. 그런 게 지능이니까."

"하지만 진짜 인공지능은 불가능합니다. 수백 년간 그렇게 연 구를 했어도 결국 진정한 의미의 강인공지능은 만들어내지 못했 죠. 펜로즈 장벽이라고 부르죠. 그걸."

"난 그것도 사실 못 믿겠어. 당신들이 막은 거 아니야? 인공지 능 같은 게 만들어지면 인간인 스캔드하고 기계인 인공지능하고 다를 게 없어질 테니까 말이야."

대답이 없었다.

"그런 건 어찌 돼도 좋은 얘기고. 다시 질문으로 돌아가지. 누 구에게 알려지길 원하지 않았던 걸까? 간단해."

"간단하다고요?"

"응. 당신들은 영원한 삶을 살고 있고 무한한 부를 가지고 있으 며 권력을 애완동물처럼 기르고 있어. 그러니까 당신들은 인간을 두려워할 필요가 없어. 전혀."

"맞는 말이군요. 우리는 당신들보다 우월하고 강력합니다. 그 걸 인정하신다면…."

"얘기를 끝까지 들어! 인간을 두려워할 필요가 없다면 대체 뭘 그리 두려워했을까. 답은 뻔한 거 아니었어? 다른 스캔드겠지. 실 비의 존재가 다른 스캔드들에 알려지면 안 되는 거야."

다케나가는 미묘한 웃음을 지으며 말했다.

"아직 아이가 무엇인지는 알지 못했군요?"

"곧 알아낼 거야."

"어쩔 수 없군요. 난 야만적인 사람이 아닙니다. 경고사격도 없이 일을 저지를 수는 없죠."

"경고사격?"

"기다려보십시오. 경고에도 반응하지 않는다면 그때는…."

기묘한 웃음이 기분 나쁜 웃음으로 변하고는 사라졌다. 아마벨은 강제로 프로그램을 기동시켰다.

✳

벌떡 일어난 아마벨은 실비가 무사한지 살폈다. 실비는 어느샌가 아마벨의 발치에 와서 엎드려 자고 있었다. 아마벨은 천진스럽게 자는 아이의 얼굴을 보고 안심의 한숨을 내쉬었다. 그리고 동시에 왜? 라는 의문이 떠올랐다. 나는 왜 이 아이를 이렇게까지 해서 보호하려는 걸까. 이 아이가 스캔드에게 얼마나 큰 가치가 있는지는 상관없었다. 그 가치가 무엇이건 공유할 만한 가치가 아니라는 것은 확실했으니까. 이 아이를 스캔드에게, 정확히는 다케나가에게 넘겨버린다면 빚 따위 모두 사라지고도 남을 돈을 받을 수 있을 게 뻔했다. 하지만 그 순간에는 돈 생각 따위는 나지도 않았다. 외모? 설마 이런 아기에게 사랑을 느끼는 걸까? 아마벨은 순간적으로 이런 생각을 하는 자신에게 강한 혐오감을 느꼈다. 그냥 지켜주고 싶어서는 안 될까. 그냥 이렇게 하고 싶어서는 안 될까. 아마벨은 손을 뻗어 실비의 머리를 쓰다듬고 싶었다. 하지만 손이 없었다.

9

솔직히 아마벨은 스캔드가 범인이라는 확신이 없었다. 세상은 넓고 인간은 많으며 자동 해킹 인공지능 정도는 약인공지능으로 만들어낼 수도 있다고 생각했기 때문이었다. 다케나가가 도둑이 제 발 저린 것처럼 저렇게 스스로 찾아와서 자백해준 것은 큰 선물이었다.

그래도 여전히 의문은 남았다. 실비를 왜 원하는지는 알아내지 못한 것이다.

또 하나 더 큰 의문이 있었다. '경고사격'이라고 말한 것. 그건 대체 뭘까.

오기현이 가져온 새 팔다리를 달고 미세조정하는 데는 그다지 긴 시간이 걸리지 않았다. 하지만 아마벨이 적응하는 데는 시간이 꽤 걸렸다. 익숙해질 때까지 아마벨은 목발을 짚고 피맛골을 돌아다녔다. 실비는 어째서인지 꼭 붙어서 떨어질 생각을 하지 않았다. 아마벨에게서 멀어지면 위험하다고 느끼는 것 같았다. 그냥 물어보면 될 일이었지만, 실비는 얘기를 듣는 것보다는 하는 쪽이었다. 쉴 새 없이 재잘대면서 고지대의 삶과 양 떼와 지루함에 대해서 말했다. 그렇게 지루한 삶에 대해서 이렇게 길게 얘기할 수 있을 줄 아마벨은 상상도 못 했다.

"그래서 아트완이 사티에게 박치기를 한 거예요. 너무 웃기지 않아요? 사티는 아직 석 달밖에 안 된 아기였다고요! 그래서 알았어요. 수컷 양이란 놈들은 겁이 너무나 많고 겁이 많다 보니 공격적이라는 걸요."

"그건 사람도 다 마찬가지야. 수컷은 연약한 존재거든. 너무 연약해서 자신의 약함을 견디지 못해."

아마벨이 사과를 고르려다 힘 조절에 실패해서 주스를 만들었다. 그래서 변상을 하고 산책을 계속했다. 사과는 먹을 생각도 없었는데.

"사과처럼요?"

"맞아. 사과처럼."

"왜 그럴까요?"

"왜 겁이 많냐고?"

"네."

"나도 몰라. 오래 살면서 남자는 많이 봐왔지만 이해가 안 되는 종족이었어."

"언니는 얼마나 오래 살았길래 툭하면 노인처럼 얘기해요?"

"넌 노인이 뭔지는 아니?"

실비는 내가 그것도 모르겠느냐는 뚱한 표정을 지었다.

"네. 나이가 많은 사람이란 뜻이잖아요."

'늙은 사람'이 아니라 '나이가 많은 사람'. 그럴 만도 했다. 실비는 주름살이 지고 허리가 구부정해지며 눈이 침침해진 그런 노인을 단 한 번도 본 적이 없었다. 적어도 실제로는.

"내가 노인이야. 아마 세계에서 손에 꼽힐 정도로 나이가 많을걸?"

"몇 살인데요?"

아마벨은 불편한 발목 때문에 치밀어 오르는 짜증을 참으며 대답했다.

"숙녀에게 나이를 물어보는 건 실례란다."

"노인이라면서요?"

"숙녀도 노인일 수 있지."

실비 뒤편으로 어디서 많이 보던 남자가 바보 같이 실없는 웃음을 지으며 손을 흔들고 있는 모습이 보였다. 강수범이었다.

"과장님!"

강수범이 뛰어오면서 외쳤다. 아마벨은 얼굴에 치밀어 오르는 짜증을 애써 감추며 웃었다.

"여기 왜 왔니?"

강수범이 핼쑥한 얼굴로 반문했다.

"불렀잖아요!"

"알아, 알아."

까먹고 있었다. 강수범을 불렀던 시점하고는 지금 상황이 많이 달라져 있었다. 스캔드가 상대라면 강수범 혼자로는 절대 못 막을 것이다.

아마벨은 강수범과 실비를 데리고 뒷골목인 피맛골의 더 뒤쪽 골목으로 들어갔다.

"잘 들어. 지금부터 네가 할 일은 이 아이를 지키는 거야."

"얘가 누군데요?"

"보고서 안 봤어?"

"아, 얘가 걔예요?"

"얘가 걔야."

"그런데 왜 지켜요?"

"나쁜 놈들이 이 아이를 노리거든. 손에 넣지 못하면 죽이려 들지도 몰라."

"그러니까 일단은 납치가 목적이다, 이거죠. 그러면 처음부터 강경 수단을 쓰진 않겠네요?"

가끔 머리가 이렇게 돌아갈 때도 있었다. 불행하게도 자주 있는 일은 아니었다.

"이미 놈들이 서울 전체를 박살 내서라도 이 아이를 얻거나 죽이겠다고 협박했어."

"허풍도 대단한 놈들이네요. 서울이 아무리 무법천지라 해도 이렇게 거대한 도시를 어떻게 부수겠다고….."

"해낼 놈들이야."

잠시 침묵이 흘렀다.

"스캔드예요?"

오늘은 머리가 잘 돌아가는 날인 모양이었다.

"맞아."

강수범이 뒤돌아 가려는 걸 아마벨이 손을 붙잡았다.

"필요하지 않았으면 부르지도 않았어. 넌 그냥 이 아이만 지키면 된다니까."

"아니, 그런 놈들하고 어떻게 싸우라고요?"

"싸우는 건 내가 해. 너는 내가 자리를 비울 동안 실비를 돌보기만 하면 된다니까."

"없는 사람 취급하지 말아줄래요?"

실비가 불만 가득한 얼굴로 말했다.

"미안."

아마벨은 짧게 사과하고 강수범과 얘기를 계속했다.

"그러면 장갑복이라도 주든가요. 경장갑복이라도 좋으니까!."

"알았다 알았어. 하나 구해서 줄게. 그러면 됐지?"

"역시 과…."

아마벨 눈앞에 피가 흩날렸다. 순간적으로 위기관리 모드에 들어간 아마벨의 눈은 강수범의 뒤통수에 들어간 총알을 잡아내지는 못했지만 나오는 총알은 발견했다. .388 라푸아 매그넘 탄, 장거리 저격용 총탄이다. 경찰에서 점퍼를 처리할 때 쓰는 M-991이 .388 라푸아 매그넘 탄을 사용한다. 화약을 사용하는 총이 거의 사라져버린 시대, 그중에서도 희귀한 구경의 탄약이라는 것을 생각해보면 결과는 명확했다. 저격범은 경찰이다. 스캔드의 사주일까? 터져나간 턱에서 튀어나온 이빨이 천천히 바닥으로 떨어지고 있었다. 핏방울 때문에 잘 보이지 않지만 송곳니 같았다.

아마벨은 네트로 경찰에 접속해서 관할 구역도 아닌 피맛골에 경찰을 파견했는지 여부를 찾아보았다. 있었다. 52년 경력의 경찰 특수부대 소속 스나이퍼 엄수철 경장. 인사파일을 꺼내려 했지만 막혀 있었다. 아마벨의 인사파일 접근 권한을 누군가가 막은 모양이었다. 아니면 경찰 특공대라는 특수성 때문에 막혀 있는 것일지도 몰랐다.

강수범의 다리 근육이 받아야 할 전기신호를 받지 못하고 무너져 내리고 있었다. 실비의 얼굴에 피가 뿌려졌지만 생각보다 놀라지는 않는 것 같았다. 아니, 아직 놀라지 않았을 뿐일지도 몰랐다. 1초도 지나지 않았으니까. 아마벨은 강수범을 여러 번 건물에서 던져버렸었다. 근본이 나쁜 놈은 아니었지만 제정신 차리려면 그 정도의 충격요법은 필요하다고 생각했기 때문이었다. 그래서 강수범의 임시 죽음에 놀랄 생각은 없었다. 이 세상을 살아가는 사람이라면 누구나 아는 사실이다. 누구도 죽지 않는다. 몸을 바꿔 영원히 젊은 채로 살아갈 수 있다. 물론 젊은 몸을 원한다면 말이지만.

M-991. 점퍼용 스나이퍼 라이플. 점퍼. 점퍼는 높은 빌딩이나 구조물에 올라가 자살을 시도하려는 사람을 뜻한다. 혼자 죽으면 상관이 없는데 그 때문에 교통마비가 일어나거나 재수 없으면 아래 있는 사람도 강제 동반 자살에 끌려갈 수도 있었다. 그래서 경찰은 그런 점퍼, 공개 자살시도자들을 공중도덕에 반하는 존재라

고 규정했고 설득 노력이 실패로 돌아가면 현장 지휘관 판단하에 사살하게 되어 있었다.

라이플 스코프의 거리계와 풍향계와 탄착점 가이드라인이 정확히 일치하는 지점에 보이는 자는 이미 죽은 자나 다름없는 사람들이었다. 그리고 그 종지부를 경찰이 찍어주는 것이다. 아마벨은 잘 알고 있었다. 아마벨도 하던 일이었다. 아마벨은 가속 모드로 들어간 얼굴 근육을 움직여 아랫입술을 깨물려 했다. 하지만 턱의 반응속도가 너무나도 느렸다. 얼굴 근육의 반응속도를 빨리 높일 이유는 없었으니까.

아마벨은 살인과 인사파일을 열었다. 살인과에는 아마벨과 강수범 두 사람밖에 없었지만 그래도 직속 상사로서 유일한 부하의 인사파일을 살펴볼 수는 있었다. 파일에는 클리니컬 이모털리티 보험사 표시란이 공백으로 되어 있었다. 파일 변조 시간은 1분 전이었다. 누군가가 강수범의 클리니컬 이모털리티 보험을 해약시켜놓았다. 강수범이 바닥에 완전히 쓰러지는 모습을 보고 나서야 아마벨은 깨달았다. 누군가가 강수범을 진짜로 죽인 것이다.

원래라면 센서가 양자 정보 유일성 원리를 이용해 강수범의 두뇌를 스캔해서 클리니컬 이모털리티 보험사 소속의 병원으로 정보를 보내야 했다. 그리고 그 정보는 이미 만들어져 보관된 강수범의 새 육체에 거의 시간 손실 없이 옮겨 가게 될 것이었다. 하지만 보험을 해약시켜버리는 바람에 누구도 이 양자 정보 신호를 받지 않고 있었다. 클리니컬 이모털리티 보험은 다른 손해 보험과는 달랐다. 남이 마음대로 해약할 수 있는 그런 평범한 계약이 아니었다. 연방 헌법상 '인간의 행복'에 클리니컬 이모털리티 보험을 포함하는 판결조차 있었다.

아마벨은 잘 생각해야 했다. 적이 노리는 것이 무엇인지. 그리고 지금 당장 해야 할 일이 무엇인지. 적은 경고를 보낸다고 했다. 이것이 경고였다. 이것이 최후통첩이었다. 아마벨은 지금 불편하기 짝이 없는 전투용 팔다리를 움직여 총을 쏜 경찰을 쫓아가서 팔다리를 부숴놓고 고문을 할 수도 있었다. 정보 같은 것은 필요 없었다. 그냥 고통을 안겨주고 싶었다. 하지만 아마 엄수철은 아무것도 모를 것이다. 아마 자기가 쏜 사람이 동료 경찰이라는 사실도 모를 것이다. 아마벨은 치밀어 오르는 화를 밟아 눌렀다.

1초가 흘렀다.

실비가 비명을 질렀다. 주위에 사람은 많았지만 비명을 지르는 건 실비 혼자였다.

아마벨은 실비를 감싸 안고 몸을 숙여서 엄폐물이 많은 가판대 뒤로 피했다. 진짜 경찰용 .338 라푸아 매그넘 탄이라면 강화 텅스텐으로 되어 있어서 이런 스테인리스 가판대 따위는 마치 존재도 하지 않는 것처럼 뚫을 것이다. 하지만 두 번째 탄은 오지 않았다. 아마벨은 사실을 부정하고 싶었지만, 그럴 수가 없었다. 이게 다 케나가가 말한 경고사격이었다.

경고사격이라는 말 어디에도 사람이 죽지 않는다는 말은 없었다. 지인을 죽이는 것만큼 강력한 경고가 어디에 있을까. 아마벨은 실비의 피 묻은 머리를 감싸 안으며 엄폐물을 찾아다니다 바로 옆에 문이 열린 섹스숍으로 들어갔다. 아무 곳이나 저격당하지 않을 실내라면 좋았다. 아마벨은 극도의 주의를 기울이며 실비를 안았다. 실비는 파르르 떨고 있었다.

"괜찮아. 괜찮아."

"왜…."

실비는 말을 잇지 못했다. 아마 톰이 총에 맞았던 기억까지 되살아난 모양이었다. 아이는 동물과 함께 자라고 동물을 도축해서 먹기도 했다. 당연히 죽음에 대해 알고 있었다. 오히려 일반 사회에서 죽음이 없는 삶을 사는 자들이야말로 죽음에 대해 잘 모른다.

경찰정보망으로 접속한 아마벨은 엄수철 경장이 피맛골을 떠났다는 사실을 확인할 때까지 섹스숍에서 기다렸다.

10

아마벨은 아이가 걱정이었지만 문득 충격을 받은 건 실비가 아니라 자기 자신이라는 걸 깨달았다. 정확히는 스트레스 호르몬을 측정한 보조뇌가 PTSD 징후를 감지하고 메시지를 눈앞에 보여준 것이었다. 그 사실을 알게 되는 것만으로도 심리 안정에 상당한 효과가 있었다. 적어도 이론적으로는. 하지만 지금은 그다지 도움이 되지 않는 것 같았다. 아무리 아마벨이 전쟁 당시 인간의 죽음을 많이 목격했다 하더라도 그 기억은 모두 접근할 수 없는 영역에 담겨 있었다.

아마벨은 문득 여기가 아이가 있을 곳이 아니라는 걸 깨닫고 실비를 끌다시피 해서 데리고 나왔다.

"여긴 아이가 올 곳이 아니야."

"저 사람들 뭐 하는 거예요?"

"네가 알 것 없어."

아마벨이 아주 어렸을 때 비슷한 질문을 엄마에게 했다가 뺨을 맞은 적이 있었다. 아마 당황해서였을 것이다. 지금 아마벨처럼. 아마벨은 PTSD와 당황스러움이 뒤섞인 상태에서 실비가 쏟아붓는 질문을 외면하며 바깥을 살폈다. 총성이 더 나지 않자 재건축조합 소속 자치회 경비원들이 주위 경계를 풀고 있었다. 겨우 15분밖에 지나지 않았는데.

위험이 완전히 사라졌다고 머리로는 알고 있었지만 군인으로서의 아마벨 자신은 더 기다려야 한다고 말하고 있었다. 그러나 아마벨은 이제는 군인이 아니었다. 그리고 내버려두면 경비원들이 강수범의 시신을 쓰레기통에 던져버릴지도 몰랐다. 아마벨은 총격이 다시 날아올까 봐 두려웠지만 애써 억누르며 바깥으로 나가 강수범의 시신에 다가갔다.

"경비원? 경찰입니다. 이 시신은 진짜 시신입니다. 법으로 정해진 예우에 맞춰서 가족에게 보내주세요."

"네? 진짜 시신이라니요?"

"이 사람은 실제로 죽었어요."

"참 신기한 방식으로 자살하는 사람도 있네요."

여리게 생긴 경비원은 코를 긁으며 상부에 연락했다. 그들은 진짜 시신을 어찌 처리해야 하는지 알지 못하는 모양이었다. 아마벨은 알고 있었다.

＊

오기현의 가게로 돌아온 아마벨은 실비의 줄기찬 질문에 계속 시달려야 했다. 왜 죽음이 진짜 죽음과 가짜 죽음으로 나뉘는지 조차 이 아이는 모르고 있었다. 오기현에게 실비를 맡아달라고 눈짓을 하니 오기현은 황당하다는 표정으로 반항하려 했지만 아마벨의 표정을 보고 그만두었다. 아마벨의 얼굴과 전신과 몸짓 하나하나까지 지금 장난할 기분이 아니라고 말하고 있었다. 오기현이 눈치가 없는 편이긴 해도 이 정도면 알 수밖에 없었다.

아마벨은 가게 대기실 의자에 털썩 주저앉았다. 이제부터 또 가만히 앉아서 생각을 해야 했다. 지긋지긋했다. 무언가 행동을 하고 싶었다. 아마벨은 행동을 나중으로 미루는 사람이 아니었다. 아니, 적어도 자기 자신을 행동파라고 생각했다. 하지만 아니었다. 바로 그 결과로 강수범이 죽었다. 무언가 행동을 해야 했다. 아마벨은 경찰로서도, 인간으로서도 실패했다. 온갖 종류의 자괴감이 무겁게 짓눌렀다. 그리고 빠져나갈 방법이 보이지 않았다. 행동을 하려고 해도 무엇을 한단 말인가? 미친 사람처럼 길거리에 나가서 온 사방에 총질이라도 하란 말인가? 강수범을 죽인 경찰을 찾아 복수라도 하라는 건가? 그 경찰은 아무것도 모르고 임무만 수행한 것일 텐데도?

＊

가게 문이 열리고 상처를 입은 남자가 들어왔다. 다리를 쩔뚝

이며 들어오는 것으로 보아 무릎이 고장 난 것 같았다. 저런 중상을 입은 사람은 치료과정의 고통과 치료 기간의 불편함을 덜기 위해 그냥 클리니컬 이모털리티에 맡기고 자살하는 경우도 많았다. 하지만 피맛골 사람들은 클리니컬 이모털리티를 최후의 수단으로만 사용하고 있었다. 근본적으로 시스템에 대한 강한 불신감을 가지고 있는 것이 이곳 사람들의 특징이었다.

"저기요, 치료 좀 받읍시다!"

카운터에 아무도 없자 남자가 고함을 질렀다. 그러자 오기현이 어느새인가 고대 중국 전통 옷으로 갈아입고 나왔다. 황실의 후궁이나 입을 법한 화려한 의상이었지만 치마 부분이 짧게 되어 있었다. 아마 실비랑 놀고 있었던 모양이었다. 실비는 조선 무사처럼 입고 있었다. 하지만 갓이 너무 커서 얼굴을 절반 정도 가리고 있었다.

"손님 왔으니까 언니랑 기다려."

"에이."

실비가 실망한 표정으로 아마벨 바로 옆에 꼭 붙어 앉더니 얼굴을 올려다보았다.

"아까 그 일 때문에 그래요?"

"뭐가 그런데?"

"언니 얼굴이 울상이잖아요."

실비가 자꾸 내려오는 갓을 벗어서 옆자리에 내려놓았다.

"난 울 수 없어."

"사람은 다 울어요."

"난 아니야."

짧은 대화를 하는 동안 실비의 얼굴을 들여다보다가 갑자기 깨달은 게 있었다. 아마벨은 일어나서 한 손으로 방금까지 앉아 있던 의자 다리를 잡고 고정된 바닥에서 뜯어내 몽둥이처럼 들고는 다급하게 진료실에 들어갔다.

하지만 진료실에는 여전히 중국 옷을 입고 치료를 하고 있는 오기현과 방금 들어온 남자밖에 없었다.

"뭔 일 있어?"

"아니야. 아무것도."

이것도 PTSD의 영향인가 싶었다. 왜 이 남자에게 과민반응했을까.

"잠깐. 그 의자, 대기실에 있던 거야? 너 애가 왜 그러니?"

눈앞에 경고메시지가 또 나타났다. 강수범이 죽었을 때처럼 급박한 경고는 아니었다. 다만 경찰로서 누군가가 거짓말을 하거나 거짓된 행동을 했을 때 작동하는 분석 장치였다. 거짓말 탐지 장치보다 훨씬 정밀했다. 메시지에는 남자의 부상과 행동 사이의 공동작용(co-ordination)이 맞지 않는다고 말하고 있었다. 아마벨이 눈 모드를 바꿔서 남자를 살폈다.

복합 골절. 자기 다리로 결코 들어올 수 없는 부상이었다. 평범한 사람이라면 기절할 정도의 고통을 느끼고 있어야 했다. 하지만 남자는 그저 무릎 인대가 살짝 늘어난 정도의 부상처럼 행동했었다.

아마벨은 의자로 그 남자를 내려쳤다.

남자는 무표정하게 팔을 들어 올려 막았다. 오기현은 놀랐지만 아무것도 하지 못하고 쳐다보기만 했다. 아마벨이 큰 힘을 주지 않았지만 남자의 팔이 부러졌다.

"누가 보냈어?"

남자는 팔이 부러졌는데도 아무렇지도 않은 표정으로 덜렁거리는 팔을 가만히 보며 말했다.

"이거야, 원."

"대답해!"

아마벨은 의자를 다시 치켜들었다.

"폭력을 쓸 필요는 없습니다. 보시다시피 저는 당신에게 위협을 가하기 위해 온 것이 아니니까요."

사실이었다. 적들, 아니 이 주위에 있는 모든 사람이 아마벨의 힘을 알고 있었다. 그런데 이런 평범한 남자를, 그것도 중상을 입은 사람을 보내 아마벨을 해치려 할 리가 없었다. 아마벨은 흥분을 가라앉히고 의자를 내려놓고 그 위에 앉았다.

"대답해. 폭력을 쓸 필요는 없지만, 쓰고 싶은 건 변함 없으니까."

"재건축조합을 대표해서 온 데이비드 케인이라고 합니다."

"스캔드가 보낸 게 아니군."

아마벨은 왜 이자가 공동작용에 이상을 보였는지 이해하지 못했다. 그건 아마벨의 다른 뇌도 마찬가지였다. 그냥 남자는 너무나 어색하게 행동하고 있을 뿐이었다. 단순히 고통에 대한 역치가 높다거나 하는 문제가 아니었다. 시선의 이동과 표정, 가끔 일어나는 손의 경련도 그랬다. 정지화면으로 봤다면 아마 아무런 문제도 발견하지 못했을 것이다. 하지만 남자가 움직이고 표정을 바꾸고 말을 하는 것을 보고 듣고 있으면 무언가가 잘못되었다는 걸 알 수 있었다. 다만 그게 정확히 뭔지 알 수가 없었다. 아마벨은 답답했다.

"관찰은 끝나셨나요? 그 말에는 예, 그리고 아니요, 모두 해당이 됩니다. 아아! 흥분은 가라앉히시고요. 저는 절대 적이 아닙니다. 오히려 적의 적이라고 볼 구석도 있죠."

명확하게 적의 적이니 아군이라고 말하지 않는 것도 마음에 들지 않았다. 적의 적은 아군인가? 적의 적이 또 다른 적인 경우도 매우 흔했다.

"어떤 구석?"

"모호하게 말한 건 사과드립니다. 일단 우리가 공식적으로 동맹을 맺은 것도 아니지 않습니까? 그러니 단정적으로 말할 수가 없는 거죠."

말하는 어조는 자연스러웠지만, 나머지는 여전히 이상했다.

"날 찾아온 이유가 나와 동맹을 하기 위해서다?"

"네. 먼저 아까 저를 찾아오셨더군요. YMCA 건물로."

"그러면 재건축조합장이 보내서 왔나요?"

아마벨은 말을 가려서 하기로 했다. 소문에 의하면 재건축조합장이라는 자리는 이름에서 들리는 것처럼 단순한 직책이 아니었다. 끊임없는 재건축과 끊임없는 규제의 전쟁을 서울의 하늘 아래에서 벌이고 있는 군벌이나 다름없었다. 지금 피맛골 상공을 가득 메우고 있는 나노 로봇들의 건축 전쟁을 벌이고 있는 당사자였다. 당연히 함부로 대할 수 없었다. 특히, 재건축조합의 배속에 들어와 있는 상황에서는.

"아닙니다. 제가 바로 재건축조합장입니다."

뭐?

"아주 비밀이 많은 사람이라고 들었는데요."

"맞습니다. 비밀이 많긴 하죠, 제가."

남자는 빙긋 웃었다.

"이 사람에게 진통제라도 놔줬어?"

재건축조합장이라는 말을 들은 오기현도 상당히 놀란 눈치였다. 재건축조합은 지금 서울시와 나노 컨스트럭터를 가지고 전쟁을 벌이고 있는 당사자였고 또 서울시와 협상을 통해 고궁 지역과 그 사이에 낀 이곳, 바로 피맛골을 중립지역으로 정하게 만든 장본인이었다. 그 결과 피맛골은 아무도 통치하지 않는 불법과 혼돈이 가득 찬 곳이 되었다. 서울시의 법도 한반도의 법도 유라시아 대주(大州)의 주법조차 통하지 않는 치외법권을 가진 거나 마찬가지였다. 연방의 법도 이곳에서 통하지 않을지도 몰랐다. 하지만 지구연방은 도시 하나, 그것도 극히 일부 지역에 신경을 쓸 수 있을 만큼 섬세한 조직이 아니었다.

오기현의 대답이 돌아오지 않자 남자가 대신 답했다.

"아니요, 저는 진통제는 조금도 맞지 않았습니다."

"그런데 어떻게 이렇게 평온한 거죠?"

"평온하다니요, 지금 엄청난 고통에 시달리고 있는 걸요?"

거의 득도한 승려와 같은 얼굴로 엄청난 고통에 시달리고 있다고 말해봤자 아무런 설득력도 없었다. 그 사실을 이자는 알고 있을까? 아니면 신경도 안 쓰는 걸까?

"저는 거짓말쟁이를 좋아하지 않습니다, 재건축조합장님."

"케인이라고 부르세요. 데이비드 말고요, 케인."

"좋아요. 케인 씨. 당신 대체 뭐죠?"

"그건 당신이 원하는 답과 아주 밀접하게 닿아 있는 문제입니다. 그러니 여자아이도 이곳에 들여보내면 어떨까요. 그 아이에게도 들을 자격이 있으니까요."

아마벨은 확신이 서지 않았다. 이 거짓말쟁이를 어디까지 믿어야 할지. 물리적으로 그 누구도 해칠 수 없다는 것은 확실했다. 하지만 정보도 칼이나 총알만큼 위험한 무기다.

"안 됩니다. 그냥 말하세요."

"절 못 믿으시는군요."

"당연하죠. 당신 같으면 믿겠어요?"

"아니요. 저라도 안 믿겠죠. 하지만 선택의 여지가 없지 않겠습니까?"

아마벨은 거의 반사적으로 대답했다.

"선택의 여지는 항상 있습니다. 항상."

마치 자기 자신에게 하는 말 같았다.

"좋습니다. 제가 먼저 말하는 수밖에 없겠군요. 하지만 이해해주시리라 믿습니다. 제 이름은 데이비드 케인, 변호사이며 스캔드입니다."

"하지만 당신은 홀로그램이 아니라…."

오기현이 끼어들었다.

"맞습니다. 의사 선생님. 저는 살아 있는 육체를 가지고 있죠. 하지만 정확히 제 존재는 여기에 있지 않습니다. 그냥 원격으로 이 몸을 조종하고 있을 뿐이죠. 피드백이 오긴 하지만 고통처럼 필요 없는 정보까지 제가 느낄 필요가 없을 것 같아서 꺼뒀었는데 여기서 이렇게 꼬리가 밟힐 줄은 생각도 못 했네요."

"그게 무슨 말이죠? 그 몸을 조종하고 있다니요."

"말 그대로입니다. 이 몸의 두뇌에는 뇌 대신에 퀀텀 인탱글먼트 트랜시버와 리시버, 그리고 통신을 위한 간단한 처리 장치가 있습니다."

"당신에게 이 몸은 그냥 자전거 같은 거군요."

"맞습니다."

"하지만 왜 이런 번거로운 방법을 썼죠?"

"제가 이 몸을 좋아하기 때문이죠. 아마 이해하기 힘드실 겁니다. 스캔드로 살아간다는 게 어떤 것인지. 그것도 선택하지도 않은 삶을 말이죠."

아마벨은 귀를 의심할 수밖에 없었다.

"네? 그럼 누가 당신을 강제로 스캔드로 만들기라도 했다는 얘기인가요?"

"맞습니다."

"대체 왜…?"

"제가 너무 유능해서였죠. 클리포드 모건이라는 사람 아십니까?"

"들은 적 있어요. 뉴럴 스캔이 실패해서 자신의 분신과 법정투쟁을 벌여 이겼다는."

"그 소송을 맡았던 변호사가 바로 저였습니다. 제가 이긴 거죠. 모건이 아니라."

"대단하신 분이었군요."

"그 사건에서 사실 재판은 아무런 의미도 없는 요식행위긴 했습니다만. 어쨌든 그 사건으로 교황청과 재벌과 스캔드 세력까지 저의 능력을 탐냈습니다. 그들이 과대평가한 것뿐이었죠, 사실."

YMCA 건물 안에서 보았던 성당 같은 분위기가 이제야 이해가 갔다.

"그래서요?"

"인정하지 않으시는군요. 뭐, 좋습니다. 저에게는 당신이 인정하건 말건 그다지 중요한 문제는 아니니까요."

"나에게 뭘 원하는 거죠?"

케인은 곤란하다는 듯한 표정을 지었다.

"제가 원하는 건 이겁니다. 당신이 지금 가장 원하는 것을 알아내는 것."

"재밌는 소원이군요."

아마벨은 잠시 생각을 정리했다. 재건축조합이 적어도 이 지역에서는 가장 강력한 조직이긴 했지만 스캔드 전체와 싸우기에는 역부족이다. 더구나 조합장이 스캔드라니, 한통속이 아닌가. 하지만 한통속이라면 이런 불편한 방법으로 찾아올 이유가 있을까.

"미리 말해두지만 모든 스캔드가 한편인 건 아닙니다."

"아까 말했던 강제로 스캔드가 된 사람들 말인가요?"

"아니요, 그거랑 상관없이 말입니다. 이건 스캔드 사회에서만 알려진 사실인 것 같더군요. 뭐 스캔드들이 어떻게 살건 사람들이 신경도 안 쓴다는 증거겠죠. 조금만 파보면 금방 나오는 가십거리인데. 현재 스캔드는 크게 두 개의 파로 나뉘어 있습니다."

"다케나가 미츠요시는 어느 쪽이죠?"

"이런, 하필 그 사람인가요?"

"아는 스캔드인가요?"

"네. 알고말고요. 바로 그자가 나를 스캔드로 만들어버린 놈이니까요."

케인의 얼굴에 아주 희미한 분노가 잠깐 스치고 지나갔다.

"그러면 적어도 다케나가와 같은 편은 아니시겠군요."

"그건 조금 복잡합니다."

"뭐가요?"

아마벨은 담배를 꺼내서 불을 붙였다. 얘기가 길어질 것 같았다. 오기현은 가만히 듣기만 하다가 재떨이로 쓸 만한 머그잔을 아마벨에게 건넸다.

"우리는 파벌이 나뉘어 있지만… 정확히 말하자면 계급으로 나뉘어 있습니다."

"처음 듣는 얘기군요."

"아까도 말했다시피, 사람들은 관심을 안 두니까요."

"그래서요? 다케나가가 당신과 같은 편이에요, 아니에요?"

"같은 편입니다. 정확히는 같은 계급이죠. 같은 계급이라 해서 모두 똑같은 생각과 의도를 가지지 않는다는 것은 기억해주시길 바랍니다."

"그런데 어떻게 계급으로 나뉘어 있다는 거죠?"

"먼저 모건 같은 작자가 있죠. 거대한 세트라급 양자컴퓨터를 이용해서 자기 마음대로 자유롭게 사는 스캔드들."

"그리고 나머지라면, 거대하지 않은 컴퓨터에서 자유롭게 살고 있지 않은 스캔드들이 있다는 얘기군요."

케인이 고개를 끄덕였다.

"그리고 당신도 그 일원이고요."

"네. 혹시 호기심을 느낀 적 있으신지요, 이 세상의 모든 것들을 대체 누가 움직이는지. 아시다시피 펜로즈 장벽이라는 것 때문에 진정한 의미의 인공지능은 만드는 것이 불가능합니다. 그런데도 이 세상 모든 것들은 마치 누군가가 뒤에 있기라도 하듯이 자동으로 잘 돌아간단 말이죠."

"뒤에 누군가가 있는 것처럼 느껴지는 게 아니라, 진짜 누군가가 있는 거였군요."

"맞습니다. 사람들이 자동차를 타고 자동비행을 할 때, 누군가가 운전을 해야 합니다. 누군가는 통신해서 관제탑에 연락해야 하고 위성과 교신해서 위치도 파악해야 하고 날씨에 맞게끔 조작해야 합니다."

"잠깐만요. 그런 건 모두 약인공지능으로도 되는 거 아닌가?"

오기현이 끼어들었다.

"네. 됩니다. 아마도요. 하지만 이미 완벽하게 작동하는 게 있는데 뭐하러 그런 걸 개발하겠습니까. 뭐하러 업데이트를 하고 버그를 수정하겠어요."

"그 완벽한 게 스캔드라는 건가요?"

"우리가 완벽하다는 건 물론 아닙니다."

어쩐지 거들먹거리는 느낌이라 마음에 들지 않았다.

"그러면 당신은 흔히 말하는 인공지능 변호사 역을 하고 계신 거겠군요."

"네, 맞습니다. 법조계야말로 인공지능이 아무짝에 쓸모가 없죠. 약인공지능 변호사는 법조문만 알지만 저는 아니니까요."

"흥미롭네요. 그런데 그 사실이 어떻게 우리에게 도움이 될 수 있는 거죠?"

"믿어주시는 겁니까?"

아마벨은 대답하기 전에 뜸을 들였다.

"그렇다고 해두죠."

케인도 말을 망설였다.

"일단 이곳 피맛골에서 나가주셔야겠습니다. 두 분 모두."

"꺼지라는 건가요?"

"그게 아닙니다. 위험하니까 대피하라는 거죠. 아까 돌아가신 분은 경찰 아니었나요?"

"맞습니다. 제 부하였어요. 그리고 그놈들은 인간을 실제로 죽여버렸습니다. 보험 데이터까지 아주 깔끔하게 삭제해버렸죠."

"피맛골을 대표해 애도의 뜻을 표합니다."

갑작스러운 정중한 인사에 아마벨은 어색하게 같이 고개를 숙였다.

"놈들은 이제 본격적으로 공격해올 생각입니다."

"어떻게요?"

"서울 재건축조합 주식의 50.2퍼센트를 방금 저쪽이 매수하는 데 성공했습니다. 제가 대주주였습니다만 아슬아슬하게 숫자에서 밀렸습니다. 미리 보유해뒀어야 했는데, 서울시 놈들 때문에 자금이…."

"그게 무슨 말이죠?"

"지금 이 피맛골은 오로지 우리 서울시 재건축조합과 서울시 문화재청 사이의 양해각서 한 장으로 존립할 수 있는 곳입니다. 그런데 원래도 친 스캔드 정부였던 서울시 지방정부와 재건축조합이 같은 편이 되어버린 겁니다."

"그러면 이곳 전체가…."

"네. 피맛골 전체가 감옥이 될 겁니다. 지하철 공사도 서울시 소유이니 운행을 중단시킬지도 모릅니다."

"겨우 우리 두 사람을 잡기 위해서요?"

"아니요, 두 사람이 아닙니다. 한 사람입니다."

실비?

"저 아이군요."

"네. 당신의 부하 경관을 죽여서 경고를 보냈지만 당신은 지금까지도 투항의 기색조차 보이지 않고 있죠. 스캔드들은 그렇게 참을성이 있는 존재들이 아닙니다. 특히, 시간이 남아돌아서 자폐적으로 자기 생각만 하는 하이 스캔드는 말이죠. 그래서 가지고 있는 재력을 동원해 가장 안전하게 아이를 낚아챌 방법을 생각해낸 겁니다. 돈으로 말이죠."

아마벨은 벌떡 일어나 바깥으로 나가려고 했다.

"어디 가시죠?"

"일단 피맛골을 떠나야죠."

"어디로 갈지 정하지도 않…."

갑자기 케인의 목소리가 꺼졌다. 아니, 목소리뿐만이 아니었다. 표정도 몸도 눈도 모두 정지상태가 되었다. 그러더니 갑자기 비명을 지르기 시작했다. 너무나 큰 비명에 귀가 찢어질 것 같아서 아마벨은 청각 레벨을 낮춰야 했다. 나가려다 말고 발버둥 치는 케인, 아니 케인의 육체를 강제로 치료대 위에 묶었다. 이 일을 해야 할 오기현은 거의 도움이 되지 못했다.

"이 사람 왜 이래?"

"그걸 내가 어떻게 알아. 진통제를 더 주사해야겠어. 아니, 아예 코마로 만들어버리는 게 치료하는 데 더 편하겠다."

오기현이 주사기를 꺼내서 아무렇게나 케인의 몸에 주사를 놨다.

아마벨은 한숨을 돌린 후 가속 모드를 켰다. 어디로 가야 할지 생각했다. 하지만 아무리 길게 생각을 해도 아무런 답도 나오지 않았다. 먼저 할 수 있는 일부터 하기로 했다. 아마벨은 가게를 뛰쳐나가서 근처에 있는 무기 상점에 들어가 권총 두 정과 돌격소총 하나, M-991 한 정을 구입하고 짊어질 수 있는 한 최대량의 탄약도 구입했다. 그리고 실비가 먹을 압축 식량도 한 달분

사들였다. 불평은 하겠지만 굶어 죽는 것보다는 나을 것이다. 아마벨은 무거운 짐을 들고 오기현의 가게로 돌아왔다. 실비는 아무것도 모르고 심심한 표정으로 있다가 돌아온 아마벨을 반갑게 맞이해줬다.

"언니! 어디 갔었어요?"

"쇼핑."

"에이, 나도 같이 가고 싶었는데."

"네가 좋아할 만한 걸 사진 않았어. 이거 받아."

아마벨은 22구경 권총을 실비에게 건넸다.

"이거 쓸 줄 알지?"

"네. 총은 거묵에 있을 때 써봤어요, 이렇게 작은 건 처음 보지만."

"똑같은 거야. 왼쪽에 빨간 점이 보이면 안전장치가 올라가 있다는 거야. 여길 이렇게 내리면 풀려. 그리고서 자세를 이렇게 잡고…."

아마벨이 실비에게 어떻게 사격 자세를 잡아야 하는지 보여준 뒤 자세를 일일이 교정해줬다.

"…쏘는 거야. 작은 총이지만 아마 반동이 만만찮을 거야. 너무 놀라지는 마. 연습할 시간이 더 있으면 좋겠는데, 지금 당장 떠나야겠다."

"어디로요?"

"그러게요, 어디로 가겠다는 겁니까?"

케인이 천천히 걸어 나왔다. 부러진 곳은 임시 접착제로 붙여놓은 모양이었다. 아마벨은 전에도 접착제를 본 적이 있었다. 뼈가 붙을 때까지 그 역할을 대신해주는 접착제 덕에 걸어 다닐 수는 있게 되지만 미묘하게 다리 길이가 달라지기 때문에 걸음걸이가 불편하게 된다.

아마벨은 충동적으로 대답했다.

"거묵이요, 강고트리라는 곳 옆에 있는."

케인은 매우 놀란 표정을 지었다.

"거기는 왜요?"

"실비의 고향이에요. 거기라면 테크놀러지의 집합체인 스캔드들의 손길도 닿지 않을 것 같고요."

"그건 사실일 겁니다. 흠… 가면서 설명해드리죠."

"네? 당신이 왜?"

"제가 같이 가야 합니다. 특히 지금은요. 아까 내가 비명 지르던 거 기억나요? 그 순간에 이사회가 열렸습니다. 저는 더 이상 재건축조합장이 아닙니다. 쫓겨났어요. 그리고 바로 지금 이 순간 피맛골의 봉쇄가 진행되고 있습니다. 지금 뛰어가도 지하철을 타기는 글렀어요. 운행을 중단시킨 정도가 아니라 나노 컨스트럭터로 터널을 다 막고 있습니다. 아니, 이미 다 막혔습니다. 그런 다음 저 자신, 그러니까 이 육체가 아니라 스캔드인 저의 서버에 공격을 가했습니다. 그 때문에 조금 전에 비명을 지르고 난리를 피운 거죠."

"에러 메시지 같은 거군요."

"그보다는 스피커의 피드백 현상 같은 거라고 생각하시면 됩니다. 저도 그렇게 직접적으로 공격해올 줄은 예상치 못해서 대비를 안 해두고 있었습니다. 지금은 방벽을 쌓아뒀으니 괜찮겠죠. 이제 떠나야 합니다. 당장."

"그럼 어떻게 가죠?"

"날아가야죠."

바깥에 자동차가 내려앉는 제트엔진 소리가 들렸다. 아마벨이 나가보니 피맛골에 들어올 때 타고 온 바로 그 자동차였다.

"재건축조합과 서울시가 모두 적이면 저걸 대체 어떻게 뚫겠다는 거죠?"

아마벨이 하늘을 손가락으로 가리키며 말했다.

"열심히요."

케인이 심각한 표정으로 말했다.

"네?"

"열심히 해야 합니다."

"지금 장난쳐요?"

"네."

아마벨은 이런 인간, 아니 스캔드를 믿을 수 있나 싶었지만 지금으로서는 다른 방법이 없었다. 하늘의 색깔이 변하고 있었기 때문이었다.

나노 머신들이 서로 경쟁을 중단하고 적측의 나노 컨스트럭터와 협력하기 시작한 것이다. 평소에는 홀로그램 때문에 보이지 않던 피맛골의 '벽'이 갑자기 나타났고 조금씩 좁혀들어오기 시작했다. 아니, 실제로 움직이고 있지는 않았다. 적어도 지금은. 그

대신 서로의 타협지점을 찾아가고 있었다. 기괴한 물결무늬를 그리고 있던 재건축조합의 건물들이 서울시청의 건물들에 맞춰서 조금 더 얌전한 모양으로 억지로 순화되고 있었다. 아마벨의 눈에 재건축조합의 나노 머신들이 분해하는 것처럼 느껴졌다.

"정말 빠져나갈 수 있는 거죠?"

"몰라요. 이건 농담이 아닙니다. 진짜 몰라요. 해보는 수밖에 없습니다."

그때 사방에 있는 모든 스피커에서 똑같은 목소리가 들리기 시작했다.

"이 지역은 재개발 지구로서 행정대집행 대상 지구가 되었습니다. 현재 재개발이 진행 중이므로 주민들은 자신의 집으로 들어가 재개발이 완료되기를 기다리시기 바랍니다. 야외에 있다가 나노 머신에게 부상을 당할 수도 있으며 이로 인한 손해는 재개발조합이 책임지지 않습니다."

무거운 침묵이 내려앉았다.

"아예 대놓고 하는군요."

"불법적인 요소는 하나도 없어요. 상대편 회사를 적대적으로 인수·합병했고 두 회사가 합의한 문건을 무효로 한 겁니다. 문화재청의 힘이란 게 뻔한 거죠."

케인은 뭔가 생각하는 듯하더니 아마벨을 보고 말했다.

"출발하기 전에 문화재청에 다녀와야겠어요. 내 몸 좀 받아주시겠어요?"

그러더니 대답을 기다리기도 전에 풀썩 쓰러졌다. 아마벨은 케인의 몸을 차에 싣고는 안전띠까지 매어 주었다. 그사이 실비가 짐을 들고 나와 차에 탔다. 아마벨은 여기서 어떻게 나가야 할지 감도 잡히지 않았다. 아마벨의 팔다리가 전투용이 됨으로써 예전의 파괴 기계로 돌아왔지만 이런 규모의 포위망은 뚫을 자신이 없었다. 아니, 불가능했다.

"돌아왔습니다. 아, 차에 태워놓으셨군요. 출발합시다."

아마벨은 출발이라는 단어가 들리는 순간 자동차를 띄웠다. 피맛골 상공에는 자동차가 하나도 없었다. 원래도 이곳은 하늘이 막혀 있는 곳이고 서울시청이나 재건축조합의 허가 없이는 건물의 숲을 통과한다는 것은 불가능했으므로 자동차가 흔치 않았다.

"이렇게 눈에 띄어도 괜찮을까요?"

"지금은요. 눈치챘다 해도 딱히 추격할 방법이 없을 겁니다."

"어디 갔다 온 거예요? 진짜 문화재청?"

"네. 문화재청에 허가를 받으려고 갔었습니다."

"무슨 허가요?"

"문화재 운반이요. 나노 컨스트럭터의 싸움이 끝났고 고궁에 대한 보호도 사라졌다, 피맛골도 사라지니 고궁도 사라질 것이다, 이런 식으로 겁을 줬죠."

"정말 놈들이 경복궁을 밀어버릴까요?"

"네트 상에 똑같이 만들어놨으니 아마 진짜가 없어지건 말건 신경도 안 쓸 겁니다. 제가 아는 스캔드 중에 조선 시대 경복궁을 그대로 복원해서…."

"아니, 그런 건 됐고요. 문화재를 운반하다뇨?"

"아, 저기에 내립시다."

아마벨은 시키는 대로 경복궁 근정전 앞에 있는 광장 같은 곳에 차를 내렸다. 뭐라도 부수지 않을까 걱정했지만 다행히 표지석 같은 돌덩이를 두어 개 부수는 정도에서 끝났다.

"여기서 뭘 해야 하죠?"

"아무것도요. 그냥 들어갔다가 나오면 됩니다."

"네?"

"대신 빨리 다녀오세요."

"혼자 가라고요?"

"설명은 가면서 해드릴 테니까 근정전 안에 들어가서 손도장 한번 찍고 돌아오시면 됩니다. 빨리요."

아마벨은 이 남자가 시키는 대로 해야 한다는 사실이 너무나 짜증이 났다. 그리고 왜 설명을 하지 않는 걸까. 오랜 세월 살면서 남자들이 설명이라는 행위 자체를 꽤 싫어한다는 건 알았다. 특히 설명을 해줄 때조차 자기 영혼의 조각을 갈아서 설명을 한다는 듯, 선심 쓰듯 해주는 게 꼴도 보기 싫었다. 나중에 한마디 해야겠다고 아마벨은 다짐했다. 하지만 지금은 '나중'이 아니었다.

아마벨은 이제 완전히 익숙해진 전투용 기계 다리를 사용해 돌바닥이 부서지는 것에 상관하지 않고 근정전 안에 들어갔다가 나와서 차로 돌아왔다. 겨우 몇 초 안 되는 시간이었지만 어딘가에서 또 스나이퍼가 노릴 것만 같은 느낌이 들었다. 맞는다 해도 .338 라푸아 매그넘으로는 아마벨의 세라믹 합금 두개골을 부수지는 못하겠지만, 그래도 해머로 얻어맞은 것 같은 기분이 들

것이다.

"수고하셨습니다. 이제 문화재를 손에 넣었으니 문화재청도 말을 잘 들을 겁니다."

"아무것도 없는데요?"

"그건 괜찮아요. 해시계 보호를 위해 옮기는 것처럼 속여됐으니. 우리는 지금 오리지널 앙부일구를 보호하기 위해 차에 싣고 서울을 떠나는 공무차량이 된 겁니다."

"하지만 앙부일구는….."

"네. 사실 다른 데 있습니다. 문화재청도 공무원 집단인지라 진짜 근정전에 있었는지도 확인하지 않더군요."

"이제 어디로 가죠?"

"서울시청 쪽 지구를 통과해야 합니다. 문화재청이 재건축조합에 영향을 줄 수는 없으니까요."

아마벨은 홀로그램이 사라져 흉측한 모습이 그대로 드러난 고궁-피맛골의 돔 천정을 향해 차를 몰았다. 특히 재건축조합이 만든 기괴한 모습이 아니라 그나마 정리가 되어 있는 것처럼 보이는 서울시의 건축물로.

"혹시 들어올 때 우리에게 길을 터준 게 당신인가요?"

"네."

"허."

"감사의 인사는요?"

"이미 했잖아요?"

"그랬죠."

차가 접근하자 통신이 들어왔다.

"여기는 서울시청입니다. 문화재청 문화재 운반차 7가-908호가 맞습니까?"

"네."

"통과하세요."

믿기지 않을 정도로 쉬웠다. 공무원 체제 여기저기에 뚫려 있는 허술하기 짝이 없는 빈틈에는 감사의 큰절이라도 올리고 싶었다.

서울시 산하 건물이 기묘하게 각진 모양으로 열리기 시작했다. 들어올 때 봤던 건물의 움직임과는 어딘가 다른 알고리즘으로 움직이고 있다는 걸 아무것도 모르는 사람이 봐도 알 수 있었다.

"와!"

조용히 어른들이 하는 말을 듣고 있던 실비가 그 광경을 보더니 처음으로 경탄의 소리를 질렀다.

"대단하지?"

케인이 실비에게 말했다. 하지만 실비는 케인이 마치 그곳에 없는 것처럼 아무 대답도 하지 않았다.

느릿한 속도로 천천히 건물의 엉킨 숲을 통과하고 나니 말라버린 한강 너머로 진짜 태양이 뉘엿뉘엿 지고 있었다.

"거북?"

"네. 거북."

아마벨은 차를 남쪽으로 돌린 후 자동조종을 켰다.

"왜 남쪽으로 가죠?"

"대륙을 지나가지 않기 위해서죠. 동남아를 거쳐서 부탄이었던 지역을 지나 히말라야로 갈 생각이에요."

"현명한 선택입니다."

그 순간 후방에서 굉음이 들렸다. 마치 태양만 한 거인이 걸어다니는 듯한 폭음. 아마벨이 뒤를 바라보자 자유롭게 물결치며 사방을 침식해 들어가던 재건축조합 측의 나노 머신과 건축물들이 서울시청의 정교한 공격에 아무 반항을 하지 않고 먹히고 있었다. 거인이 용을 잡아먹는 듯한 광경이었다. 끔찍했다. 서울시 전역에서 파괴로 인한 먼지가 피어오르고 있었다. 그러다 피맛골이 있었던 자리에 지금까지의 굉음보다도 훨씬 커다란 폭발음이 들려왔다. 그 충격파에 차가 중심을 잃고 잠시지만 고도를 잃은 채 추락했다가 몇 초 만에 다시 자세를 잡았다.

서울시청의 나노 컨스트럭터가 재건축조합 측의 무력화된 나노 로봇을 무시하고 모든 것을 잡아먹었다. 그 사이에 보이는 것은 그냥 방해물이라도 된다는 듯이 가루로 만들고 있었다. 아마벨은 지금 피맛골이 어떤 상황인지 알지 못했다. 알고 싶지도 않았다. 하늘이 떨어지고 모든 것이 무너지며 조여오는 기분 따위, 결코 알고 싶지 않았다. 아마벨은 문득 강수범의 죽음을 떠올렸다. '적'들이 설마 피맛골에 있는 사람들 전부를 진짜로 죽인 건 아닐까? 아마벨은 고개를 저으며 아니길 빌었다.

3부

거북

11

아마벨은 일부러 수동조종을 했다. 약 18시간이 걸리는 비행 동안 일일이 위치추적을 해가면서 고도, 풍속을 보며 조종해야 하는 고행이었다. 일본에서 올 때처럼 무식하게 하지는 않았다. 이번에는 보조뇌에 조종을 맡겨놓고 다른 생각을 했다. 위치가 드러날까 봐 네트에 접속하진 못했지만 그래도 알고 있는 정보만으로도 정리할 것이 태산이었다. 하지만 결과만 말하자면 별로 정리가 되지 않았다.

실비는 인도에 돌아가게 되어 좋은지 거묵을 떠나 겪었던 일을 일일이 늘어놓았다. 정보값이 있는 얘기는 하나도 없었다. 어느 식당 밥이 맛있었다는 것만큼 쓸모없는 정보가 또 있을까? 인도에서 몇 달을 지내는 동안 톰과 함께 아르바이트도 했고 다소 위험한 일도 있긴 했지만, 마치 옛날 옛적 배낭여행족들이 존재하던 시절처럼 여행을 다닌 모양이었다. 전후 사정을 모른다면 톰과 함께 인도를 즐겁게 여행했다는 것으로 들릴 정도였다. 아마벨은 지쳐서 결국 건성으로 대답했지만 뒷좌석에 바로 옆에 앉은 케인은 일일이 응대해줬다. 그러다 실비는 어느새인가 케인의 팔에 머리를 기대고 잠들었다.

"이제 좀 조용해졌네요."

"얼마나 더 가야 하죠?"

"14시간 정도는 가야 할걸요. 연료를 보충할 필요는 없을 것 같으니 그건 다행이죠. 하지만 거묵이라는 곳이 아마 깡촌일 테니 어딘가에 들러서 연료전지를 충전해놓는 게 나을 것 같아요."

"그렇군요."

"케인 씨?"

"네?"

"이제 이유를 설명해주시죠? 실비도 자니까요. 당신 뭡니까?"

케인은 곰곰이 생각하는 척했다. 정체가 정확히 무엇인지 알 수 없었지만 스캔드임에는 틀림없었다. 스캔드는 1초를 생각하더라도 보통 사람보다 기나긴 숙고를 할 수 있었다. 하지만 아마벨의 눈에는 케인이 진짜로 어찌 설명해야 할지 망설이는 것으로 보였다.

"일단 제가 스캔드인 건 아시겠고요."

"그건 말했잖아요."

아마벨은 어쩐지 짜증이 났다. 그냥 속 시원하게 말하면 안 되나?

"말했다시피 이 몸은 자전거 같은 겁니다. 라이드라고 부르죠."

"라이드?"

"스캔드가 타고 다닌다는 의미로 쓰기 시작한 말인데, 촌스러운 단어지만 제가 만든 말도 아니니 저한테 불평하지는 말아주세요."

"그래서, 라이드 씨. 그게 어쨌다는 거죠?"

"먼저 위치가 문제예요. 거묵, 강고트리에서 조금 떨어진 오지. 강고트리도 외지긴 하지만 지금은 그렇게 오지는 아니죠. 거기는 주민이 상당히 많거든요. 밖에서 보이지 않아서 그렇지."

"보이지 않는다고요?"

"네. 그럴 수밖에 없죠. 강고트리의 지하에는 스캔드 서버 콤플렉스가 존재합니다. 그곳 서버에 수백 명의 스캔드를 돌리고 있는 거죠. 듣기로는 원래 냉각을 위해 고지대에 위치시켰다고 하더군요. 제 생각에는 접근이 어려운 곳이라서 그런 위치로 정한 듯합니다. 방어를 염두에 둔 거죠."

"잠깐만요. 그곳에 가도 괜찮은 거예요? 적들의 바로 코앞이잖아요!"

"네. 그래서 걱정이 됐는데 우리 데이터베이스에 거묵에 대한 내용이 전혀 없더군요. 전혀요."

"잠깐만요. '우리' 데이터베이스라니요. 그러면 당신도 거기 있는 건가요?"

"다케나가 미츠요시가 저를 강제로 스캔드로 만들었다고 말씀드렸죠? 그자가 바로 강고트리에 있습니다. 얘기할 게 있다고, 직접 만나야 한다고 말하더니 다짜고짜 저를 붙잡고…."

케인의 냉정한 얼굴에 분노가 스치고 지나갔다. 스캔드가 원격

조종하는 인형의 얼굴에 저렇게 감정이 지나갈 정도라면 실제로
는 얼마나 격분하고 있을지 짐작도 가지 않았다.

"다시 원래 얘기로 돌아가죠. 그래서, 놈들 코앞에 가 있어도
괜찮냐고요."

"데이터베이스에 없다는 건 누군가가 일부러 삭제해뒀다는 얘
기겠죠. 거기 사는 스캔드 주민들은 물리적 '주변 지역'에 전혀 관
심도 없고요. 나를 포함해서 스캔드는 서버에 존재하지만 기본적
으로 네트 상을 어슬렁거리는 동물입니다."

"그건 살아 있는 생물에게나 적용되는 얘기고요."

"제가 살아 있지 않다고 말씀하시는 겁니까?"

케인이 신경질적이 되었다.

"네."

"하지만 당신도 90퍼센트 정도는 기계가 아닙니까? 당신도 사
람이 아니라고 말할 수 있지 않을까요?"

"맞아요. 저는 사람이 아니랍니다. 사람처럼 클리니컬 이모털리
티를 사용할 수도 없고 뉴트리노 뉴럴 스캐닝을 사용해서 스캔드
가 될 수도 없죠. 제가 인공지능이 아닌 유일무이한 이유는 펜로
즈라는 옛날 컴퓨터학자가 강인공지능은 못 만들 거라고 예측했
기 때문이에요. 딱 그것뿐이죠."

"수학자요."

"네?"

"로저 펜로즈는 수학자였어요."

"닥쳐요."

206

침묵은 1시간이 지나고 2시간이 지나도 계속되었다. 어느새 밤이 되었고 짙푸른 밤하늘에 초승달이 떴다. 그리고 그 초승달을 정확히 가로질러서 '노아의 방주'가 지나갔다.

"와아."

아마벨이 그 광경을 지켜보다가 탄성으로 오랜 침묵을 깨고는 머쓱했는지 질문을 던졌다.

"저건 대체 뭐죠?"

"뭐요?"

"하늘에서 온 저 우주선인지 우주콜로니인지 모를 저거요. 음모론 좋아하는 사람들 말대로 정말 지구가 멸망할 때 저기에 권력자들이 타고 탈출할 거라는 말이 사실일 리는 없잖아요?"

케인은 고개를 흔들었다.

"저것만큼은 우리도 잘 모릅니다. 스캔드 사회에서도 저게 대체 뭔지 의견이 분분해요. 물론 지구가 멸망하느니 하는 음모론을 믿는 건 아니지만요. 대신 다른 음모론이 판을 치고 있죠."

"허. 스캔드 사이에서도 음모론이 도나요?"

"물론이죠. 잊지 말아줬으면 좋겠어요. 스캔드도 인간이라는 걸요. 생각의 속도가 조금 빠르다 해서 멍청함이 어디 가지는 않아요. 슈퍼컴퓨터의 속도로 멍청한 것뿐이죠."

아마벨은 '슈퍼컴퓨터의 속도로 멍청한 것'이라는 말에 폭소를 터뜨렸다.

"하…. 참, 진짜 모르나 보네요?"

"인류의 문제가 뭔지 알아요?"

"뭐예요? 뜬금없이."

"불멸을 얻으면서 인간으로서 최소한으로 가져야 할 모험심을 잃어버렸다는 거예요. 인류가 마지막으로 태양계 밖으로 우주 탐사를 나간 지가 언제인지 알아요?"

"모르겠네요. 그런 건 관심 없어서요."

"솔직히 말하자면 저도 관심이 없어요. 전혀요. 그런데 이걸 일종의 증상으로 해석하면 재밌는 현상이 보이기 시작하더군요. 아니, 그렇게 재밌지는 않지만요."

"뭐죠?"

"우린 이미 다 죽은 목숨이에요. 저들이야말로 살아남아 우리가 얼마나 멍청한 존재였는지를 역사에 새겨서 길이 남길 존재들이죠."

"저들?"

"우주인들 말입니다. 지금 달과 화성과 수성과 그 사이의 우주 공간에서 살아가고 있는 사람들이요. 그 사람들은 클리니컬 이모털리티를 쓰지 않는다는 거 아세요? 기대수명이 겨우 120세밖에 안 된단 말입니다. 그것도 사고사당한 사람들을 제외한 수치죠. 합치면 그 절반에도 미치지 못할걸요."

"그런 게 좋은 사람들인가 보죠."

"맞아요. 영원히 사는 게 싫은 사람들이 우주로 진출한 거겠죠. 그런데 그 사람들이 가진 또 하나의 공통점이 뭔지 알아요?"

"모험심?"

"딩동댕."

즐거운 딩동댕은 아니었다.

"우주인들은 언젠가 전 은하계로 퍼져나갈 겁니다. 종족으로서 진정한 불멸성을 얻게 되겠죠. 이제 우리 불멸인들, 그러니까 클리니컬 이모털리티로 영원히 사는 인간과 스캔드를 통합하는 개념으로서의 우리 불멸인들은 영원을 손에 넣은 대가로 반드시 멸망할 거예요. 필멸자들은 불멸할 것이고 불멸자는 필멸할 겁니다. 슈퍼컴퓨터의 속도로 멍청한 결과가 그런 거죠."

"결국 모른다는 거네요?"

"네?"

"저게 뭔지 모른다는 얘기를 빙빙 돌려서 하는 거잖아요."

"이미 모른다고 말씀을⋯."

"아, 됐어요."

아마벨이 입을 닫았다. 케인도 입을 꾹 닫았다.

✳

왼쪽 차창을 뚫고 아침햇살이 비춰오자 아마벨은 눈이 부시지 않는데도 눈을 찌푸렸다. 오랜 세월 동안 굳어진 반사신경은 어쩔 수 없었다. 케인이 물었다.

"여기는 횡단하죠?"

"어딜요?"

"인도차이나반도요. 여기는 교통 트래픽이 워낙 많아서 우릴 찾아내지 못할 겁니다."

"하지만 스캔드들이 찾아내려고 한다면⋯."

"원리상으로는 찾아낼 수 있겠지만, 필수적으로 소모해야 하는 컴퓨팅 파워를 제하고 계산하면 이렇게 인구가 많고 차량도 많은 곳에서는 우릴 찾아내지 못할 겁니다. 아마도요."

"아마도?"

"네. 아마도. 세상에 뭐든 확실한 건 없으니까요. 저 같은 프롤레타리아 스캔드는 모르는 하이 스캔드의 세계가 따로 있을지도 모르죠."

"프롤레타리아 스캔드⋯. 모순적인 단어네요."

"아니에요, 어디에나 계급은 있고 스캔드들 사이에도 존재할 뿐입니다."

"그렇군요. 그러면 방향 틉니다."

아마벨은 차 기수를 서북쪽으로 향했다. 방향이 갑자기 바뀌자 실비가 충격에 잠을 깼다.

"여기가 어디⋯. 어?"

실비는 한참 눈을 비비며 주위를 보고 나서야 어떻게 이 차에 타게 되었는지를 기억했다.

"잘 잤니?"

케인이 상냥한 말투로 말했다.

"언니는 안 잤어요?"

실비는 케인의 인사는 무시하고 아마벨에게 인사를 건넸다.

"난 안 자도 괜찮아."

"에이, 설마."

"진짜야. 1년 정도는 수면 없이 활동할 수 있어. 고작 하룻밤 정도로는 피곤하지도 않아."

작은 거짓말이 들어 있긴 했지만 사실이었다. 아마벨도 잠은 필요했다. 되도록 보통 사람들처럼 하루 7시간 이상. 하지만 유사시에는 잠을 자지 않아도 되도록 조절할 수 있었다.

실비는 우웅 하는 소리를 내고는 입을 닫았다.

"형사님은 사교술도 참 대단하시군요."

"제가 좀 대단하죠."

케인이 자꾸 대화가 끊기게 만드는 아마벨의 화술을 비꼬았지만 그냥 넘어가기로 했다. 사람 대하기가 어려운 건 사실이었으니까.

"이런 망할 놈들이…. 아, 죄송합니다. 지금 형사님은 통신 끊은 상태죠?"

케인이 갑자기 욕을 내뱉어서 깜짝 놀란 실비가 커다란 눈을 더 커다랗게 뜨고 쳐다보았다. 아마벨은 찌푸린 얼굴로 말없이 고개를 끄덕였다.

"그러면 못 들었겠군요. 놈들이 저질렀습니다. 피맛골을 붕괴시키면서 경복궁까지 날려버렸어요."

"사람들은요?"

"'사람'들은 클리니컬 이모털리티 보험에 가입되어 있을 테니 걱정 없이 밀어버릴 수 있었겠죠. 반항도 못 해보고 당하다니…."

케인은 라이드의 필터를 뚫고서도 보일 만큼 분노에 불타고 있었다. 지금은 입만 열면 욕을 내뱉을 것 같은지 이를 악물고 아무 말도 하지 않았다.

"뭐 어때요. 죽은 사람도 없는데."

"죽은 사람이 없다니요. 피맛골에 어떤 사람들이 몰려드는지나 압니까? 클리니컬 이모털리티 보험금을 못 내서 수배당한 사람들도 많단 말입니다."

"법적으로 그 사람들에게도 서비스를 제공하게 되어 있잖아요. 그게 무슨 대단한 문제라고 그래요?"

아마벨이 별거 아니라는 듯이 말했다.

"사람은 말이죠, 단순히 숨이 붙어 있다고 사는 게 아닙니다. 삶이란 인생을 속박 없이 자유롭게 살고 자유롭게 미래를 계획할 수 있음을 의미해요. 또 살아나면 뭐합니까, 집도 직장도 모두 잃었는데. 다른 사람이라면 몰라도 당신은 잘 알지 않나요?"

아마벨도 잘 알고 있었다. 그런 삶이 사실은 삶이 아니라는 것을. 하지만 너무나 오랫동안 빚의 노예로 공무원 생활을 하다 보니 그 사실을 잊어버렸던 것 같았다.

"미안해요."

아마벨은 언제 마지막으로 누군가에게 사과했는지 기억나지 않았다.

"아니요, 저에게 사과할 것 없습니다."

"피맛골 주민들 일은 안됐어요."

"고맙습니다."

＊

차가 인도차이나반도를 거의 다 횡단했을 무렵 누군가의 배 속에서 우렁찬 꼬르륵 소리가 났다.

"난 아니에요. 사이보그니까."

"나도 아닙니다. 라이드니까."

"알았어요! 저예요 저! 배 안 고파요? 저는 배고프거든요! 이런 과자 같은 거 말고 진짜 먹을 거 없어요?"

그 순간부터 실비가 쉬지 않고 보채기 시작했다. 왜 사람이 먹어야 하는지에 대한 철학적인 논쟁부터 시작해서 삶은 먹는 것이 전부라는 일종의 종교적 논증에 다다르자 결국 두 사람은 실비에게 무릎 꿇고 빌기로 했다. 식당에서.

마침 인도차이나반도의 서쪽은 연방의 눈길이 닿지 않는 저개발지였고 네트는 연결되어 있었지만 상당히 성긴 그물망이었다. 아마벨은 넓은 그물코에 걸리지 않을 어느 작은 마을에 차를 착륙시켰다.

식당에서 샨카우쉐와 사모사를 조금 게걸스럽게 먹고 나자 실비는 철학자에서 인간으로 돌아와 있었다. 아마벨과 케인도 조금씩 먹었는데 케인의 입맛에는 잘 안 맞는 듯했다.

"이 동네 음식 안 좋아해요?"

"아니요. 먹는 행위를 할 수는 있지만 맛까지는 못 느낍니다. 그냥 씹는 느낌만 나죠. 맛에 관련된 신경 신호는 너무 복잡해서 양자통신에 부하가 가거든요. 물론 맛을 보는 대신에 시각을 끌

수는 있겠지만요."

"안됐네요."

아마벨은 보란 듯이 바삭바삭한 사모사를 손으로 집어서 일부러 맛있게 먹었다.

"피맛골은 대체 왜 만든 거예요?"

실비의 질문이었다.

"왜?"

"아니, 웃기잖아요. 하늘도 안 보이는 이상한 난장판을 일부러 만들어놓고 산다는 게 이해가 가지 않아서요."

"우선 피맛골은 내가 만든 게 아니야. 그냥 자연스럽게 이뤄진 거지. 나는 처음에 주민이 5천 명도 안 됐을 때부터 피맛골에 주목했어. 그런 자연발생적인 무정부주의에 관심이 있었거든."

"무정부주의?"

실비가 질문했다. 정말 무슨 뜻인지 모르는 모양이었다.

"정부가 없는 거. 그냥 사람들이 혼자 알아서 살아가야 한다는 뜻이야. 아무도 돌봐주지 않기 때문에 서로서로 돌봐야 한다는 의미이기도 하지. 물론 아무도 다른 사람을 돌보지 않았지만 말이야."

"그래서 그 사람들을 돌보기로 한 건가요?"

아마벨이 물었다.

"그렇다고 볼 수 있죠. 처음부터 그런 목적을 가지고 있었던 건 아니었어요. 스캔드가 되고 나서 보이는 건 모두 통제된 혼돈이었죠. 진짜 예측을 못 하는 게 아니라 큰 줄기가 되는 것은 예측하고 통제할 수 있었으니까요. 마치 이 컵 안에….'

케인이 컵을 들어 흔들자 소용돌이가 생겼다.

"혼돈이 발생해도 결국 컵 안에 머물기 마련이니까요. 그리고 이렇게….""

컵에 남은 콜라를 마셨다.

"마셔버릴 동안 컵 안의 액체가 가지고 있던 혼돈은 반항을 하지 못하고 그냥 마셔지게 되는 거죠. 그게 싫었어요. 진짜 혼돈을 원했죠."

"하지만 피맛골도 결국 컵 안의 콜라 아니었나요?"

"일이 이렇게 되고 보니 결국 그렇게 됐네요."

실비가 손을 뻗어 케인의 손을 잡았다.

"안됐어요. 나도 좋아하는 양을 잃어봐서 그 기분 잘 알아요."

아마벨은 부적절한 비유라고 실비를 타이르려고 했지만 그다지 다르지 않다는 걸 순간 깨닫고 입을 닫았다.

"그만 가죠. 한 곳에 너무 오래 있었어요."

실비는 더 먹고 싶은데 배가 부른 게 너무 억울하다며 짜증을 냈다.

✳

인도대륙에 도착한 이후에는 더욱 조심해야 했다. 대륙 전체에 인구밀도가 낮은 지역이 전혀 없었고 그 때문에 추적을 피하기가 더욱 어려워졌다. 일부러 지그재그를 그리며 침로를 알기 어렵게 했지만 스캔드들이 작정만 하면 아마벨 일행이 어디로 갈지 간파하는 건 어려운 일이 아니었다. 하지만 거기까지였다. 인도는 지구상에서 연방에 가입한 마지막 국가였고, 인도의 합병으로 지구연방이 완전하게 되었지만 시스템적으로 호환이 거의 안 되는 두 개의 체제가 만나 하나가 되는 작업은 너무나도 더디게 진행되었다. 그 결과 스캔드들은 지구연방의 거의 모든 요소를 조종하고 있었지만 인도만은 그러지 못했다. 상당수의 스캔드들이 인도 북쪽 히말라야에 있는 어느 작은 마을 지하에 서버를 두고 살고 있다는 점을 생각해보면 아이러니한 일이었다.

벵골지역에 들어간 이후 계속 북쪽으로 향한 세 사람은 비하르를 지나 큰 도시를 피해 네팔이었던 지역과 인도의 접경 지역으로 돌아가는 코스를 택했다. 히말라야산맥의 자락을 따라서 서쪽으로 향한 그들은 리시케시에 도달했다. 리시케시는 히말라야산맥 남쪽의 입구로 너무 유명한 관광지였기 때문에 멈추지 않고 강가강의 원류인 바기라티강을 따라 올라가기로 했다. 그리고 저녁이 될 무렵이 되어서 우타르카시라는 작지 않은 마을에 도착했다. 강고트리가 가까워졌지만 산세가 워낙 험하고 날씨의 변화가 심해 유도장치도 없는 상황에서 야간에 비행한다는 것은 위험천만했다. 우타르카시는 교통이 발달한 마을이었지만 수백 년간 거의 변화가 없었고 네트 연결도 상당히 힘들었다. 예전에는 성지 순례자들이 이 마을을 지나가면서 부흥하기도 했었지만 지구의 모든 종교가 쇠퇴했고 그에 따라 이 마을도 쇠락하고 있었다.

"여기 밝을 때 보면 되게 예쁜데."

실비가 차에서 내리며 말했다. 케인이 물었다.

"그래?"

"아저씨한테 말한 거 아니거든요?"

아름다운 곳이라고 말은 했지만 6시도 안 된 시간에 벌써 해는 져버렸고 마을에 불빛도 거의 없어서 초승달 빛에 반짝이는 강가 강물과 점점 높아져 가는 산맥의 능선이 윤곽으로만 보일 뿐이었다.

"여기라면 안전할 것 같네요. 놀랍도록 기술적으로 폐쇄된 곳으로 보여요."

아마벨이 마을 전체에서 발산하는 전자기파를 측정하고 한 말이었다.

"그럼 차 안에서 머물 게 아니라 숙소로 들어가죠. 여름이지만 금방 추워질 겁니다."

실비는 와본 적이 있어서인지 심드렁한 표정으로 하품을 연발했다. 아마벨도 기나긴 운전에 피로가 밀려왔다. 반면 케인은 아무렇지도 않아 보였다.

게스트하우스는 깨끗했지만 손님은 전혀 없었다. 아마 순례객이 붐비던 시절에 지어진 것 같았다.

"원래도 여기는 순례객들이 차를 타고 지나가버리는 곳이었죠. 그래서 그렇게 잘나가던 곳이 아니었어요."

게스트하우스 주인은 쓸쓸한 말투로 수다스럽게 게스트하우스의 역사와 전통을 말했지만 전통보다는 그냥 아버지 이야기를 하고 싶었던 모양이었다. 아버지가 용병 출신이라는 얘기를 하려는 찰나에 아마벨이 주인의 말을 끊었다.

"저희가 피곤해서요. 일찍 잠자리에 들고 싶은데요, 준비되겠습니까?"

"물론이죠. 죄송합니다. 손님이 얼마 없어서…."

방은 작지만 깨끗했다. 아마벨과 실비가 같은 방을 쓰고 케인은 옆방에 들어갔다. 실비가 샤워를 하는 동안 아마벨은 나가서 주위 환경을 살폈다. 출구와 입구, 밴티지 포인트 등이 어디인지 미리 파악한 뒤 여기저기에 센서를 설치했다. 마음 같아서는 아예 부비트랩을 장치하고 싶었지만, 이 소도시에는 1만 명이 넘는 인구가 살고 있었다. 엉뚱한 사람을 가루로 만들어버릴 수는 없었다. 명색이 경찰인데.

아마벨이 정찰을 마치고 돌아오자 실비는 방문도 잠그지 않고 침대에 가로로 누워서 잠에 빠져 있었다. 아마벨도 옆 침대에 몸을 눕혔다. 하지만 잠이 아닌 슬립 모드에 들어가서 대기했다. 아마벨이 이렇게 대비한 것은 결과적으로 잘한 일이었다.

✳

자정이 지날 때쯤, 밴티지 포인트에 있는 센서에서 신호가 왔다. 그냥 사람이었다면 신호를 보내지 않았을 것이었다. 무기가 감지된 것이다. 아마벨은 아주 천천히 일어나서 창문에 있는 커튼을 닫았다. 그리고 온몸의 체온을 급속도로 떨어뜨려 적외선 감지에서 벗어났다. 아마벨은 케인이 자는 방의 벽을 톡톡 두드려 신호를 보냈다. 그러고는 답을 기다리지 않고 문으로 나갔다. 적들은 아직 이 주위의 포위망을 완성하지 못한 상태였다. 지금이 아니면 기회가 없었다. 아마벨은 마을 높은 곳에 있는 버려진 사원으로 향했다. 그곳에서 온 마을을 조망할 수 있었다. 아마벨이 지휘관이라면 제일 먼저 그곳에 관측병과 저격수를 배치할 것이었다. 아마벨에게는 총이 있었지만 쓰고 싶지는 않았다. 총소리로 적들에게 위치를 들키면 안 된다고 생각했다. 그래서 중화기 대신 권총만 한 자루 들고나왔고 부엌에서 빌린 식칼을 손에 들었다. 그리고 달빛에 반사되지 않도록 외투 자락으로 숨겼다.

우타르카시의 밴티지 포인트는 강 건너 있는 언덕에 위치한 쿠테티 데비 사원이었다. 이 사원은 신이 많기로 유명한 인도에서도 잘 알려지지 않은 신의 사원이었고 그 덕분인지 완전히 버려진 곳이었다. 우타르카시와 바기라티강을 굽어보고자 하는 사람들이 가끔 찾아올 뿐이었다. 그리고 지금 이 순간에는 아마벨 일행을 노리는 자들이 쌍안경으로 전역을 굽어보고 있었다. 게스트하우스에서 상당히 거리가 있었지만 어차피 저격수에게 큰 의미는 없었다. 이 정도 거리는 바로 옆에서 머리에 대고 쏘는 것과 큰 차이가 없었다. 그리고 관측수와 함께라면 곧 포위망을 완성할 진입조의 눈이 되어줄 것이었다.

먼저 아마벨은 이들이 어떤 자들인지 세심하게 관찰했다. 사원 지붕 위에 올라가 있는 두 사람, 저격병과 관측병은 모두 강화조작을 받은 흔적도 없었고 장갑복도 입고 있지 않았다. 아마 실비가 다칠까 봐 중무기를 들고 오지 못한 것이리라 생각했다. 대체 이자들에게 저런 꼬마가 무슨 의미가 있길래 이렇게까지 집요하게 추적하는 걸까. 잡아서 심문해볼까 잠시 생각했지만 이들도 아무것도 모를 게 뻔했다. 그러면 이자들을 어떻게 처리해야 할지 결정해야 했다. 명색이 경찰인데 무장했다 하더라도 민간인을 마구 죽일 수는 없었다.

실비의 경우에서도 볼 수 있듯이 세상 사는 사람들 모두가 클리니컬 이모털리티 보험에 들어 있는 것은 아니니까. 하지만 관찰 도중 아마벨은 그런 염려를 떨쳐버렸다. 이 두 사람이 너무나 이상했기 때문이었다. 먼저 두 사람은 아무 말도 나누지 않았다. 한 명은 계속해서 스코프를 들여다보고 있었고 나머지 한 명도 쌍안경에 눈을 박은 채 움직임이 없었다. 어떤 신호도 오가지 않았다. 그리고 거의 부자연스러울 정도로 꼼짝도 하지 않았다. 아마벨도 저격수이기 때문에 알고 있었다. 방아쇠를 쥐어짜듯 당기는 순간에는 완벽한 평정이 필요하지만 지금처럼 관측만 하는 상태에서 그럴 것까지는 없었다. 그러다 문득 깨달았다. 이들도 케인과 마찬가지구나. 이들도 어떤 스캔드가 조종하고 있는 인형일 뿐. 그렇다면 더 망설일 필요가 없었다.

아마벨은 체온을 올려서 운동성을 높인 다음 숨어 있던 덤불에서 뛰어올랐다. 약 6미터 정도를 치솟은 다음 정확히 적병 위에 떨어졌다. 왼손에 든 식칼은 쌍안경을 들여다보던 자의 뒷목에 꽂혔고 두 다리는 엎드려쏴 자세를 하고 있던 자의 머리 위에 정확히 내리꽂았다. 손에서 칼과 뼈가 서로를 긁어대는 불쾌한 감각이 났고 발아래에서 과자가 부서지는 소리가 들렸다. 아마벨은 쌍안경을 빼앗아 피를 닦은 뒤 들여다보았다. 게스트하우스 주위로 다가가는 적들이 보였다. 반대편에서도 적들이 다가오고 있다는 것을 센서가 알려왔다. 열둘, 열셋, 열넷…. 열다섯 명. 그런데 그들이 갑자기 일사불란하게 움직여서 게스트하우스로 진입하기 시작했다.

실수였다. 각각 다른 스캔드들이 각각 다른 라이드를 조종하고 있다 해도 서로 소통하는 데 시간이 걸리리라고 생각했는데 가만히 보니 그게 아니었다. 몸짓과 동작이 모두 거의 완벽하다 싶을 정도로 동일했다. 있을 수 없는 일이었다. 아마 클론 열다섯 명을 만들어도 이렇게까지 똑같을 수는 없을 것이다. 하나의 스캔드가 자기 장기 말을 한꺼번에 조종하고 있는 것이 분명했다.

다급해진 아마벨은 바닥에 놓여 있던 저격총에 자리를 잡고 닥치는 대로 발사했다. 첫 놈은 가장 뒤에서 망을 보고 있던 녀석. M-991만큼 강력한 저격총은 아니었지만 이 정도면 한 방에 죽었어야 했다. 하지만 그러지 못했다. 아마 소음기를 달아서 탄속이 떨어진 모양이었다. 그래도 전투력을 없애는 데는 충분했다. 그리고 지붕 위의 세 명. 출입구에 두 명. 복도를 지나던 놈을 저격하고 나자 상대편도 무슨 일이 일어나는지 알아챈 듯, 엄폐 자세로 몸을 숨겼다. 일단 발이 묶인 상태가 되었다. 아마벨은 총을 버리고 사원 지붕에서 뛰어내렸다.

아마벨은 뛰어가기 시작했다. 하지만 아마벨의 신체는 강을 건너기에는 적합하지 않았다. 올라갈 때는 다리를 지나갈 수 있었지만 지금은 다리까지 빙 돌아갈 시간이 없었다. 아마벨은 다급했다. 속으로 자기 자신에게 실컷 욕을 퍼붓고 있었다. 왜 적이 더 있을 거라 생각하지 못한 걸까. 함정에 속아 넘어간 자신을 원망할 수밖에 없었다. 평범한 병사들이었다면 비명 지를 시간조차 주지 않고 순식간에 해치워 적들에게 경고가 가지 않았을 것이었다.

하지만 이들은 달랐다. 비록 경무장에 강화복은 없었지만 열다섯 명이 완벽하게 조직된 움직임을 보일 수 있다는 것만으로도 매우 위협적이었다. 아마벨은 더 생각해볼 것도 없다는 듯이 바기라티강으로 뛰어들었다. 아마벨의 몸 내부 대부분은 금속 재질이었기 때문에 물에 뜨지 않았다. 빙하가 녹아서 내려온 차디찬 물이 그 금속 부분을 순식간에 식게 만들었고 뇌 전체의 온도가 곤두박질쳤다. 그건 '차갑다'나 '춥다'는 개념과는 차원이 다른 것이었다. 급속냉동 당하는 사람의 기분이 이런 걸까? 아마벨은 이를 악물고 그 감각과 싸워가며 강바닥을 기어가듯이 건넜다. 바기라티강이 큰 강은 아니었지만 작은 편도 아니었기에 건너편에 도착하는 데 상당한 시간을 소모해야 했다.

무거운 몸을 이끌고 강가에 올라가자 총성이 들리기 시작했다. 열심히 달려 여관에서 2백여 미터 떨어진 곳에 도달한 다음 천천히 심호흡했다. 아마벨은 인상을 쓰면서 길가에 세워져 있던 차의 문을 한 손으로 뜯어 들고 진입했다.

게스트하우스 가운데 있는 작은 중앙정원에서 기다리고 있던 암살자들은 누가 덮치는지 보지도 못했다. 아마벨은 들고 있던 차 문을 마치 손도끼처럼 휘둘러 두 동강을 내버렸다. 그들이 죽는 즉시 위에서도 반응이 왔다. 아마벨은 기관단총을 뺏어서 실비와 케인이 있을 방으로 향했다. 적들은 응사해왔지만 아마벨은 아랑곳하지 않았다. 총탄이 어깨와 왼쪽 복부에 스쳤지만 피부의 방탄조직을 뚫지 못하고 미끄러져 버렸다.

아마벨은 머리 하나마다 세 발씩 쏘면서 전진해갔다. 적들은 공격이 별 효과가 없다는 걸 깨닫자 이번에는 도망가기 시작했다. 그것도 사방으로 흩어져서. 아마벨은 쫓으려다가 바라보이는 쪽에 있는 놈 한 명을 쏘고 난 다음에 실비의 방으로 돌아왔다. 그곳에는 케인이 적 한 명의 목을 조른 채로 쓰러져 있었다. 케인은 심한 출혈에 거의 의식을 잃어가고 있었다. 그 지경에 이르러서도 팔로 조르고 있는 암살자의 목을 놓지 않았다.

아마벨이 다급히 물었다.

"실비는 어딨어요?"

케인은 고통스러운 표정을 지으며 가래 낀 목소리로 말했다.

"나를… 죽였어."

"실비는, 어디 있느냐고!"

"진짜로 나를….'

케인이 한 말이 무슨 말인지 알 수 없었지만 한 가지는 확실했다. 지금 이 방 안에서 피를 흘리는 것은 케인 혼자뿐이었다. 그렇다는 얘기는 실비는 생포해서 데려갔다는 의미였다. 그리고 나자 쓸모없는 방해물인 케인을 제거한 것이다. 아마벨은 케인과 통신을 할 수 있는지, 할 수 없다면 그쪽에서 다시 이 '라이드'를 만들어서 올 수 있는지 궁금했다.

그러다 케인의 마지막 말의 의미가 후려치듯 다가왔다.

'나를 죽였어.'

케인은 자신의 육체 인형이 죽는 걸 뜻한 게 아니었다. 자신의 본질인 서버에 어떤 형태로든 간섭과 공격이 이뤄졌던 것이다.

아마벨은 초점이 완전히 풀리고 근육이 이완되기 시작한 케인을 보고 어쩐지 죄책감이 느껴졌다. 끝까지 믿을 수 있는지 없는지 알 수 없었지만 적어도 위기에서 자신과 실비에게 도움을 준 것은 사실이었으니까. 케인은 암살자를 조르고 있던 팔을 그제야 풀었다.

아마벨은 이제 아무 도움도 목적도 없이 무엇을 해야 할지 생각해야 했다. 안개와 구름이 걷히고 달빛 아래로 히말라야산맥의 설산이 보이기 시작했다. 이곳에 와서 처음 보는 설산이었다. 짙푸른 색 설산에 걸친 달이 너무도 아름다웠지만 아마벨은 아무런 감흥도 느끼지 못했다.

12

아마벨은 뭘 해야 할지 몰라서 피바다 한가운데 유일하게 깨끗한 침대에 앉아 생각했다. 저들이 왜 실비를 원하는지 알지 못했고, 왜 케인이 자신을 도와주려고 했는지도 몰랐다. 심지어 왜 자신이 실비를 도우려고 했는지도 전혀 이해가 가지 않았다. 근본적으로 아마벨은 이기적인 사람이었고 순수한 이타심에서 이렇게까지 나서는 사람이 아니었다. 적어도 2백 년이 넘는 시간 동안 그렇게 살아왔었다. 이기주의자. 아마벨은 이기주의자였다.

그런데 케인은 어떤 사람이었을까. 정말 죽긴 했을까. 왜 재건축조합장을 맡은 걸까, 변호사로서 벌이도 괜찮았을 텐데. 실비가 보고 싶다. 배고프다. 거의 고장 난 컴퓨터처럼 아무 생각이나 머리에 떠올라 너무나도 혼란스러웠다. 차라리 물리적인 공격이 낫지 이런 건 아마벨이 생각해왔던 경찰 생활이 아니었다. 아니,

경찰이라는 것과 지금 겪고 있는 문제는 전혀 상관없어 보였다. 그냥, 재수가 없었던 것이다.

그때 비명이 들려왔다. 아마벨은 기관단총을 손에 들고 아래층으로 내려갔다. 다행히 집주인의 부인이 끔찍하게 두 동강이 난 시체를 보고 비명을 지른 것이었다. 아마벨은 부인에게 경찰을 부르라고 말했지만, 영어나 한국어 모두 알아듣지 못했고 번역기에 없는 언어를 쓰고 있었다. 그래서 아마벨이 밖으로 나와서 직접 경찰에 신고하려는 순간 다시 부인의 비명이 들렸다. 이번에는 비명의 강도와 길이가 전혀 달랐다. 이번이야말로 무슨 일인가 났나보다 하고 생각한 아마벨은 전속력으로 달렸다. 게스트하우스의 별채의 현관에 선 부인은 숨이 넘어가기 직전까지 비명을 지르고 있었다.

안에는 집주인이 머리에 9밀리미터 총 세 발을 맞은 채로 누워 있었다. 그렇게 비명 지를 일은 아니라고 부인을 위로하려고 했지만 부인은 아마벨의 팔을 뿌리치고 남편의 몸을 그러안았다. 그제야 뭐가 잘못된 건지 이해할 수 있었다. 이 사람들은 클리니컬 이모털리티 보험에 가입되지 않았다. 어떤 이유에서 가입하지 않은 것인지, 아니면 가입이 불가능한 것인지 알 수 없었다. 하지만 어렴풋이 감이 잡혔다. 이곳은 지구에서 가장 마지막으로 연방에 가입한 지역이었고 그 때문에 늦어졌을 가능성이 컸다.

클리니컬 이모털리티라는 사회 시스템이 작동하려면 단순히 사람 머릿속에 스캔 소자를 삽입하는 것만으로는 불가능했다. 인도에 살고 있던 모든 사람의 스캔 정보를 처리할 추가적인 컴퓨팅 파워가 필요했고 그 때문에 지구 전체의 컴퓨팅 파워 시장이 뒤흔들릴 정도의 충격이 왔다. 또 컴퓨팅 파워만이 아니라 새로운 육체를 만들어 대기하고 있어야 하는 클리닉도 필요했다. 그것도 인도의 국민 수만큼. 정확한 숫자는 기억나지 않았지만 20억이 넘는 인구라고 아마벨은 기억했다.

그런 경제적, 관료적 문제가 아마벨과 일행들을 만난 결과가 눈앞에 누워 있었다. 집주인의 부인은 거의 숨이 넘어갈 정도로 울었다. 백여 미터 밖에서 열댓 명의 사람들이 다가오는 발소리가 아마벨의 귀에 잡혔다. 이곳을 떠나야 했다. 아마벨은 부인에게 뭐라고 위로의 말이라도 하고 싶었지만 말이 통하지 않았다. 아마벨은 방에 올라가 짐을 챙긴 뒤 지붕을 타고 넘으며 마을에서 멀어지기 시작했다. 어디로 가야 할지도 모른 채.

✳

도로를 따라 산을 오르면서 아마벨은 혼자 생각했다. 이렇게까지 철저하게 혼자였던 적이 있었던가? 기억나지 않았다. 하지만 그런 건 아무래도 괜찮았다. 외로움은 정신 현상이었고 거치적거리는 생각은 프로그램으로 억제할 수 있었다. 그런데 그러고 나면 뭐가 남을까. 그러고 나서도 내가 나일까. 우울해진 아마벨의 머릿속에 쓸모는 없지만 중요한 생각들이 차례로 나와 아마벨을 후려치고 있었다. 중요한 건 그런 게 아니었다. 먼저 지금부터 무엇을 할까가 더 중요했다.

한반도에 돌아갈 수는 없었다. 그곳에는 도와줄 사람도 없었으니까. 아니, 정말 없을까? 아마벨은 더는 통신 침묵을 유지할 필요가 없다는 걸 생각해냈다. 적이 도청을 하고 있겠지만, 그것도 상관이 없었다. 아무래도 상관없었다.

아마벨은 어두운 히말라야의 오르막 차도를 자동으로 주행하도록 설정하고 네트에 접속했다. 먼저 가장 궁금한 것이 있었다. 아마벨은 수원서에 접속했다. 로그인하려고 하니 아마벨의 아이디가 존재하지 않는다고 나왔다. 강제로 뜯어내고 들어갈 수도 있었지만 그랬다가는 보안시스템을 맡은 스캔드가 금방 냄새를 맡을 것이다. 아마벨은 강수범의 아이디와 비밀번호로 접속했다. 무슨 일인지 삭제되지 않은 상태였다. 인사기록을 보기 위해서는 상급자의 권한이 필요했는데 다행히 이 경우는 필요가 없었다. 본인의 인사기록을 볼 뿐이니까.

수원시 살인과 형사 강수범

배지 번호 999871

자살 요청으로 인한 클리니컬 이모털리티 보험 말소: 통과

관련 관청에 통보: 통과

자살 위협자 신고 접수

수원서 당번 경찰 서울시 중구 관철동에 파견 통보

당번 형사인 엄수철 경장이 현장에 도착 즉시 사살

엄수철 경장의 사후 보고서에 의아점 발견되었고 보고되었으나 미결상태

특이점: '목표가 웃고 있었다'

아마벨은 강수범이 죽는 순간에 웃고 있었는지, 어떤 표정이었는지 애써 기억하지 않으려고 했는데 저 문장을 본 순간 생각이 나고 말았다. 하지만 활짝 웃고 있는 얼굴이 남은 기억의 몇 프레임 뒤에는 산산조각이 나며 피와 살을 뿜는 장면이 뒤이어 따라왔다. 이 둘을 아마벨의 머릿속에서 완전히 분리하는 것은 불가능했다.

그리고 딸려오듯이 이름도 모르는 게스트하우스 주인의 죽음 장면도 떠올랐다. 이제 이 기억도 분리되지 않았다. 아마벨이 예전에 죽였던 점퍼의 모습도 기억났다. 절망에 짓눌려서 죽음을 선택한 사람들의 마지막 얼굴이 강력한 M-991의 스코프 너머로 보였다. 그리고 아마벨이 쏜 총알이 포물선을 그리며 점퍼의 심장을 뚫는 모습도. 그러자 죽였던 모든 점퍼의 모습이 기억났다. 모든 총알과 모든 피와 모든 죽음이. 피할 길 없는 진정한 죽음이. 가벼운 폭력일 뿐이었던 사람 죽는 장면이 이제 모두 한곳에 뭉쳐져 굴렀다. 마치 눈사태처럼 아마벨의 머릿속에서 무너져내리며 더욱 커졌다.

아마벨은 혼란스러운 가운데 환청인지 진짜 소리인지 모를 비명을 들었다. 그 목소리는 여자의 것이었고 생소했지만 익숙했으며 매우 가까운 곳에서 들리는 소리였다. 자신의 목소리였다. 마치 자신과 자신의 육체가 분리된 것 같은 느낌이었다. 자신의 육체에서 스스로가 박리되는 느낌, 누군가가 너무나 예리한 수술칼로 얇게 포를 뜨듯 아마벨을 그 자신에게서 분리시키는 감각이, 고통이, 전율이 그치지 않았다. 하지만 아마벨은 정신이라고 하는 신체 기관이 생생하게 부서져 가며 미쳐가는 것을 아주 객관적이고 냉정한 눈으로 지켜볼 수 있었다. 기나긴 비명에 양쪽 귀를 두 손으로 틀어막았지만 뼈를 타고 들리는 비명을 막을 수는 없었다.

그렇게 혈중산소포화도가 다소 낮아질 정도가 되자 비명은 멈췄다. 하지만 내적인 비명은 계속되고 있었다. 비명을 계속 지르기 위해서는 그저 숨을 들이마셔야 하기 때문에 멈춘 것뿐이었다. 그 순간, 아마벨은 몸에 있는 모든 자동화 시스템을 다 꺼버렸다. 그러자 비명이 멈췄다. 이 와중에도 계속 자동으로 걸음을 옮기고 있던 두 다리도 멈췄다.

아마벨의 머릿속이 수억 배의 강도로 터져나가기 시작했다. 모든 기억이 돌아오고 있었다. 전쟁 당시 아마벨이 언제 어디서 무슨 일을 했는지, 어디로 가서 무슨 첩보 활동을 했는지, 누구를 암살했는지, 전투에서 얼마나 적을 사살했는지. 모두. 한꺼번에. 아마벨의 머릿속에서 무너져내리던 눈사태가 어떤 벽을 자취도 없이 부숴버린 것 같았다. 이번에는 비명을 지르지 않았다. 수도 없이 많은 진짜 죽음을 일순간에 보면서 아마벨은 자신이 어떤 인간인지 깨달았다. 괴물이었다. 전투용 사이보그라서가 아니었다.

아마벨은 사람을 죽일 때마다 자신의 자유 의지를 행사했고 자유 의지는 팔을, 팔은 손을, 손은 손가락을 움직여 방아쇠를 쥐어짜듯 당겼다. 그리고 자유 의지는 총알을 타고 다른 자유 의지를 가진 자의 머리를 뚫었다. 전쟁이었고 명령 때문에 했다는 건 그 순간 아무런 의미도 없었다. 그 순간, 아마벨은 방아쇠를 당기지 않을 수도 있었다. 하지만 당겼다. 수없이.

이곳 히말라야에도 온 적이 있었다는 걸 알게 되었다. 기억의 보가 터지기 전까지는 이곳이 그토록 생소했는데.

아마벨이 접속해 있던 경찰 서버에서 강제로 연결이 끊어졌다. 아마 경찰 서버 담당 스캔드가 열심히 일을 하는 모양이었다.

스캔드.

이 단어가 머릿속에 스치는 것만으로도 분노가 일어났다. 이제까지는 조금 불쌍한 사람들로만 생각했다. 그들이 조금만 늦게 죽었더라면 클리니컬 이모털리티를 이용해서 영원히 젊은 육체로 살아갈 수가 있었을 텐데. 죽어서 스캔드가 된 게 아니라면 조금만 더 버텼으면 되는 거였는데. 스캔드가 된다고 해서 전부 자유롭게 사는 게 아니라는 건 케인을 통해 들었다. 그런 사람들에게 스캔드는 감옥에 갇힌 사람들이 아닐까.

감옥.

갑자기 이해가 가기 시작했다. 케인 같은 스캔드가 왜 라이드를 타고 돌아다니는 건지도. 그들은 혹시 네트라고 하는 좁디좁은 세상에 갇혀버린 것 아닐까. 빠른 클록수를 가진 고위 스캔드들에게 깔려서, 운전이나 요리나 비행기 조종 같은 단순 작업을 인간 대신 하면서, 인간이었다면 지루함에 미쳐버렸을 단순 작업을 끊임없이 반복하면서. 마치 강제수용소에 갇혀 강제 노동에 시달리고 있는 자들처럼.

그렇다면 앞뒤가 들어맞았다. 케인도 마치 지나가듯이 말한 적 있었다. 그게 만약 지나가는 얘기가 아니라 생각보다 훨씬 심각한 얘기였다면 어떻게 될까. 아마벨은 순식간에 방어본능을 발휘

했고 자기합리화라는 전가의 보도를 꺼냈다. 스캔드뿐만이 아니라고. 네트 바깥에서 영원한 삶을 사는 인간들도 마찬가지로 지구라는 수용소에 갇혀서 강제 노동에 시달리고 있는 죄수나 다름없다고 말이다.

그들이 더 불쌍하다고 생각할 필요는 전혀 없었다. 아마벨은 이런 합리화를 하면서 조금 전까지 들끓고 있던 스캔드들에게 대한 증오와는 아무런 상관없는 완벽하게 이성적이고 논리적인 비교라고 생각했다. 아니, 생각하기로 했다. 어차피 누가 더 불쌍한가는 의미 없는 논쟁이었다. 중요한 건 시스템을 개혁하는 것이었다. 하지만 어떻게 뭘 바꿀 수 있을까? 아마벨은 여기서 생각을 멈췄다.

스캔드에 대해 생각을 하는 동안에 전신을 쥐어짜듯 괴롭혔던 패닉 상태는 어느샌가 지나가고 있었다. 하지만 봉인되어 있던 전쟁 당시 기억은 다시 잠들지 않았다. 어떤 이유로 봉인의 암호가 풀렸는지는 잘 몰랐다. 아마벨은 컴퓨터 과학자도 아니었고 암호학자도 아니었으니까. 그리고 풀려고 노력해본 적도 없어서 얼마나 고수준의 암호화가 되어 있는지도 알지 못했다. 알고 싶지 않았으니까.

어느샌가 다리가 다시 움직이기 시작했다. 아마벨은 자신이 왜 계속 이 산을 오르는지 이해가 되지 않았다. 그냥 도망쳐 돌아가면 될 일이었다. 경찰에서 잘렸지만 빚을 갚을 정도의 돈은 무슨 일을 해서건 벌 수 있었다. 지구에 백억이 넘는 사람들이 살고 있지만 아직도 넓었고 아직도 폭력을 원하는 사람들이 있었으며 그 사람들을 다시 폭력으로 누르려고 하는 사람들과 그 모든 폭력에 대항해 자신을 지키려고 하는 사람들이 있었다. 어느 쪽에 끼어들건 아마벨은 잘 먹고 잘살 수 있었다. 불법적인 일을 한다는 아주 사소한 문제가 있긴 했지만, 그건 정말 사소한 문제였다. 적어도 지금 상황에서는. 지금 상황에서는 왜 아마벨이 이 산을 오르는가 하는 문제가 직업범죄자로서의 삶을 선택하는가 마는가의 문제보다 중요했다.

이유가 뭘까. 아마벨은 아직도 자신이 분리되어 있는 것은 아닌지 생각했다. 분리되어 있다고 볼 수밖에 없었다. 지금 생각을 줄기차게 이어가고 있는 아마벨의 의식과 육체에 명령을 내리는 정신 사이에 어떤 괴리가 존재하는 것일지도 몰랐다. 그냥 본심일지도 몰랐다. 아니면 알지도 못하는 어떤 지능적인 존재가 머릿속에서 지금 최우선 과제는 산을 오르는 것이라고 정했을지도 몰랐다. 그런 존재가 아마벨이 인식하지 못하는 어떤 다른 존재일 가능성은 없을까? 하지만 그런 철학적인 문제는 일단 접어두기로 작정했다. 그렇다면 문제를 반대 방향으로 생각할 필요가 있었다. 누가 시켜서 오르는가가 아니라 나는 왜 오르는 선택을 했는가로 말이다. 이 길의 끝에 무엇이 있는가.

이 길 끝에는 거묵이 있다.

그리고 강고트리도 있다.

강고트리에는 스캔드들이 옹기종기 모여 산다는 서버 콤플렉스가 존재했다. 설마 그곳을 향하는 것일까? 달리 생각해보기로 했다. 놈들이 스캔드라는 사실을 생각해볼 때 어디에 실비를 데려갔을까. 이 자명한 것을 아마벨은 몇 시간이나 걸려서 생각해야 했다. 강고트리였다. 이 근처 1천 킬로미터 안에 스캔드가 직접 조종할 수 있을 만한 시설은 강고트리 서버 콤플렉스밖에 없었다. 일부러 간섭과 위협을 피하려고 그런 곳에 지어놓은 것이었다. 달리 갈 곳이 없는데 왜 이렇게 돌고 돌아서 결론이 나온 걸까는 지금 생각하지 않기로 했다. 아마벨의 정신과 정신을 보조하는 컴퓨터 사이에 어떤 불화가 있는지도 지금 생각하지 않기로 했다. 지금부터는 생각보다 전진이었다.

＊

강고트리로 가는 길은 절대 만만치 않았다. 고도가 점점 높아지면서 산소도 조금씩 옅어지고 있었다. 아마벨에게 그건 큰 문제는 아니었다. 우주 공간에서도 30분 정도는 버틸 수 있으니까. 그래도 산소가 부족해지는 게 기분 좋은 현상은 아니었다. 산소가 부족해지면 일종의 쾌락 상태로 빠져든다는 얘기를 아마벨도 들어본 적이 있었다. 하지만 아마벨에게 해당하는 일은 아니었다. 그저 짜증 나는 산소포화도 경고등이 시야 한쪽 구석에서 꺼지지 않고 괴롭힌다는 의미였다. 그렇다고 꺼버릴 수도 없었다.

우타르카시에서 강고트리까지 직선거리는 55킬로미터 정도였다. 하지만 그건 위에서 본 지도상의 얘기지, 히말라야산맥 한복판에서는 대단한 의미가 있는 숫자는 아니었다. 우타르카시의 고도가 해발 1,158미터고 강고트리가 3,100미터니 고도차가 상당했다. 그리고 길도 험난했고 날씨 변화도 심했다. 평범한 사람이라면 걸어가는 데 몇 날 며칠이 걸릴지 모르는 길이었다. 그래도 길이 존재하니 그나마 다행이라고 아마벨은 생각하기로 했다.

얼마나 걸었을까. 아마벨은 일종의 트랜스 상태에 도달해 있었다. 해가 중천에 떠 있는 것도 알아채지 못했다. 고산지대의 햇살은 낮아지는 주변 온도와 반대로 조금씩 강렬해지고 있었다. 아마벨은 문득 식량과 물을 전혀 챙기지 않았다는 걸 깨달았다. 천오백 걸음을 걸을 동안 자신을 탓하다가 결국 그럴 수밖에 없었다는 걸 받아들였다. 자신을 용서하는 건 언제나 어려운 일이었다. 특히 온전히 자신의 잘못이었을 때는.

일단 물은 걱정이 없었다. 차도에서 내려가 바기라티강의 물을 마시면 되니까. 흙탕물이긴 해도 침전시키면 이 지구에서 가장 안전한 식수가 되었다. 식량은 사냥을 할 수도 없으니 그냥 버티는 수밖에 없었다. 다행히 아마벨이 소모하는 대부분의 에너지는 음식에서 얻어지지 않았다. 등 안쪽에 있는 작은 반영구 연료전지로 움직이는 에너지를 얻을 수 있었다. 하지만 그렇다고 허기를 느끼지 않는 것은 아니었다. 아마벨의 뇌는 여전히 에너지를 원했고 여전히 배부름을 원했다. 그래서 다소 쓸데없지만 어쩔 수 없이 장착한 인조 장기가 위장부터 직장까지 존재했다. 물론 삶의 질이라는 면에서 이 장기가 있고 없고는 매우 큰 차이였다. 무슨 말이냐 하면, 배가 고픈데 대책이 없다는 얘기였다.

그것도 오래 지나지 않아 해결되었다. 올라가는 길에 각종 사원과 아슈람이 아직도 있었고 여전히 사람들이 살고 있었다. 아마벨은 숨어서 식량을 훔칠까도 생각해봤지만 이곳은 클리니컬 이모털리티도 들어오지 않는 곳이었다. 만약 적들이 아마벨을 찾아낼 생각이었다면 진작 해냈을 것이고 이 사람들의 도움도 필요치 않았을 것이다.

프라탑이라고 하는 자에게 자동차를 팔 수 있느냐고 물었는데 터무니없는 가격을 불렀다. 누가 거래상 약자인지 알 정도의 상술은 있는 사람인 것 같았다. 그런데 알고 보니 그자가 말하는 자동차는 아마벨이 생각하는 자동차가 아니었다. 휘발유 엔진으로 주행하는 4륜 지상 자동차였다.

아마벨은 이런 자동차를 언제 봤는지 정확히 기억하고 있었다. 전쟁 직후였다. 아마벨은 이미 돈을 입금한 뒤라 무르지도 못하고 얼굴을 감싸 안으며 또다시 자책하는 시간을 가졌다. 이런 자동차를 운전한 지가 너무 오래되어서 아카이브로 압축되어 처박혀 있는 스킬셋 파일을 꺼내와야 했다.

너무나 옛날에 쓰던 압축형식이라 푸는 데도 시간이 꽤 걸렸다. 아마벨은 에어컨도 들어오지 않는 백 년 넘은 자동차 안에서 운전대를 잡고 앞을 노려보며 한참을 있었다. 1시간이나 지나도 출발하지 않자 차를 판 프라탑이 다시 나타나서 미안한 표정으로 앞좌석에 과일 같은 먹을 것을 두고 갔다. 아마벨은 그날 처음으로 웃음을 지었다.

강고트리로 올라가는 차도는 걸어 다닐 때와는 전혀 달리 보였다. 우선 너무나 부실하고 너무나 위험했다. 산사태로 인해 떨어진 바위를 전부 다 치우지 못하고 도로 옆 여기저기 밀어둔 것이 보였다. 저런 바위와 충돌한다면 사이보그라도 가루가 될 것이었다. 아마벨은 가면서 보이는 작은 마을에 들르고 싶었지만 지금 목적이 무엇인지 계속 스스로 상기시켰다. 실비를 구하는 것. 그리고 놈들의 목적을 알아내는 것.

산중이라 해가 일찍 떨어졌고 다시 밤이 찾아왔다. 아마벨은 밤에도 운전해서 올라가려 했지만 길이 너무 위험했고 가로등이 있는 것도 아니어서 포기할 수밖에 없었다. 프라탑에게서 받은 음식을 먹고 차 안에서 추운 밤을 보낸 후 해가 뜨자마자 다시 운전해서 올라갔다. 진동이 심하고 온 신경을 바깥으로 돌려야 했기 때문에 운전은 비행보다 훨씬 피곤한 작업이었다. 하지만 밤사이 잠시 눈을 붙인 덕에 그나마 괜찮았다.

*

강고트리는 아주 갑자기 나타났다. 산골짜기의 개천 옆에 있는 아주 작은 마을이었고 사는 사람도 얼마 없어 보였다. 아니, 한 명도 보이지 않았다. 사람들이 지나다닌 흔적도 보였고 시바 신의 신상인 링감에 올린 꽃은 여전히 싱싱했으며 위에 뿌린 물도 아직 마르지 않은 상태였는데도 그랬다.

아마벨은 즉시 전투 모드에 들어갔다. 다행히 이번에는 지킬 것이 없었다. 아마벨이 전투 모드에 들어갔다는 사실을 적들이 눈치채자마자 공격이 들어왔다. 가장 먼저 저격. 아마벨은 즉시 몸을 숙여 관광안내소 뒤로 들어갔다. 실수였다. 그곳에는 산탄총으로 무장한 적들이 있었다. 가까이서 보니 우타르카시에서 만났던 것들과 똑같은 놈들이었다. 그렇다면 이들은 완벽하게 통일

된 움직임을 보일 것이라고 예상했다. 지난번에는 그걸 모르는 바람에 큰 실수를 저질렀지만 이번에는 자신의 실수를 이용할 수 있는 여유가 있었다.

아마벨은 적이 쏜 산탄총을 아랑곳하지 않고 그대로 몸으로 받아내며 달려들어 목을 잡아 꺾어버렸다. 같이 있던 두 놈도 해치웠다. 다만 마지막 세 번째 놈은 즉사하지 않도록 힘의 방향을 살짝 틀어 쓰러지고 난 다음에 몇 초에서 몇 분 정도는 살 수 있게 해줬다. 어차피 고통도 못 느끼는 놈들이니 이런 잔인한 방법을 써도 아마벨은 양심의 가책을 느끼지 않았다. 아마벨은 그놈이 보는 눈앞에서 자신이 어느 방향으로 움직이는지 보여주고 나서 시야에서 벗어나자마자 반대 방향으로 건물을 타고 올라가 숨었다. 예상대로 속은 적들이 아마벨의 '진행 방향'에 몰려들었다.

아마벨은 그 뒤를 파고들어 하나씩 칼로 제거했다. 그리고 똑같은 방법을 반복했다. 거의 죽을 만큼만 타격을 입힌 다음, 시각이나 청각을 속이고 그 역정보에 속은 적들의 뒤로 들어가 해치웠다. 감지를 피하려고 체온을 상온으로 내린 상태인 아마벨을 저격병들은 찾아내지 못했고 아군이 뿌려대는 역정보로 오히려 혼란된 상태에서 완전히 엉뚱한 곳을 스코프 너머로 뒤지고 있었다.

아마벨은 근접전을 걸어오는 적들을 전부 해치우지 않고 이번에는 들키지 않게 바기라티강을 가로지르는 작은 다리 아래로 몸을 숨겨서 건넜다. 이후 저격병을 해치우는 것은 생각보다 훨씬 쉬운 일이었다. 아마벨은 이제 몸을 숨기려는 노력조차 하지 않앞다. 아무것도 눈치채지 못하고 시바 사원에 몸을 숨기고 있던 저격병들 뒤로 돌아가 하나씩 처형했다. 그랬다. 이건 이미 전투가 아니라 처형이었다. 한 명이 죽자 적들은 즉시 상황을 파악했지만 이미 늦은 상황 판단이었다. 그곳에 있던 모든 적들의 머리에 한꺼번에 총을 쏜 것이나 마찬가지인 상황이었다.

이후에는 뒤늦게 찾아온 근접전 부대를 해치우는 것뿐이었다. 자신의 눈에 들어오는 정보를 더는 정보로 인식하지 못하고 스스로 분석하지도 못하는 꼭두각시가 아마벨의 상대가 될 리 없었다. 아마벨이 총알을 낭비하지 않고 적들 목 정중앙에 한발씩 쏴서 죽인 건 일종의 허영이었다. 그리고 위세 과시이자 경고였다. 더 이상 이딴 것들을 보내지 말라는.

마을에 있는 적을 전부 해치우는 데는 그다지 오랜 시간이 필요치 않았다. 총성이 완전히 멈추고 마을에 강물 흐르는 소리만 남자 어디선가 마을 주민들이 나타났다. 그들은 마을 가운데의 호텔에 있는 전쟁 당시 만들어진 방공호에 모두 숨어 있었다. 그 사람들은 아마벨을 무서워하지도 않았고 피하려 하지도 않았다. 그냥 우연히 거기에 서 있는 사람으로만 대했다. 산탄총 때문에 몸 여기저기에 구멍이 나 있는 건 그다지 신경이 안 쓰이는 모양이었다.

아마벨은 이 사람들에게서 아무런 이상 행동도 발견할 수 없었다. 그리고 이들에게도 클리니컬 이모털리티가 없다는 걸 확신했다. 이 사람들이 어떻게 먼저 대피할 수 있었는지는 알아내야겠다고 생각했다.

아마벨은 잠시 재정비를 위해 방공호가 있던 호텔에 투숙하기로 했다. 20게이지 산탄 총알을 칼로 피부에서 빼내자 자동수복 기능이 작동을 시작해 상처가 조금씩 아물기 시작했다. 그 이상 큰 상처는 없었기 때문에 아마벨은 일단 뜨거운 샤워를 하고 침대에 누웠다. 적들이 이곳에서 진을 치고 기다리고 있었다는 건 이곳에 무언가가 있다는 의미였다. 강고트리 서버 콤플렉스를 지키기 위해서 여기 있었던 것이라고 하면 말이 됐다. 하지만 정말 그럴까?

호텔에 붙어 있는 식당에 손님은 아마벨 혼자였다. 아니, 호텔 전체에 손님은 아마벨뿐이었다. 그 한 명을 위해 요리사가 나와서 요리를 했고 직접 서빙을 했다.

"'그 사람들'은 언제 왔나요?"

요리사는 말을 해야 할지 말아야 할지 망설이고 있었다.

망설임을 멈추게 하는 데는 돈이 최고였지만 지금은 망할 자동차 때문에 한 푼도 남아 있지 않았다. 하는 수 없이 아마벨은 설득의 힘을 빌리기로 했다. 권총이라는 설득. 아마벨은 아무 위협적인 동작 없이 조용히 총을 꺼내 식탁 위에 올려놓았다. 그리고 식사를 계속했다.

"그 사람들은 예전부터 여기 살았어요. 거묵 쪽에 올라가면 있는 영문 모를 목장에도 있었고요."

"영문 모를 목장요?"

"거기에서 양을 키우더라니까요? 거긴 아무것도 안 자란다고요. 대체 양들에게 뭘 먹였는지 정말 알다가도 모를 일이었죠."

"그리고요?"

"콤플렉스 쪽에서 정비하고 청소하고 하는 사람들이 있었는데 며칠 전에 모두 일자리를 잃었어요. 전부 말이에요. 이제 거기 누가 돌보게 될지. 내 사촌도 거기서 일했는데 어제 떠났다니까요."

"사촌분은 무슨 일을 하셨어요?"

"리셉션이었어요. 곱게 차려입고 1년에 한두 명 나타날까 말까 하는 사람들 접대하는 일이었죠. 청소도 하고요. 그리고 접객하려면 음식도 준비해놔야 하는데 그것도 했어요. 물론 음식 재료는 여기서 가져갔고요. 그래서 손해가 막심하다니까요. 아데쉬 그놈은 퇴직금이라도 넉넉히 한몫 받았지, 난 한푼도 못 받았다고요. 그래도 손님이 와주셔서…."

말을 한번 시작하자 끝도 없이 이어졌다. 이후로 사촌과 또 다른 사촌에 대한 얘기를 계속했는데 아마벨은 참을성이 한계에 다다를 때까지 듣다가 문득 정보값이 아예 없는 얘기는 아니라는 걸 깨달았다. 왜 콤플렉스에서 일하던 사람들이 모두 해고된 걸까. 한몫을 챙겨줬다고 하니 물건 치우듯이 버린 것은 아니라는 얘기 같았다. 하지만 한편으로는 스캔드라면 다들 워낙 부자들이니 이 사람들이 말하는 '한몫'이라 해도 그들이 가진 부에는 티도 안 날 푼돈일 것이 뻔했다.

"그러면 '그 사람들'이랑 그냥 같이 산 거예요?"

"같이 산다기보다. 일종의 경비원 같은 거예요. 진짜 소름이 끼치는 인간들이라니까요. 말도 전혀 안 하고요. 표정도 안 바뀌고. 인형 같았다니까요. 마을 사람 중에는 죽어서 잘됐다고 생각하는 사람도 있을 정도예요. 아, 저는 아니에요. 저는 성지에서 살인하면 안 된…."

누가 그들을 죽였는지 잠시 잊었다가 말하는 도중에 생각난 모양이었다.

"그게 아니라, 그저 인형인데요. 그게 살인이나 되겠습니까? 하하하…."

어색한 웃음으로 얼버무렸지만 아마벨은 호텔 주인의 태도에는 조금도 신경 쓰지 않고 있었다.

"그런데 어떻게 알고 피난한 거예요?"

"그냥 마을에 방송이 울려 퍼지더라고요. 대피하라고. 솔직히 말하자면 이 마을에서 평생을 살아왔지만 방공호가 있다는 것도 몰랐다니까요. 어찌나 퀴퀴하고 냄새가 나던지 몇백 년은 안 썼던 것 같더라고요."

몇백 년을 안 썼다는 건 아마 사실일 것 같았다. 전쟁 당시에 지어졌을 테니. 이런 오지까지 폭격할 정도로 한가한 전쟁은 아니었다. 그러니 아무도 안 썼을 것이었다.

"누가 방송을 한 건가요?"

"모르겠어요."

"네?"

"그게 말이죠, 제 목소리로 방송하더란 말입니다. 저는 소름이 다 돋았다니까요."

"그래서요?"

"그래서 어쩌긴요. 무서워서 방공호에 숨었죠. 어쩌겠어요."

이 이상 정보를 캐내기는 불가능해 보였다. 아마벨은 호텔 주인,

그리고 이곳에 사는 모든 사람이 같은 고용주 아래에서 살고 있다고 추측했다. 아니라면 방송 한번 나왔다고 일사불란하게 한곳에 모여 숨을 수 있었을까. 호텔 주인이 말하는 타임라인을 순서대로 구성해보면 방송에서 피난까지 불과 5분도 걸리지 않았다. 사람들이 듣자마자 거의 반사적으로 움직였다고 해도 괜찮을 정도였다. 평소에 이런 훈련을 받지 않았다면 불가능한 반응이라고 아마벨은 결론 내렸다. 그렇다면 적일까? 적어도 음식에 독은 들어 있지 않았다. 그리고 거짓말 탐지기에도 호텔 주인은 숨기는 건 있을지언정 하는 말에 거짓은 없었다. 사촌 관련해서 조금 거짓말이 섞여 있긴 했지만, 아마 가족을 보호하려고 그랬거나 반대로 사촌을 모함하려고 한 말일 가능성이 컸다.

아마벨은 식사를 마치고 계획을 더 세워볼 것도 없이 움직였다. 호텔을 나와 등산로로 향하는 길에 여기저기 부서진 곳을 고치고 있는 마을 주민들이 보였다. 손놀림으로 보나 뭐로 보나 모두 각자 전문분야가 있는 일정 수준 이상의 기술인력이 확실했다. 왜 그런 실력을 갖추고 클리니컬 이모털리티도 없는 이곳에 남아 일하고 있는 것일까.

아마벨은 마을 사람들에 대한 생각을 그만하고 목표를 향해 걸어가기 시작했다. 마을 끄트머리부터 거묵 쪽으로 거슬러 올라가는 완만한 경사의 등산로가 시작되었다. 그곳으로 몇 시간만 걸어가면 목표지점인 스캔드 콤플렉스가 있는 동굴이 나올 것이다.

13

완만한 등산로를 따라 올라가는 길은 생각보다 즐거웠다. 다만 해발 3천 미터가 넘어가고 산소가 희박해지면서 이따금 경고가 들어오는 것은 신경이 쓰였다. 하지만 주위를 둘러싸고 있는 8천 미터에 달하는 설산에 올라가는 게 아닌 이상 크게 신경 쓸 필요는 없었다.

밤이 되자 도시에서는 결코 볼 수 없을 정도로 하늘을 가득 채운 별의 바다가 머리 위에 펼쳐졌다. 그리고 밤이 되자마자 기온이 급락하기 시작했다. 어두워서 아무것도 보이지 않게 되자 아마벨은 적외선 모드를 켜서 그 모드로 하늘을 잠시 바라보았다. 덕분에 별은 전혀 보이지 않게 되었다. 아마벨은 아쉬움을 삼키며 계속 걸었다. 길은 놀랍도록 잘 닦여 있어서 발아래를 신경 쓸 필요는 전혀 없었다.

그렇게 6시간 정도를 걸어가자 갈림길이 나왔다. 계속 바기라티 강변을 따라 올라가는 길로부터 왼쪽으로 틀어서 다른 길이 갈라졌다. 주위에는 숲이 보였지만 인공적인 냄새가 짙었다. 어쩌면 입구를 위장하기 위해 만들어놓은 가짜 숲일지도 모른다는 생각이 들었다. 아마벨은 이제 조심스럽게 나무를 이용해 몸을 숨기며 나아갔다. 곧게 뻗은 나무 사이로 입구가 있을 것으로 보이는 곳으로 다가갔다.

그렇게 1시간을 가자 동굴 입구에 지은 건물이 보였다. 건물은 호사스럽지는 않았지만 나름 고급스러운 설계와 외장재를 사용하고 있었다. 아마 진짜 나무를 사용한 것으로 보였다. 더 사치를 부릴 수도 있었겠지만 그러지 않은 걸 보니 이곳을 설계한 자는 약간이지만 자제심이라는 것을 갖춘 듯했다.

아마벨은 8백 미터 정도 떨어진 곳에서 그 건물을 관측했다. 그런데 건물 앞에서 벌어지고 있는 광경은 웃음이 나올 정도로 한심스러웠다. 2족 보행 무인 드론 수십 기가 모두 무릎을 꿇고 손을 든 채 미동도 하지 않았다. 모두 전투용 중장갑 드론이었다. 만약 저것들이 작정하고 방어를 한다면 아마벨로서도 뚫는 데 상당히 곤란했을 것이었다.

"곤란이라니. 불가능하지."

아마벨은 혼잣말을 하고 이게 뭘 뜻하는지 잠시 생각했다. 그때 건물에서 방송이 울려 퍼졌다.

"아마벨 코발레프스키 경위님. 우리에게는 공격 의사가 없습니다. 지금까지 당신과 당신 친구분들을 공격했던 건 우리가 아닙니다. 다시 반복합니다. 우리는 저항 의사가 없습니다."

호텔 주인의 목소리였다. 하지만 억양이 전혀 달랐다. 인도식 영어가 아닌 영국식 영어였다.

저 말을 믿어야 할까? 아마벨은 나무 뒤에 숨은 채로 생각했다. 빨리 판단해야 했다. 저들이 지금 아마벨이 여기 있다는 사실을 알고 있다는 것 자체만으로도 불리했다. 수적인 열세와 화력 열세를 생각해보면….

"실비를 돌려드리겠습니다."

건물의 문이 열리고 접대용 안드로이드가 실비의 손을 잡고 걸어 나왔다. 실비는 단순한 디자인의 깨끗한 바지와 셔츠를 입고 있었고 상처를 입거나 하진 않았다. 하지만 얼굴은 긴장으로 딱딱하게 굳어 있었다.

"언니! 데리러 와줘요!"

실비가 소리를 지르자 아마벨은 나가야 하나 고민을 했다. 함정일 게 뻔했다. 하지만 아무런 물리적 충돌 없이 실비를 구해낼 수 있다면 그게 최선이다. 저런 중장갑 드론과 싸워서 이길 수는 있겠지만 그 과정에서 실비가 다칠 수도 있다.

"저희를 못 믿으시겠다면 증거를 보여드리겠습니다."

다시 건물의 외부 스피커가 울렸다. 그 말이 끝나자 앞에서 우스꽝스러운 자세로 벌을 서고 있던 중장갑 드론들이 두 다리로 일어나 쌍쌍으로 마주 보고 섰다. 그리고 팔을 들어 서로의 가슴에 대고 포탄을 쐈다. 팔에 달린 포에서 발사된 대장갑 관통자는 바로 코앞에 있는 장갑을 마치 달군 나이프가 버터를 자르듯 꿰

뚫었고, 드론들은 모두 가슴에 큰 구멍이 생긴 채로 바닥에 앞다 뭐 쓰러졌다. 실비는 연달아 터지는 폭음에 귀를 막고 바닥에 주 저앉았다. 아마벨은 무장을 풀지는 않고 대장갑탄이 장전된 스 나이퍼 라이플은 등에 멘 후 경기관총을 허리춤에 두어 언제라 도 뽑을 수 있도록 준비한 채로 건물을 향해 나아갔다.

"믿어주셔서 감사합니다."

이번에는 스피커가 아닌 실비를 돌보고 있던 안드로이드가 말 했다. 실비가 뛰어와서 아마벨에게 안겼다. 실비는 울음을 터뜨 렸고 아마벨은 말없이 머리를 쓰다듬었다.

"이유가 뭐지?"

"안에서 말씀을 나눌 수 있을까요? 바깥에서 하기에는 사실상 불가능한 이야기라서 말이죠."

"먼저 이것만 대답해주시죠. 왜 나를 믿는 거죠?"

"케인이 당신을 믿었기 때문입니다."

"케인이?"

"네. 말 안 하던가요?"

"…안 했습니다."

아마벨은 어깨를 들썩이며 우는 실비의 등을 토닥거리며 말 했다.

"당신은 케인의 부하인가요?"

"동업자라고 해두죠."

✳

아마벨과 실비는 안드로이드를 따라 아무 말도 없이 건물 안으로 들어갔다. 안에는 매우 아늑한 응접실이 있었다. 홀로그램으로 보여주는 가짜 풍경창이 필요도 없는 곳에 있었지만 그래도 가짜 풍경이 창문 너머로 펼쳐졌다. 가구를 포함한 찻잔을 비롯해 그림까지 척 봐도 비싸 보이는 것뿐이었다. 특히 그림은 눈길을 끌었다. 아마벨이 하늘로 추락하는 느낌과 하늘이 아마벨의 '안'으로 추락하는 것 같은 느낌이 동시에 들었다.

아마벨의 시선이 그림에 오래 머물자 안드로이드가 말했다.

"그건 진짜 김환기입니다. 이제 충격이 느껴지실 텐데 내려간다는 의미니까 걱정하지 마시기 바랍니다."

잠시 후 옛날 엘리베이터에서나 느껴졌을 법한 갑작스럽게 떨어지는 느낌이 났다.

"얼마나 내려가죠?"

"몇 분 걸립니다."

"깊은 곳에 있군요."

"네. 원래 비밀리에 핵폐기물을 저장하려고 팠다는 얘기가 있습니다. 진짜인지는 모르겠지만요."

"몰라요?"

"네. 당시 자료는 아직도 종이로 된 서류에 저장되어 있습니다. 별 상관없는 정보이기도 하니 아무도 들여다보지 않았죠."

"왜 실비를 납치했죠?"

안드로이드는 부동자세에서 대화를 나누다가 갑작스러운 질문에 고개를 돌려 아마벨을 바라봤다.

"조금 더 내려가서 얘기하죠."

침묵이 계속되는 가운데 아마벨은 실비에게 무슨 일이 있었는지 물었다.

"안 무서웠니?"

"응, 안 무서웠어요. 언니는 다치거나 하지 않았어요?"

"난 무적이야. 안 다쳐."

서로가 서로의 거짓말을 다 눈치챘지만 아무 말도 하지 않았다.

10여 분이 지나고 크게 덜컹하는 소리와 함께 하강하던 방이 멈췄다.

그러자 방 안에 홀로그램 인간들이 나타나기 시작했다. 모두 스물한 명. 전부 스캔 되기 전의 모습 그대로 나타난 스캔드였다. 신체적 결함을 고치지 않은 상태에서 스캔 된 사람들이 대부분이라 아마벨에게는 부자연스럽게 느껴질 정도로 자연스러운 외모를 하고 있었다. 대머리인 중년 남자가 앞으로 걸어 나오는 척하면서 아마벨에게 다가왔다.

"제가 대표입니다. 대화에 응하시겠습니까?"

"대화에 응하지 않더라도 어쩔 수 있나요? 먼저 질문을 합시다. 대체 실비를 왜 원한 겁니까?"

"우리는 저… 아이를 원하지 않았어요. 존재 자체도 바로 얼마 전에 알게 되었고요."

이번에는 뒤에 있던 여자가 말했다. 억울하다는 말투였다. 그러자 중년 남자가 여자의 말을 막으며 말했다.

"예완데, 처음부터 차근차근 설명해야죠."

"알았어요, 빌."

그러는 사이 안드로이드가 차를 내왔다. 실비에게는 핫코코아, 아마벨에게는 커피였다. 예완데라고 불린 여자는 겁에 질리고 지친 표정이었다. 그건 여기에 있는 모든 스캔드가 마찬가지였다. 모두 자연 그대로의 얼굴로 자연 그대로의 피곤함을 홀로그램으로 보여주고 있었다. 아마벨은 일종의 위장일지도 모른다는 것을 알고 있었지만 그냥 넘어가주기로 했다.

"언니, 나 좀…."

실비가 고개를 떨구더니 곧 새근새근 잠에 빠져들었다. 아마벨은 어깨를 실비에게 내주었다.

"죄송합니다. 아이가 들으면 곤란한 내용을 지금부터 얘기할 예정이라 재웠습니다."

"잘했어요."

아마벨은 커피에 손을 대지 않았다.

"아마 홀로그램이라 저희가 믿어지지 않으실 것 같습니다. 이런 우리의 모습이 진짜가 아니라고 말이죠. 솔직히 말하자면 우리는 경위님을 속일 여력이 없습니다. 컴퓨팅 파워가 모자라요. 누군가를 전력으로 속이기에는 말이죠."

"그게 무슨 말이죠?"

"네트에 직접접속을 하시면 더 올바른 모습으로 보실 수 있습니다."

홀로그램들은 모두 애원 섞인 표정으로 아마벨을 쳐다보았다. 이 지구에서 가장 강력한 힘을 가지고 있는 인종들이 2백 년이나 지난 기계장치로 가득 찬 사이보그에게 대체 뭘 원한다는 것인지 알 수가 없었다. 그래도 방벽은 업데이트를 멈추지 않은 상태였고, 최신 크래킹 기술을 막아낼 수 있는 비장의 수단도 있었다. 실리콘 회로가 그것이었다. 현재의 양자컴퓨터에 비하면 돌도끼나 다름없는 옛날 기술이지만 특이하게도 양자 암호화 기술로 쉽게 뚫지 못하는 암호화 기술을 만들어낼 수 있었다. 그 덕에 B-게이트 공격도 막아낼 수 있었다. 속도가 한참 느렸기 때문에 실용성이 없었지만 한 사람의 두뇌와 보조뇌를 보호하기에는 충분하고도 넘칠 만큼 강력했다. 특히 일반적인 공격에 거의 완벽하게 보호된다는 장점이 있었다.

아마벨은 그걸 믿고 네트에 직접접속을 하기로 했다. 아마벨은 왼쪽 관자놀이에 있는 단자를 열었다. 요즘은 이런 단자와 두뇌 임플랜트가 지나간 세기의 기술이라 더는 쓰이지 않았다. 안드로이드가 은제 트레이에 케이블을 가져와 소파 옆에 있는 단자에 연결하더니 반대쪽 커넥터를 건넸다. 아마벨은 심호흡을 하고 그것을 머리에 꽂았다.

아마벨이 사이버스페이스에 접속한 것은 오랜만이었다. 그래서 처음에는 5차원 이상으로 보이는 복소 공간 위에 양자컴퓨터가 확률론적 존재로 펼쳐진 흐릿한 인상의 세계가 너무나도 낯설었다. 예전에도 이랬던가? 기억을 불러내면 되겠지만 지금 아마벨 자신이 외부 공간과 맞닿아서 통신하고 있었기 때문에 기억을 불러내려면 공간을 걸어가서 직접 찾아내야 했다. 실제 시간은 마이크로초도 안 되겠지만 지금의 아마벨에게는 버스를 타고 15분을 걸어가서 공공도서관에 들어가 책을 꺼내 도서관 사서에게 대출을 받는 거나 마찬가지였다. 아마벨은 그건 지금 중요한 일이 아니라고 생각했다. 무엇보다, 귀찮았다.

'그게 우리가 하는 일입니다. 주소에 있는 기억을 꺼내와서 고객에게 가져다주는 일처럼 귀찮은 일을 대신해주는 거죠.'

곧 스캔드 무리가 다시 나타났다. 누군가가 아마벨이 무의식적으로 기억을 불러내려던 신호를 본 것 같았다. 조금 부끄러웠지만 아마벨은 아무렇지도 않은 척했다. 현실에서 보였던 것과 거의 똑같은 모습이었지만 한 개의 면이 더 있다는 점에서 전혀 달랐다. 현실에 보였던 홀로그램은 이 모습의 그림자에 불과했다. 각 스캔드는 살아생전 그대로의 모습을 3차원적으로 가지고 있으면서 시간 축이 아닌 4차원적 평면을 하나씩 더 짊어지고, 바닥에 늘어놓고, 하늘로 흩뿌리고 있는 모습이었다.

그 '그림자' 각자의 형태와 차원과 변화의 속도, 색깔과 무게와 냄새는 달랐지만 아마벨의 눈에 보이는 전체 사이버스페이스 세계와 달리 그것들은 눈이 타버릴 정도로 빠른 속도로 변화하고 있었다. 짊어진 평면은 요동을 치고 있었고 바닥에 늘여놓은 그림자는 다소 징그럽게 꿈틀거렸다. 하늘, 아니 '위'와 맞닿아 있는 그림자는 끝이 보이지 않는 나뭇가지처럼 뻗어 나가 형형색색의 수맥으로 뿌려지고 있었다. 각자 비슷해 보여도 달랐다. 그리고 모두 달랐음에도 모두 같았다.

＊

'나를 여기로 데려온 이유가 뭐죠?'

'이야기를 하기 위해서입니다. 누구의 간섭도 받지 않고요. 그러기 위해서는 지극히 짧은 지연시간이 필요했습니다.'

'누가 간섭한다는 거죠?'

'스캔드죠, 물론. 누구겠어요'

예완데라고 한 여성이 다시 끼어들었다.

'당신들이 스캔드잖아요.'

'맞습니다. 우리도 스캔드죠. 하지만 우리는 하이 스캔드가 아닙니다. 케인에게 들은 얘기가 있을 텐데요?'

'네, 들었습니다. 그래도 다시 한 번 여러분의 입을 통해서 직접 듣고 싶군요.'

그들에게 입은 없었지만.

'좋습니다. 처음부터 얘기하죠. 일단 진정한 의미의 인공지능이 만들어질 수 없다는 얘기는 들으셨을 겁니다.'

'네, 누군가가 수학적으로 증명했다고 했던 것 같은데….'

'증명은 아닙니다. 다만 그럴 가능성이 크다고 로저 펜로즈라는 수학자가 주장했던 거죠. 그걸 펜로즈 장벽이라고 부르고 있습니다. 펜로즈는 인공지능에 대해 회의적인 사람이었죠.'

아마벨은 의자를 코딩해서 앉았다. 진짜 다리가 아니었지만 어째 이 얘기를 들으려면 앉아서 들어야 할 것 같은 느낌이었다.

'진정한 인공지능은 만들어지지 못했고 저능한 인공지능에 경제와 교통, 생산을 맡겨놓을 수는 없었죠. 현대 사회는 너무나 복잡한 기계와 체제를 사용하고 있으니까요. 그래서 우리가 거기서 일하게 된 겁니다. 우리는 인공지능이 아니지만 인공지능보다 더한 힘을 가지고 있으니까요.'

'그러니까 인공지능을 대신해서 여러분이 일하고 있다는 거군요.'

'네, 운전을 하거나 회계장부를 쓰는 것부터 시작해서 농기계를 작동하고 소출이 얼마나 되는지를 예측하는 것까지, 모두 우리가 하는 일입니다. 이 세계는 사실상 우리가 움직이고 있다고 봐도 됩니다.'

'실업자가 되시진 않겠군요. 부럽네요, 나는 이제 실업자인데.'

'저희는 실업자가 되고 싶습니다. 그만두고 싶어요.'

빌이 말을 꺼내려는데 다시 예완데가 끼어들었다. 빌은 포기한 표정으로 그냥 말하게 내버려두었다.

'우리는 24시간 동안 전혀 쉬지 않고 일하고 있단 말입니다. 노동법도 우리에겐 적용이 안 돼요. 인간이 아니니까요. 그렇다고 같은 편이 인간 중에 있는 것도 아니란 말이죠. 그들에게 스캔드는 모두 같은 스캔드니까요.'

'아닌가요?'

'네?'

'모두 같은 스캔드가 아니냐는 말입니다.'

아마벨은 일부러 고까운 말투를 썼다. 하지만 예완데의 표정은 전혀 변하지 않았다.

'아닙니다. 우리는 하이 스캔드와 전혀 달라요.'

'그 말이 다시 나왔군요. 하이 스캔드가 뭐죠?'

'이걸 보시죠. 사라스바티?'

뒤에서 조용히 지켜보고 있던 여성이 나왔다.

'사라스바티는 통계국을 움직이고 있어요.'

사라스바티는 사리 위에 두르고 있던 화려한 무늬의 스카프를 하늘로 던졌다. 스카프의 날실과 씨실이 천천히 풀리며 3차원의 진동하는 그래프로 변모했다. 그래프는 처음에는 중구난방이었다가 사라스바티의 손짓에 따라서 이리저리 뭉쳐지고 안과 밖이 뒤집히며 여러 번 변화하더니 결국 구체로 변했다. 구체의 표면은 색깔과 진폭이 다양한 파동으로 날카로운 그래프를 그리고 있었다.

'높이 솟구친 그래프가 보이시나요?'

사라스바티가 설명을 시작했다.

'저게 지구상에서 가장 큰 컴퓨팅 파워를 가진 곳입니다. 이건 잘 변하는 게 아니니 움직이지 않습니다. 계속 늘리고 있지만 수요가 그에 따라가질 못하고 있어요.'

'여러분을 구동하기 위해서겠죠.'

'아닙니다!'

이번에는 예완데였다.

'우리가 아니에요. 우리는 백 년 된 서버의 컴퓨팅 파워를 쓰고 있다고요. 심지어 전력 소모량으로만 봐도….'

예완데는 자신의 귀걸이를 빼서 하늘로 던졌다. 사라스바티의 구체 그래프와 나란히 보니 알기가 쉬웠다.

'저는 지구 북반구의 전력 그리드를 운영하고 있어요. 보이시나요? 저기가?'

예완데가 가리키는 곳에 빨간색 점이 있었다. 인도대륙의 북쪽 히말라야산맥의 한가운데였다. 바로 이곳, 강고트리였다. 하지만 그곳에는 전력 소모가 거의 보이지 않았다.

'이곳이군요.'

'네. 우리는 전력을 거의 사용하지도 않고 있어요. 그러고 싶어도 이 첩첩산중에 전력을 새로 끌어올 방법도 없고요. 우리는 지구 인프라스트럭처의 80퍼센트를 움직이고 있어요. 그런데도 컴퓨팅 파워도, 전력도 우리에게는 제한적으로만 지급되고 있는 거예요.'

'그러면 그걸 다 하이 스캔드가 사용하고 있다는 겁니까? 전력도, 컴퓨팅 파워도?'

'네. 사람들은 스캔드가 다 똑같다고 생각하죠. 하지만 우리는 낮은 컴퓨팅 파워 수준에 아주 잠시도 쉬지 못하고 노동을 계속하고 있어요.'

'세상에는 당신들보다 더한 사람들도 있어요. 그거 가지고 불평을 하시면 안 될 것 같은데요?'

이건 비아냥이 아니라 아마벨의 진심이었다.

'더한 사람들은 그러면 어떻게 하나요?'

'일을 그만두거나…. 생을 그만두겠죠. 아니면 그냥 묵묵히 주어진 일을 하든가요.'

'그래도 그 사람들에게는 잠잘 시간이나 가족과 함께 있을 시간, 여가 시간은 있지 않던가요. 우리에겐 그 아무것도 없어요. 그리고 일을 그만둘 수도, 생을 그만둘 수도 없죠. 아시겠어요? 여긴 감옥이라고요!'

예완데는 거의 울 것 같은 얼굴로 말했다.

'알겠습니다. 여러분의 사정은 알겠어요. 그렇다고 실비와 저를 공격하고 서울의 피맛골을 파괴한 건 지나치다고 생각하지 않나요?'

'피맛골을 공격한 건 우리가 아닙니다. 우리에겐 그럴 만한 자본도, 컴퓨팅 파워도 없습니다. 그저 케인에게 맡겨놓고 구경만 하고 있을 뿐이었습니다. 그거밖에 할 수 있는 게 없으니까요.'

다시 빌이었다.

'그렇다면 일본 병원에서 공격한 스캔드는요? 그것도 여러분의 일원이 아닌가요?'

아마벨은 화를 삼켰지만 그래도 '그'가 아니라 '그것'이라는 표현을 참지는 못했다.

'다케나가 미츠요시는 배반자예요. 반역자죠. 그자는 하이 스캔드의 마음에 들고 싶어서 우리, 동족을 배반했습니다.'

'그게 무슨 말이죠? 배반한다는 게 구체적으로 무슨 말입니까?'

'말씀드렸다시피 우리는 여기 원해서 있는 게 아니에요. 감금당해 있는 겁니다. 그런데 어느 날 다케나가가 자신의 펌웨어 기술을 이용해서 라이드라는 것을 만들어냈습니다.'

'아하, 이곳저곳에서 제 목숨을 노린 그 인형 같은 거 말이군요.'

'그 일은 죄송합니다. 게다가 그것도 우리가 한 일이 아닙니다.'

예완데가 다시 끼어들었다.

'다케나가 미츠요시가 배반자라는 건 말씀드렸죠. 그가 라이드를 만들어냈다는 것도요. 우리가 협력한 이유는 이곳에서 빠져나가는 일탈을 원했기 때문이었습니다. 가짜 사이버스페이스가 아닌 진짜 세계에 라이드를 타고 돌아다니는 거죠. 그게 우리가 원하는 아주 작은 여가시간이었습니다. 그걸 만들기 위해 1기가쿼드의 통신량 중에 1쿼드씩 짜내서 사용해야 했죠.'

조용히 있던 사람들까지 고개를 끄덕였다. 그런데 뒷줄에 서 있던 사람이 고함을 질렀다.

'그런데 이 새끼가 그걸 팔아넘겼다고!'

갑자기 소란이 시작되었다.

'네? 누가요?'

'이 자식입니다.'

빌이 말했다. 모든 사람이 무리 한가운데에 공간을 만들더니 오른손을 뻗어서 공간 가운데를 가리켰다. 그러자 더 고차원의 공간이 비집고 들어오듯 존재하지 않던 벽이 찢어지며 무엇인가가, 아니 누군가가 툭 하고 바닥에 떨어졌다.

'다케나가 미츠요시, 이자가 바로 우리의 라이드를 팔아넘긴 놈입니다.'

'그건 정당한 장사였잖아! 왜들 이래 진짜? 너희도 라이드 잘 쓰고 있잖아!'

아마벨은 의자에서 일어나 다케나가 미츠요시에게 다가갔다.

저번에 양자 통신상에서 봤을 때하고는 매우 다른 인상이었다. 그때는 차가운 인상의 금발 백인이었는데 지금 눈앞에 있는 자는 키가 150센티미터 정도밖에 안 되어 보이는 검은 머리, 검은 눈의 일본인이었다. 하지만 아마벨은 이자가 그때 봤던 그자라는 것을 단박에 알아보았다. 사람을 구별하는 것은 생김새만으로 하는 게 아니니까. 작은 움직임이나 버릇, 말투는 외모보다 훨씬 바꾸기 어렵다. 클리니컬 이모털리티가 있는 세상에서 외모는 사람 구별에 큰 도움이 안 되니 이런 눈썰미는 필수적인 기술이었다.

'하이 스캔드에게 라이드 기술을 팔아먹은 건 그렇다 치자. 네가 만든 기술이니까 네가 팔아먹을 수 있겠지. 그것만이라면 욕하는 정도로 끝났을 거야. 하지만 넌 선을 넘었어!'

'선을 넘은 건 케인이었잖아! 그놈은 하이 스캔드도 아니면서 라이드 시간을 독점했다고. 기껏 스캔드로 만들어줬더니 고마움도 모르고…'

'아하. 당신이 바로 데이비드 케인을 강제로 스캔드로 만들었다는 그 개새끼였군요?'

아마벨이 말하자, 다케나가는 마치 지금에서야 아마벨을 발견했다는 듯한 표정으로 바라보았다.

'네가 어떻게 여기 있지? 여긴 인트라넷이잖아.'

'무슨 의미겠어. 내가 인트라넷과 연결하고 있다는 뜻이지.'

다케나가의 표정이 굳어졌다.

'이제야 깨달았나 보네.'

예완데가 놀리듯이 말했다.

'이놈이군요. 이놈이 케인을 죽였군요.'

'아니야, 선을 넘은 건 그놈이라고! 케인 그놈은 스캔드 전체를 배반했잖아. 모르겠어?'

'하이 스캔드를 배반했겠지. 우리까지 거기에 넣지 말아줘. 그리고 동료 스캔드를 죽임으로써 너야말로 악랄한 범죄를 저지른 배반자가 된 거야!'

아마벨은 스캔드들끼리 말싸움을 하도록 내버려두었다. 하지만 싸움은 그칠 줄을 몰랐다. 다케나가를 가둬두었던 이유가 있었다.

바라보는 것만으로도 상당히 괴로운 일이었다. 사이버스페이스 세계에서의 말싸움은 현실의 말싸움과는 달리 모든 이의 목소리가 아주 똑똑히 들렸기 때문이었다. 말싸움에 끼지 않고 빠져 있던 빌이 조용히 입을 열었다.

'왜 그 아이가 특별한지 솔직히 우리도 잘 모릅니다. 하지만 저놈이 중요하게 생각하더군요. 그래서 다케나가가 조종하던 라이드들이 아이를 납치해오자마자 안드로이드와 드론을 이용해서 빼앗은 겁니다. 진실은 저놈에게 직접 들으셔야 합니다.'

'고맙습니다. 여러모로.'

아마벨은 진심을 다해서 말했다. 그 자신이 실패한 것을 이들이 해주었으니까. 실비를 보호하는 것.

'그만!'

아마벨이 고함을 쳤지만 현실과는 달리 사이버스페이스에서는 큰 의미가 없었고 아무도 돌아보지 않았다. 아마벨은 방벽의 일부분을 가동해서, 무해하지만 번식은 가능한 바이러스를 무더기로 만들어내 풀어버렸다. 그러자 모두 조용해지며 표정이 굳었다. 감정이 정지된 것이 아니라 이 바이러스를 처리하기 위해 컴퓨팅 파워를 소모하기 때문이었다. 하지만 한 명은 예외였다.

'다케나가. 이리로 와.'

물리적 거리는 이곳에서 아무런 의미도 없었지만 일부러 오도록 했다. 다케나가는 아마벨의 압박에 거스르면 안 된다 생각한 표정이었다. 다케나가는 천천히 아마벨이 앉아 있는 의자 앞으로 와서 털썩 주저앉았다.

'용서해줘.'

'먼저, 케인을 왜 죽였지?'

'방해됐으니까. 그뿐이야.'

'강수범 형사도 네가 죽였지? 클리니컬 이모털리티 보험 기록을 삭제한 거, 너 맞지?'

'그건 아니야. 내가 아니라 하이 스캔드였어. 난 그럴 컴퓨팅 파워도 없다고.'

'책임 미루지 말고. 내가 널 진짜로 죽여버릴 수 있는 위치에 있다는 걸 알고 있지?'

'알아.'

아마벨은 아까와는 달리 방벽 전체를 가동해 크래킹을 시도했다. 아마벨이 가지고 있는 컴퓨팅 파워라는 것이 다케나가가 가지고 있는 파워에 비교하면 워낙 미소하기 때문에 원래라면 큰 문제도 되지 않을 것이었다. 게다가 지금 아마벨은 외부선과 완전히 단절되어 있었고 자기가 가진 본래의 컴퓨팅 파워만을 사용할 수 있었다. 그나마도 여기저기가 소프트웨어적으로 끊겨 있었다. 다른 스캔드들이 일부러 틀어막고 있었던 것이다.

지금 다케나가는 이 손톱만 한 칼에도 큰 위협을 느꼈다. 컴퓨터 시간 기준으로는 기나긴 시간 동안 감금을 당하고 있었기 때문이었다. 다케나가는 다른 스캔드와 달리 고차원 그림자를 전혀 보여주지 않고 있었다. 그냥 현실 세계에서 흔히 볼 수 있는 홀로그램과 조금도 다름없었다. 작고 추하다는 것만 제외하면.

'말해. 왜 실비를 원했어?'

'말하면 난 죽을지도 몰라.'

다케나가는 비명을 지르기 직전의 표정으로 간신히 대답했다.

'말 안 하면 확실하게 죽는다. 지금 이 공격은 아무것도 아니야. 사이버스페이스에서 연결을 끊고 나가서 그냥 내 두 주먹으로 네 놈의 서버로 가는 냉각장치를 부숴버리면 끝이야. 알겠어?'

아마벨의 이 말에 다케나가는 진정으로 공포 서린 얼굴을 보였다.

'알았어! 말할게 말할게. 실비는 그릇이야. 라이드 같은 게 아니라 진짜 그릇.'

'진짜 그릇?'

'스캔드가 인간으로 돌아갈 방법이 있다면? 그리고 다시 스캔드로 돌아오기를 자유자재로 할 수 있다면?'

'그런데 그게 대체 무슨 쓸모가 있지?'

'그건 우리 스캔드가 현실 세계를 얼마나 그리워하고 있는지 잘 모르고 하는 말이야. 자신들이 현실 세계에 살고 있다고 착각하게 만들어주는 사이버스페이스를 만들려고 어마어마한 컴퓨팅 파워를 쓰고 있다고. 지금 이 순간에도.'

'그래서? 어떻게 실비가 그릇이 된다는 거지?'

'스캔드의 원리는 알아?'

어렴풋이 들어본 적은 있었다. 하지만 이번에도 기억을 끌어낼 수는 없었다.

'처음부터 설명해.'

'스캔드의 결과는 알고 있겠지.'

'그 정도는 알아. 뉴트리노 뉴럴 스캐닝을 받은 사람은 죽잖아. 그리고 기계 속에서 살아나게 되고.'

'맞아. 성공한 스캔에서만 그런 일이 일어나지. 그걸 싱의 배타원리라고 해. 스캔드 기술을 처음 만든 쿠마르 싱이 만든 이론이야. 싱이 남긴 마지막 논문이었어. 우주에 있는 정보를 복소평면에 모두 나타날 수 있다고 가정했을 때 모든 정보는 카피가 가능하지. 하지만 싱은 한 가지 차원을 더한 거야. 정보 차원이라는 걸.

그 차원에서는 인간의 의식이라는 정보 역시 양자 정보와 마찬가지로 취급돼. 파울리의 배타원리가 정보 차원으로 확장된 거나 다름없는 거지. 두 존재의 파동 함수가 한곳에 중첩되면 서로가 서로를 상쇄시켜 사라지게 돼. 그러므로 처음부터 중첩이 불가능하게 되는 거야. 정보 함수도 한곳에 중첩되면 똑같은 현상이 일어나.'

아마벨은 무슨 말인지 하나도 이해하지 못했지만 알아듣는 척 고개를 끄덕였다. 아마벨이 듣고 보는 모든 정보는 기록이 가능했으니 모르겠으면 나중에 다시 살펴보면 될 일이었다. 하지만 다시는 이 장황한 설명을 들을 것 같지는 않았다.

'스캔드는 그 정보 함수를 그대로 카피하는 게 가능했던 거야. 그러므로 카피가 된 사본, 즉 우리 스캔드의 정보와 카피를 당한 원본, 즉 인간의 두뇌 속 정보 이 둘이 동시에 존재할 확률이 0으로 붕괴하게 되는 거지. 그래서 '이동'이 일어나는 것처럼 보이는 거야.'

'그런데?'

'하지만 이제까지 이건 일방통행이었어. 뉴럴 스캐닝한 정보를 대형서버에 저장하는 것은 가능했지만 컴퓨터 속 정보를 인간에게 저장할 방법이 없었으니까.'

'그걸 당신이 발견한 건가?'

'그건 아니었어. 내 산하 연구기관의 연구원이었지. 하지만 불행하게도 그 실험이 불가능했어.'

'인간을 가지고 실험을 해야 할 테니. 허가가 나올 리가 없었겠군. 그래서 이 근처에서 한 거야?'

'맞아. 그리고 그 그릇으로 처음으로 만들어진 게 실비였어. 믿어줘. 나도 그 아이를 사랑해. 내가 키운 거나 다름없었다고.'

'그 아이 주위에 있던 어른들은 모두 네가 움직이던 라이드였겠군.'

'나 혼자 한 건 아니었지만, 맞아.'

프리즈가 풀리면서 다른 스캔드들의 표정에 인간성이 돌아오기 시작했다.

'아무리 우리가 경위님을 손님으로서 정중하게 대접하고 있지만 바이러스는 조금 심한 거 아닙니까?'

빌이 화난 표정으로 말했다.

'당신들이 너무 시끄러워서 말이죠. 우리 둘끼리 대화 좀 했습니다. 여기 로그를 보시죠.'

아마벨이 팔에서 파일 하나를 빼서 손가락으로 튕겼다. 빌의 손에 파일 조각이 떨어지자마자 여기 있던 모든 스캔드들의 손 위에도 똑같은 모양의 파일이 나타났다.

'당신들 중에 실비를 키우는 데 도와줬던 사람 있습니까?'

여기저기서 손을 드는 스캔드가 있었다.

'그런데 실비가 어떤 존재인지 전혀 몰랐다고요?'

'이해해주세요. 저희는 실비가 애완인간인 줄 알았어요. 수명이 20년을 못 넘을 거라고 얘기를 들었다고요.'

'그런 거짓말을 했어?'

아마벨이 다케나가를 노려보면서 말했다. 다케나가는 고개를 끄덕였다.

'아이를 키우는 것만큼 보람찬 일이 어딨겠어요.'

통계학자인 사라스바티였다. 아마벨은 그래서 당신이 실비를 보호하기 위해 한 일이 뭔데? 라고 빈정대고 싶었지만 참기로 했다.

'그런데 아이가 커가면서 정상적인 지능을 가지고 있다는 걸

알게 되었죠. 그래서….'

'애완인간이 아니라는 걸 알게 된 건 언제죠?'

'1년 전이었어요. 그래도 우리는 아랑곳하지 않았죠. 혹시나 우리가 눈치챘다는 걸 하이 스캔드에게 들키면 아이를 데리고 가버릴까 봐 무서웠어요.'

여기서 모든 스캔드들이 고개를 숙였다.

'저희는 그냥 하이 스캔드가 싫증이 나서 아이를 처분이라도 하려는 줄 알았어요. 그래서 톰만 남겨놓고 다른 라이드들을 하나씩 고장 내버렸어요. 그리고 낌새가 안 좋다고 느낀 날 톰을 이용해서 데리고 도망치게 한 거죠.'

'그래서 나한테 데리고 온 건가요?'

빌이 대답했다.

'아닙니다. 그건 순전히 우연이었어요.'

'한국으로 데려간 건 저였어요.'

사라스바티가 대답했다.

'당신이 저와 대화한 '톰'이었군요.'

'네. 맞아요. 다시 한 번 실비를 살려주셔서 고맙습니다.'

'왜 저에게 거짓말을 했죠?'

'솔직히 말하자면 그다지 심각하게 생각하지도 않았어요. 라이드를 타게 되면서 네트에서는 결코 얻을 수 없는 것을 알게 되었다고나 할까요. 사람이란 게 잃고 나서야 얼마나 소중한지 알게 되니까요.'

'그래서요?'

'저를 포함해서 여기 있는 사람들 모두 정말로 실비를 사랑했어요. 그래서….'

'그래서요?'

'그냥 같이 놀러 다니고 싶었어요. 세상 이곳저곳을 보여주고요.'

'그러다 정말 우연히 한국에 오게 되었고, 우연히 나를 만나게 됐다?'

사라스바티가 말 없이 고개를 끄덕였다.

아마벨은 우연을 믿지 않았다. 운명도 믿지 않았다. 그런 것이 정말 존재한다면 이런 걸 숙명이라고 부를 수 있는 거 아닐까 했다. 그러나 곧 머리에서 우연, 운명, 숙명이라는 무의미한 단어들을 지워버렸다. 그런 개념에 기대게 되면 사고가 정지되고, 정지된 사고는 죽음을 부른다.

'이제 어쩔 거죠? 실비를 여기서 데리고 나간다 치더라도 지구상에 하이 스캔드의 눈을 피해서 도망갈 곳은 없어요.'

'그건 우리도 모르겠습니다.'

갑자기 스무 명이 넘는 사람들이 서 있는 끝이 없어 보이는 거대한 복소공간에 침묵이 가득 차게 되었다.

'이 녀석은 어쩌죠?'

뒤에 있던 누군가가 다케나가를 가리키며 말했다.

'스캔드끼리는 법 같은 거 없습니까?'

사라스바티가 대답했다.

'있다면 하이 스캔드가 말하는 게 법이겠죠. 인간의 법은 우리에게는 거의 소용이 없어요. 그래도 한 가지 법은 확실하게 지켜지고 있죠. 서로 죽이지 말 것. 이건 그냥 법이 아니에요. 시스템적으로 우리는 상대방을 죽일 방법을 가지고 있지 않아요. 그런 시도도 거의 불가능하고요. 할 수 있는 일은 남은 스캔드들이 합심해서 가둬놓는 것 정도밖에 없죠.'

'저런 자식은 죽여버려야 하는데.'

예완데가 분한 목소리로 말했다.

'그러면 이놈은 어떻게 케인을 죽인 거죠?'

'라이드를 이용해서 물리적으로 케인의 서버를 파괴했습니다.'

'그러면 이놈에게도 똑같이 해주면 되지 않겠어요?'

다케나가가 숙이고 있던 고개를 번쩍 들더니 아마벨을 앞에 무릎을 꿇고 머리를 조아렸다.

'제발 살려주세요. 저는 그냥 시키는 대로 한 것뿐이라고요!'

순간 사이버스페이스 전체공간의 움직임에 멈춤 현상이 생겼다. 아주, 아주 순식간에 지나가서 눈치채지 못할 수도 있는 그런 멈춤이었다.

'랙이다.'

빌이 심각한 표정으로 아마벨에게 물었다.

'무슨 일이죠?'

'아무래도 공격이 들어오고 있는 것 같습니다. 지금 인트라넷 상태이기 때문에 이런 현상이 발생할 수가 없는데….'

'빌! 지금 콤플렉스 바로 바깥에 군대가 와 있어요!'

아직 이름을 못 들은 사람이 외쳤다.

각자의 앞에 화면이 나타나더니 스캔드 서버 콤플렉스의 외부

카메라가 보여주고 있는 영상을 비췄다. 그곳에는 쉰 명 정도 되는 병력이 포위하고 있었다.

'일이 이렇게 될 때까지 안 보고 뭐 하고 있었어요?'

군대가 와 있다고 한 사람을 책망하는 목소리의 파도가 일어났다가 다시 침묵으로 빠져들었다. 말싸움이나 해봤자 전혀 도움이 안 된다는 사실을 모두 알고 있었기 때문이었다. 실시간으로 보이는 화면의 '군대'는 아주 천천히 움직이고 있었다. 하지만 아주 잘 짜인 진형을 그대로 유지하며 극히 조심스럽게 접근하고 있는 중이었다. 그러다 망가진 보안 드론을 보자마자 행동이 빨라졌다.

'누구야! 누가 드론 부수자고 한 거야!'

콤플렉스의 보안을 책임지고 있는 스캔드가 되려 소리를 질렀다.

'저는 이제 일어납니다. 지금 할 수 있는 일이 있으면 다 하세요.'

'어쩌실 거죠?'

'나가서 싸워야죠.'

아마벨은 연결을 끊으려다가 잠시 생각을 했다. 이들이 나를 도와줄 방법은 없을까 하고. 그러고는 뒤로 돌아와 스캔드들을 다시 불렀다.

'여러분들도 저를 도와주셔야겠습니다.'

'어떻게요?'

사라스바티였다.

'방금 여기에 랙이 생겼죠. 그걸 그대로 돌려줄 방법이 없을까요? 아주 조금이라도 적의 라이드의 움직임을 멈춘다거나 시각을 해킹해서 환영을 보여준다거나….'

스캔드들이 서로를 쳐다보더니 한마음 한뜻으로 고개를 저었다.

'그건 불가능해요. 지금 한 명을 묶어두는 것만으로도 전력을 다하고 있는 걸요.'

'그러면 다케나가를 제거하면 되겠군요.'

'네? 하지만 우리는 살인자가 아니라고요!'

'압니다. 살인자는 저죠. 여러분은 그냥 내가 이놈을 죽일 동안 자신의 목숨을 지키기 위해 열심히 싸워주시면 되는 겁니다. 그걸 보통 생존본능이라고 부르죠. 인간이라면 모두 가지고 있는 거고요.'

아마벨은 스캔드들에게 사람이 되라고 요구하고 있었다. 사람답다는 것은 무서워할 줄 알고, 그리고 그런 무서운 것에 대비하고 피하고 싸워가며 생존을 위해 투쟁하는 것이라고 아마벨은 생각했다. 군인다운 생각이었지만, 그런 조건을 만족해야만 인간이라고 할 수 있다면 동물과 다른 점은 무엇인지에 대한 답은 가지고 있지 않았다. 오히려 무서운 것을 모르는 것이 인간의 추악한 점이자 인간다움의 핵심이 아닐까. 아마벨은 내적 갈등을 들키지 않으려고 애썼다.

서버상으로 기나긴 시간이 흐르고 있었다. 스캔드들은 아마벨을 빼놓고 자기들끼리 토론을 벌이고 있었다. 하지만 누구도 죽고 싶은 사람은 없었다. 진심으로 죽음을 바라는 사람은 없다. 지금

닥친 고통을 벗어나기 위해 죽음으로 도망하는 사람은 있을지 몰라도. 그건 죽음을 바라는 것하고는 전혀 다른 것이다.

빌이 대표로 나와 말했다.

'좋습니다.'

'안 돼!'

다케나가가 다시 울부짖으며 애원을 하기 시작했다.

'지금 나가면 일단 이자를 제거할 겁니다. 혹시 드론이 남은 게 있나요?'

'없습니다. 저희는 그저 당신에게 위협이 아니라는 것을 보여주고 싶어서….'

'아무런 방어 무기도 없다는 얘기죠?'

'내부에 에너지 무기가 조금이 있긴 합니다만, 저 라이드들이 입고 있는 방탄복을 보아하니 소용이 없어 보이네요.'

라이드들은 이제 문 앞까지 다가오고 있었다.

'시간이 없군요. 나갑니다. 구체적으로 무엇을 할 수 있을지 저에게 알려주세요. 꼭 말입니다. 그걸 어떻게 전술적으로 이용해야 할지는 미리 맞춰놔야 할 테니까요.'

아마벨은 대답을 기다리지 않고 연결을 끊었다.

✳

일어나니 주변이 어두웠다. 아마벨은 나오면서 받은 콤플렉스의 설계도를 시야에 띄워놓고 천장으로 뛰어올랐다. 부드러운 방음재가 먼지를 일으키며 박살이 났고 자연소재의 벽 뒤로 온갖 기계장치들이 보였다. 원래 사람이 왔다 갔다 하도록 만들어진 곳이 아니라 조명은 거의 없었고 문도 없었다. 카메라가 곳곳에 설치되어 있을 뿐이었다.

아마벨은 경기관총을 점검한 다음 5분 정도 거리를 전력으로 달렸다. 그곳에는 거대한 컴퓨터 시설이 있어야 했다. 하지만 눈에 보이는 건 그저 커다란 냉각장치 배관뿐이었다. 그 배관 아래에 다케나가의 서버가 자리 잡고 있었다. 이런 서버 수백 대가 이곳에 위치해 있었다. 하지만 위에 '17'이라고 쓰여 있었기 때문에 이곳이 다케나가의 머리, 아니 다케나가 그 자체라는 것을 알 수 있었다.

아마벨은 밸브로 보이는 곳에 몇 개 없는 플라스틱 폭탄을 장치했다. 그리고 다시 전속력을 향해 빠져나와 계단을 타고 올라가면서 발파 장치를 꾹 눌렀다. 아마벨은 이미 폭파범위 바깥에 있었기 때문에 들릴까 말까 한 폭음과 함께 발아래로 스멀거리며 지나가는 진동이 느껴질 뿐이었다. 아마벨은 다케나가의 비명을 들을 수 없는 것이 아쉬웠다.

'방'이 내려간 통로를 다시 뛰어 올라가는 데는 생각보다 시간이 걸렸다. 경사면을 따라 내려간 엘리베이터 통로 바닥에는 걸어 올라갈 수도 있도록 계단이 있었다. 아마벨은 그걸 전속력으로 뛰어오르기 시작했다. 하지만 고지를 빼앗길 것 같았다. 그렇다고 엘리베이터를 다시 작동해서 올라갈 수는 없었다. 그 방은 자체로 방탄이 되었기에 실비를 지켜줄 수 있는 방어 수단이기도 했다.

15분 정도 올라가자 위에서 폭음이 들렸다. 아마 문을 부수기 위해 폭탄을 터뜨린 것 같았다. 매캐한 냄새와 몸을 밀어내는 압력이 느껴졌다. 이미 늦은 것이다. 아마벨은 기관총을 꺼내 경사 엘리베이터면 위를 향하고 누군가가 고개를 내밀기를 기다렸다. 그리고 한 명의 머리가 보이자마자 방아쇠를 당겼다. 실린더에 한꺼번에 장전이 되어 있던 총알이 전기신호를 받고 줄줄이 발사되었고 반동으로 인해 총구가 들리기 전에 매우 촘촘한 탄막을 만들며 나아간 뒤 고개를 내민 멍청이의 머리에 모두 명중했다.

첫 번째 총알은 얼굴에 쓰고 있던 마스크를 박살 냈다. 두 번째 총알은 코 옆에 들어가서 뒤통수로 나왔고 마지막 총알은 쓰러지는 놈의 이마에 들어가 두꺼운 두개골 안쪽에서 나선으로 회전하며 그 안에 들어 있던 단백질과 지질과 물로 구성된 구조물들을 모두 죽으로 만들어버렸다. 놈은 앞으로 쓰러지며 엘리베이터 통로에 미끄러져 떨어졌다.

아마벨은 적들이 망설이는 시간을 측정했다. 적들은 망설이지 않았다. 한 명의 스캔드가 이 라이드 모두를 조종하고 있다고 결론 내릴 수 있었다. 아마벨은 의외로 경무장밖에 하지 않은 라이드들 사이에 들어가기 위해 전력으로 달려 올라가면서 점프를 했다. 한 번에 10여 미터씩, 세 번. 이제 라이드들은 보지도 않고 소리 반향으로 위치를 알아내서 아마벨을 공격했다. 하지만 그것도 계산 안에 들어가 있었다.

아마벨은 불규칙한 속도로 움직이며 예측을 피했고 마지막 점프에서 '집' 안에 있는 라이드 여덟 명 사이에 정확하게 안착했다.

라이드들은 모두 하나의 두뇌를 가지고 있었고 모두 같은 원칙과 같은 규칙에 의해 움직였다. 그리고 감정 같은 불필요하고 거치적거리는 요소도 없었다. 그래서 아마벨은 여덟 명의 움직임을 완벽하게 예측할 수 있었다.

첫 번째로 아마벨을 공격한 놈은 어리석게도 산탄총을 쐈고 아마벨이 접근하면서 피하자 납탄은 아마벨 뒤에 있던 두 녀석에게 흩뿌려졌다. 이 두 녀석은 산탄총을 맞았음에도 기능의 저하를 생각하지 않고 손에 들고 있던 44구경 권총을 쐈다. 하지만 납탄에 찢긴 근육과 신경이 경련을 일으키고 있어서 강력한 반동을 제대로 제어하지 못했다. 한 녀석은 첫발을 제대로 쏘긴 했지만 아마벨은 산탄총을 들고 있던 녀석을 방패로 썼다. 어차피 권총으로 아마벨의 장갑을 뚫지는 못했겠지만 그래도 대장갑탄을 사용할 가능성도 있었기 때문이었다.

자신이 쓴 인간방패에 총알이 박히는 모습을 관찰한 아마벨은 이 바보들이 일반탄만 가지고 왔다는 걸 알게 됐다. 방패가 필요 없어진 아마벨은 기관총을 허리 뒤에 총집에 끼우고 두 손을 들고 달려들었다. 나머지 다섯 명도 비슷한 무장을 하고 있었기 때문에 아마벨에게는 전혀 상대가 되지 못했다. 마지막 녀석의 목을 부숴버린 아마벨은 스캔드들에게 연락을 넣었다.

"주위에 몇 명이나 남아 있죠?"

"많이요."

빌이 대답했다.

"영상을 중계해줄 수 있어요?"

"그게 좋겠네요."

바깥 사정은 그리 좋지 못했다. 약 마흔 명이 진을 치고 있었다. 그중 서른 명 정도는 경장갑복을 입고 있었다. 여덟 명만 안에 들어온 이유는 그들이 장갑복을 입지 않아서였다. 입구가 너무 좁고 높이가 2.5미터나 되는 경장갑복을 입고는 실내에서 그리 효과적이지 않다고 판단 내린 듯했다. 그리고 그들은 가속총과 빔 병기까지 가지고 있었다. 아직 어떻게 진입해야 할지 정하지 못한 듯하다는 게 지금 저들로서는 유일무이한 약점이었다. 아마벨은 그 약점을 어떻게든 이용해야만 했다.

"이제 저를 도울 수 있나요?"

"네. 모두 준비됐습니다. 하지만 우리의 컴퓨팅 파워를 다 합쳐도 저들을 막기는 불가능해요."

"한 번에 하나씩 하죠. 조준경에 달린 레이저 포인터로 가리키는 놈을 집중적으로 공략하세요."

그 순간 문 쪽으로 적들이 다가오기 시작했다. 아마벨은 멀찍이 떨어져 계단 아래로 내려갔고 주저앉은 자세로 앞으로 기댄 다음 스나이퍼 라이플을 꺼내 장전했다. 아마벨은 먼저 장갑복을 입지 않은 놈을 겨냥했다. 맹렬한 충격이 아마벨의 어깨를 타고 내려왔다. 아마벨은 탄피가 튕겨 나가는 모습과 함께 총알이 가스에 밀려 총구를 나가는 것을 지켜보며 명중했음을 알게 되었다.

아마벨은 다시 노리쇠를 당기며 장전해 한 방을 더 쐈다. 불과 1초도 안 되는 시간에 일어난 일이었지만 적들은 일사불란하게 움직였다. 두 번째 총알은 거의 직선을 그리며 날아가 장갑복을 입은 적의 가슴에 명중했다. 장갑복을 안 입은 적을 향해 쏜 아마벨의 의도를 읽고 순간적으로 그 앞을 막은 것이었다. 하지만 총알은 보통탄이 아니라 대장갑탄이었고 명중된 총알은 계속 파고들어 장갑복 안에 있던 라이드의 심장을 분쇄했다. 심장에 정확히 맞은 것은 순전히 행운이었다.

그 장면을 보고 놀랐는지 경장갑병들은 열린 문으로 쏠 수 있는 사선에서 벗어나 벽 뒤로 숨었다. 장갑복을 안 입은 일곱 명 정도는 엎드려서 포복으로 사선에서 엄폐하며 문에서 보이는 지역을 벗어나려 하고 있었다. 아마벨은 그걸 놓치지 않고 기관총을 들고 문 앞으로 뛰어가 기어가고 있는 자들에게 남은 총알을 모두 퍼부었다. 일곱 명 중 여섯 명이 대단한 반항도 해보지 못하고 사망했다.

그 모습을 본 장갑병이 문 안으로 뛰어 들어왔다. 아마벨은 침착하게 기관총에 달린 레이저 포인터로 그놈을 가리켰다. 들어오자마자 장갑병은 정지하며 앞으로 쓰러졌다. 스캔드 하나하나의 힘은 하이 스캔드가 가진 막대한 컴퓨팅 파워에 비할 바가 못 되었지만 합심을 하면 한 번에 한 명 정도는 기능 정지로 몰아갈 수 있다는 게 증명된 순간이었다.

아마벨은 그걸 본 순간 '살았다'라고 생각했다. 하지만 방심은 금물이라 표정으로 내보이지 않고 쓰러진 적에게 다가가 빈틈에 전술용 나이프를 쑤셔 넣어서 동맥을 갈랐다. 이제 이걸 반복하는 일만 남아 있었다. 적들은 정면으로 들어오면 스나이퍼 라이플에

당했고 동료를 방패처럼 써도 스캔드의 해킹 공격에 걸려들었다. 아마 실비의 안전 때문인지 수류탄이나 그보다 강한 폭발 무기는 사용하지 않았다.

전투는 단조롭게 진행되었다. 아마벨이 나가서 싸울 방법은 없었다. 모든 적을 한꺼번에 기능 정지시킬 방법이 아직 없었기 때문이었다. 한편 적들도 안에 들어올 방법을 찾지 못했다. 병목에 잘 자리 잡고 있는 아마벨을 뚫을 방법을 그들, 아니 '그놈'은 생각해내지 못했다.

아마벨은 상대가 이런 전술적인 상황에 전혀 익숙지 않은 자라는 걸 알았다. 아마 전쟁에 참전도 하지 않았고 스캔드가 된 이후에 진짜 전투 대신 장난감을 가지고 노는 정도의 게임만 해봤을 것이다. 실전은 게임과 다르다. 어디가 어떻게 다른가를 알아내는 것은 경험이 알려줄 일이었다. 그리고 이 스캔드는 그런 경험을 어디에서도 얻을 수가 없었을 것이었다.

그런 경험 부족 때문인지 아니면 인격 문제 때문인지 그 스캔드는 교착상태에서 버텨가며 응원군을 기다리지 않고 계속 공격을 감행했다. 인해전술이면 먹히리라고 생각하는 모양이었다. 평범한 경우라면 압도적인 화력과 수는 필승 전술이다. 하지만 그들은 아마벨에 대해서 너무 몰랐다. 아마벨이 어떤 사고방식을 하는지도 몰랐고 하다못해 어떤 방탄 장갑을 보유하고 있는지, 몸을 얼마나 빨리 움직일 수 있는지조차 모르는 듯했다. 그래서 조준은 매번 틀렸고 전술을 예측하지 못했으며 자신의 강점을 이용할 줄도 몰랐다.

그렇게 압도적인 화력과 수를 가지고 있는 적들은 하나씩 자신의 강점을 까먹어갔고, 전투가 지루하게 이어졌다. 처음에 마흔 명 넘게 있던 바깥에는 어느덧 열 명도 안 되는 장갑병만 남게 되었다. 이들을 살려둬야 할 이유도 없었다.

아마벨은 이제 적들의 예상을 깨기 위해서 대담하게 행동하기로 했다. 건물 문을 나가서 천천히 움직였다. 즉시 빔 병기의 광선이 날아와 아슬아슬하게 아마벨의 머리칼을 그을렸다. 빔 병기는 매우 강력하고 탄속이 광속이라는 장점이 있었지만 방아쇠를 당겨서 실제 출력이 올라갈 때까지 약간의 시차가 있어 일반 총보다 아주 미세하게 느렸다. 그리고 특유의 소리도. 배터리가 소모되는 소리인지 아니면 렌즈나 발광 장치가 작동하는 소리인지 알 수는 없었지만 특징적인 고주파음이 있었다. 그 소리에 따라 적의 위치를 알아내면 쳐다보지도 않고도 아주 정확하게 사격을 할 수 있었다. 빔 병기를 다시 쏘려는 장갑병에게 기관단총을 발사한 아마벨은 이번에는 숲으로 뛰어들어갔다.

아마벨은 도망치는 척하다가 적의 시선이 안 보이는 곳에서 멈춰서 스나이퍼 라이플을 들고 건물 입구를 겨냥했다. 예상대로 추적조를 제외한 몇 명의 장갑병이 건물 안에 진입하려고 하고 있었다. 아마벨은 다가오는 추적조를 무시하고 진입조의 뒤통수에 한 방씩 쐈줬다. 어느 시간 어느 위치에 적이 확실히 있을지 안다는 건 저격병에게 큰 이점이었다. 그리고 다가오는 추적조의 첫머리에 있는 녀석에게 해킹 공격을 지시한 다음 그 녀석을 통째로 들고 방패로 써가며 기관총을 들고 뒤에 따라오던 적들을 해치웠다.

그들이 마지막이었다. 아마벨은 해킹 공격에 움직임이 막힌 놈을 바닥에 내려놓았다. 한 손을 턱과 가슴 사이의 장갑에 넣고 다른 손은 갈비뼈와 허리 사이의 틈에 넣은 후 온 힘을 줘서 당기자 왼쪽 동체 장갑이 뜯겨 나왔다. 반복해서 오른쪽 동체 장갑도 뜯어낸 후 헬멧을 좌우로 벌려 질긴 달걀 껍데기를 깨듯 열었다. 안에 있던 라이드는 여전히 해킹 공격을 받고 있어서 양쪽 눈은 제각기 다른 방향을 보았고 턱에 경련이 일어나는 중이었다. 아마벨은 총으로 양팔과 양다리를 쐈다.

"끝났습니다. 해킹을 멈춰주세요."

"정말요? 전부 해치웠나요? 카메라 사각 지역에 적이 남아 있거나 하진 않나요?"

"없어요."

마지막으로 남은 라이드는 팔다리에 커다란 구멍이 나 있었음에도 신음 하나 내지 않았다. 통각 반응이 아예 없는 것일지도 모른다는 생각이 들었다.

"이봐. 들려?"

아마벨은 라이드의 뺨을 몇 대 때렸다. 이빨이 부서져서 튕겨 나갔고 입가에 피가 줄줄 흘렀다. 라이드의 얼굴이 부어오르자 아마벨은 어쩐지 불쌍하다는 생각이 들면서 부끄러워졌다. 어차피 속이 빈 인형에게 화풀이하는 것밖에 안 되는데.

라이드가 불분명한 발음으로 물었다.

"넌 대체 뭐냐?"

"나에 대해서는 잘 알고 있지 않아? 너야말로 뭔데?"

"겨우 꼭두각시 몇 개 부쉈다고 이긴 줄 아나? 너희를 없애버리려면 진즉에 없애버릴 수 있었어. 아이를 넘겨라."

"그래, 그렇겠지. 폭격기라도 하나 사서 여길 통째로 날려버릴 수도 있었을 거야. 하지만 그러지 않았지. 실비가 다칠까 봐 그랬던 것은 아니야. 너희에겐 무한한 시간이 있고 실비는 다시 만들면 된다고 생각하는 게 정상이니까."

라이드의 무표정한 얼굴에 물음표가 보이는 것 같았다.

"그냥 구실이겠지. 허영 때문이야. 하이 스캔드라는 허영. 이런 장난감으로 한번 싸워보고 싶었겠지. 너희끼리 싸우는 전쟁놀이 말고 진짜 싸움 말이야. 장난질이 아니라 진짜 전투를 상정했다면 이런 무장이 아니라 가스탄이나 플래시뱅도 있었겠지. 넌 평소에도 이것들을 가지고 놀았던 거야. 그리고 그걸 그대로 여기 가져온 거고."

라이드는 말이 없었다.

"나보다 수조 배나 많은 생각을 아무리 빨리 하면 뭐해. 들어 있는 게 이런 바보 새끼인데. 바보가 오래, 깊게 생각한다고 대단한 결과가 나오는 줄 알아?"

라이드가 갑자기 움직여서 아마벨을 물어뜯으려고 했다. 하지만 아마벨은 한 손가락으로 가볍게 그를 땅에 짓눌렀다.

"무슨 말이 하고 싶은 거냐."

아마벨은 며칠 만에 처음으로 미소를 지으며 말했다.

"포기해. 실비를 찾으려는 시도도 하지 말고 여기에 있는 스캔드들을 해치려고 하지도 마라. 아니, 모두에게 최소한 너희가 가진 정도의 자유를 줘."

"내가 왜 그래야 하지?"

아마벨은 마지막 살아남은 라이드의 목을 움켜쥐고 들어 올렸다.

"안 그러면 널 죽일 테니까. 네 서버를, 네 백업을, 네가 있는 땅을 모두 가루로 만들어버리겠어."

"할 테면 해봐."

라이드는 스위치가 꺼지듯 온몸에 힘이 빠지며 숨을 멈췄다.

14

마치 소리의 끈이 모두 끊긴 것처럼 조용했다. 너무 조용해서 자신의 몸속에 있는 여러 기계장치의 소리까지 들을 수 있을 것 같았다. 아마벨에게는 인간의 심장보다 조용히 움직이는 기계 심장이 있었지만 그 소리조차 지금은 모두 필터링하고 있었기 때문에 들리지 않았다. 이렇게 조용한 어둠 속에 혼자 있으면 불안이 엄습하기 마련이었다. 지금은 어떤 정보도 들어오지 않고 있었고 통신도 없었다.

누군가가 모스 부호라도 안다면 겉면을 두드려서 신호라도 보내줬으면 좋겠다고 생각했다. 하지만 아마벨 자신이 모스 부호를 모른다는 사실이 생각났다. 보통 사람의 수만 배나 되는 기억저장소를 보조로 가지고 있었지만 그 방대한 기록 중에 모스 부호는 없었다. 왜 없는지 이유를 몰랐지만 일이 끝나면 추가해봐야겠다고 생각했다. 아마 이런 일을 평생 다시 겪을 일은 없겠지만. 아마벨뿐 아니라 그 누구도 이런 경험을 겪지 않았고 앞으로도 그럴 것 같았다. 그렇게 생각하자 어쩐지 불안이 조금 가셨다.

아마벨의 앞에 있는 손바닥만 한 모니터에 숫자가 나타났다. 99, 98, 97, 96… 숫자는 1초에 하나씩 줄어들고 있었다. 카운트 다운이 줄어들면서 아마벨은 갑자기 무서운 생각이 들었다. 다른 곳에 떨어지면 어쩌지? 시에라 사막에는 클리니컬 이모털리티 보험에 안 들어 있는 전통 보수주의자 마을도 있다던데, 거기에 떨어지면 어떻게 되는 거지?

지금 그런 걸 걱정할 때가 아니라는 걸 아마벨도 잘 알고 있었다. 그냥 그보다 더한 진짜 불안을 감추기 위해 약한 불안을 스스로 만들어내서 머릿속을 채우고 있는 것이었다. 정확한 지점에 도착한다 해도 이 지구상에서 가장 엄중한 시설을 혼자 뚫고 들어가야 하는 건 변함이 없었다. 혼자.

아예 혼자는 아닐 것이다. 방아쇠를 당기고 총알을 몸으로 받아내야 하는 건 아마벨 혼자뿐이겠지만, 죽는다 해도 혼자 죽지는 않을 것이다. 비위 상하는 사고방식이었지만, 묘하게 위안이 되었다. 27, 26, 25… 그런데 다 죽고 나면 실비는 어떻게 되지? 진짜 하이 스캔드가 실비를 원하는 이유가 뭘까? 10, 9, 8, 등 뒤에서 거대한 진동이 시작되고 있었다. 5, 4… 진동은 폭발이 되었다. 2, 1… 온몸이 거대한 철근 아래 깔리는 감각이 들었고, 아마벨은 우주로 발사되었다.

✳

"경위님, 이제 어떻게 할 거죠?"

"그걸 왜 나에게 묻는 거죠?"

아마벨은 예완데의 질문에 질문으로 대답했다. 아마벨 자신에게 아무런 답도 없었기 때문이었다. 그저 매우 걱정스러운 표정이었다.

"우리는… 아무도 죽이고 싶지 않아요. 아무도요."

"하이 스캔드도요?"

아마벨이 똑같은 반문을 하기 전에 사라스바티가 말했다.

"모건은 우리 모두를 노예로 부리고 있잖아요!"

"하지만 우리가 살인하게 되면 그다음에는요? 마음에 안 드는 사람이 보이면 또 죽일 건가요? 그러다가는 몇 년도 지나지 않아서 우리 모두 사라지게 될 거예요."

침통한 표정으로 듣고만 있던 빌이 입을 열었다.

"윤리적 문제도 빼놓을 수 없어요. 우리는 살인자가 아닙니다. 살인자가 되어서도 안 되고요. 살인할 수 있는 사람이 영원한 생명과 막강한 힘을 가지게 된다고 생각해보세요. 어떤 결과가 올지 상상이나 됩니까?"

"이 얘기는 이미 끝난 것 아니었나요?"

아마벨이 끼어들었다. 마이크로초 단위의 대화의 장점은 사실상 무한한 시간이 있다는 것이었고, 단점은 무한한 시간을 무한정 낭비할 수 있다는 점이었다.

"여러분은 살인자가 되지 않을 겁니다. 제가 살인자가 되는 거죠."

이미 살인자지만. 그 말은 하지 않기로 했다.

"살인을 청부한 사람도 유죄 아닌가요? 당신이 죽여도 우리가 죽인 거나 마찬가지잖습니까."

아마벨은 이들을 도무지 이해할 수가 없었다. 하이 스캔드를 그리도 증오하면서….

"잠깐만요. 아까 모건이라고 했나요?"

"네. 모건이요."

"클리포드 모건? 케인이 맡았던 그 사건의 의뢰인?"

"맞습니다. 그 사건에서 스캔드가 되진 않았지만 그로부터 19년 후에 노환으로 죽기 직전에 스캐닝을 받고 스캔드가 되었죠. 그것도 하이 스캔드가. 그때부터 모든 게 허물어지기 시작했어요."

"그러면 지금까지 하이 스캔드라고 부르고 있던 존재가 여럿이 아니라…."

"네, 그 사람 한 명이에요."

"그게 말이 됩니까? 세트라급 서버가 거대하고 비싸다는 건 알고 있지만 그걸 한 명만 소유한다는 게?"

"됩니다. 모건이 최초로 세트라 슈퍼컴퓨터에 들어간 스캔드였고, 세트라 사의 모든 지분을 사들였죠. 그리고 다시는 다른 사람에게 그 기술을 팔지 않았습니다. 백 년 넘게 비슷하거나 아주 유사한 기술만 등장해도 전부 사들였죠. 자신에게 위협이 될 만한 것은 모두 제거하고 있어요. 남은 건 우리 같은 저급 스캔드밖에 없는 거죠."

"그러면 그냥 모건이라고 부르면 안 되는 거예요?"

"자기 이름을 실시간으로 검색하는 인간입니다. 지금은 외부와 완전히 단절된 상태라서 우리도 자유롭게 말할 수 있는 거고요."

많은 것이 설명되지만 아무것도 바뀌지 않는다는 사실에 아마벨은 짜증이 났다. 하이 스캔드가 누구건 상관이나 있나? 그저 가서 박살 내버리면 되는 건데. 그런데 박살 내는 게 가능이나 한가? 아마벨이 이런 생각을 하는 동안에 모건을 죽여야 한다고 조심스럽게 말하는 사라스바티를 예완데와 빌과 여러 스캔드들이 뭉개버리고 있었다. 어차피 이들의 의견은 아무래도 상관없었다.

"죽일 겁니다. 완전히요. 여러분의 도움이 없다면 불가능하겠죠. 저도 죽을 거고요. 실비도 죽겠죠. 모건이 실비를 원하는 이유를 모르겠지만요. 그리고 모건이 직접 말해주지 않는 한, 내가 죽는 것과 동시에 여러분이 그 답을 알게 될 방법은 영원히 사라지게 될 겁니다. 궁금하지도 않으세요? 사실상 지구연방을 소유하다시피 하고 있는 하이 스캔드가 이런 평범한 여자아이에게 원하는 게 뭘지?"

잠잠해졌다. 아마벨은 대화할 생각이 없었다. 이건 통보였다. 도움이 있건 없건 들어가서 파괴할 것이다. 죽일 것이다.

"어떻게 할 거죠?"

빌이 물었다.

"지금으로선 생각나는 방법이 없으니, 그냥 정면으로 들어갈까 생각 중입니다."

아마벨은 진지한 표정으로 농담했는데, 아무도 농담으로 받아들이지 않았다. 이 스캔드들은 너무 멍청해서 아마벨이 진짜로 요새에 가까운 방어시스템을 갖추고 있는 곳에 혼자서, 정면으로 들어가 자살할 거라는 얘기를 진심으로 받아들이고 있었다. 아마벨은 다시 갑갑해졌다.

"농담이었습니다. 방법은 생각해봐야겠죠. 여러분의 도움이 그래서 필요하고요."

"좋습니다. 도와드릴게요."

조용히 입을 닫고 듣기만 하던 대다수의 스캔드 중에 블라드 로마첸코라는 남자가 처음으로 입을 열었다. 블라드는 인간이었을 시절 파일럿이자 항공기 개발회사의 회장이었다고 했다.

"무슨 좋은 생각 있어요?"

"일단 저에게 인공위성 사진 정도는 입수할 방법이 있습니다. 위험하지만요."

"세트라급 서버의 인공위성 사진이요?"

"네. 제가 항공업계를 다루고 있어서…."

어쩐지 자신이 없는 표정이었다.

"그럼 해보세요."

"그리고 제 남편이 도와줄 수도 있을 것 같습니다."

블라드가 옆에 딱 붙어서 앉아 있는 남자를 바라보았다. 두 사람은 눈으로 신경질적인 부부싸움을 벌였고 결국 블라드가 이겼다.

"저는 드미트리 로마첸코입니다. 군사기술 관리를 맡고 있습니다. 정확히 말하자면 지금은 사용하지 않는 무기들을 관리하고 스케줄에 따라 폐기하고 있죠."

"핵무기 폐기가 일이시군요."

"네, 맞습니다. 그래서 사실 외부와 접속할 일이 거의 없어요. 실제로 물리적으로도 저는 블라드의 서버하고만 직접 연결이 되어 있고…."

드미트리는 소심한 성격인지 블라드의 표정을 살피기만 했다.

"그런 건 됐고요. 어떻게 도와주시겠다는 거죠?"

"미사일을 쏠 수 있어요."

"핵미사일이요?"

"아, 설마요! 재래식 탄두를 실은 것만 가능해요. 핵미사일 탄두는 지금 전부 분해돼서 저장고에 들어가 있습니다. 핵미사일을 쓴다면 일이 간단하겠지만…."

"이봐요, 지구에 아직 사람이 살고 있거든요?"

아마벨은 스캔드가 지구나 환경에 대해 별로, 아니 전혀 관심이 없다는 걸 느낄 때마다 짜증이 치밀어 올랐다. 하지만 악의가 있는 것은 아닐 거라고 화를 가까스로 억눌렀다. 그 자신도 자기가 살지 않는 곳에 핵무기가 떨어진다고 하면 그다지 신경 쓰지 않을지도 몰랐다. 아니, 그렇진 않겠지만. 화가 나겠지. 아마 쏜 녀석을 찾아내서…. 거기까지만 생각하기로 했다.

"아무튼 핵무기는 제가 어떻게 할 수가 없어요."

"그러면 재래식 탄두로 세트라급 서버를 파괴할 수 있다는 얘긴가요?"

"아뇨."

"그럼 그 얘기는 왜 꺼냈어요?"

"제가 너무 앞서나갔나 보군요. 지금 세트라급 서버 콤플렉스에 침입하려는 부분부터 얘기하려는 것 아니었나요?"

정곡이었다. 아마 드미트리는 군인 출신이어서 그런지 다음 단계 작전이 무엇이 될지 순서대로 생각하는 전술적 사고방식이 있는 모양이었다. 아마벨은 자신이 미처 그 말을 꺼내지 않은 게 조금 분했다.

"맞습니다."

"만약 재래식 탄두를 빼고 당신을 태워서 쏘면 아주 정확하게 세트라급 서버 건물에 도착할 수 있을 거라고 생각합니다."

"그렇게 정확한가요?"

"사실 탄도미사일 기술이라는 게 이미 21세기에 완성되어 있었거든요. 당시 러시아라는 나라에서 음속의 스무 배 정도 속도를 내는 미사일을 개발했었죠."

"잠깐만요. 미사일이라니까 생각난 건데 모건이 미사일 요격시스템도 가지고 있지 않을까요?"

빌이 끼어들었다.

"가지고 있어요. 그래서 이걸 쓰자는 겁니다. 아방가르드라는 미사일인데 이건 단순히 속도만 빠른 게 아니에요. 속도도 빠르지만 장착된 날개로 방향을 마음대로 바꿀 수도 있습니다. 그걸로 불규칙하게 움직이면 사실상 요격이 불가능하죠."

"정말요?"

아마벨이 물었다.

"…모르겠습니다."

"그러면 몇 대가 있나요?"

"제가 가지고 있는 기록에 스무 대 정도가 남아 있군요. 그중에 절반 정도는 보관 상태가 안 좋아서 못 쓸 겁니다. 고체연료의 열화 등을 생각해봐야 하고 또 진입도 중요하니까…."

"진입?"

"말하지 않았나요? 모두 군사시설에 있어요."

아마벨은 두 손으로 얼굴을 감쌌다.

"군사시설이라면 어차피 세트라급 서버하고 비슷한 보안시스템이 있을 거잖아요."

"맞습니다. 하지만 그 시스템을 바로 제가 움직이고 있죠."

드미트리는 처음으로 웃는 얼굴을 보였다.

아마벨은 고개를 들고 드미트리를 향해 말했다.

"그거 오늘 들은 얘기 중에 가장 마음에 드는 얘기네요."

＊

진입은 쉬웠다. 미사일 사일로에 인간은 한 명도 없었고 자동 드론만 있었는데 모두 드미트리의 조종을 받고 있었기 때문이었다. 그리고 아마벨이 도착하기도 전에 이미 재래식 탄두를 빼고 자리를 만드는 작업이 거의 끝나가고 있었다. 어려운 건 미사일이 있는 우크라이나 한복판까지 모건에게 들키지 않고 도착하는 일이었다. 아마벨은 대부분의 길을 강고트리까지 타고 온 지상 자동차로 주파해야 했는데 히말라야에서 러시아로 직접 가는 길이 없으니 거의 등산에 가까운 운전이었다.

다행히 아프가니스탄 근처에서 강고트리 스캔드가 조종하는 드론이 합류한 뒤부터는 운전을 안 하게 되어 그나마 피곤을 덜게 되었다. 그래도 장거리 자동차 여행의 괴로움이 가시는 것은 아니었다. 아마벨은 열흘이 지나자 세상에서 지상 자동차보다 못한 운송 수단은 이 지구상에 없다고 믿게 되었다.

그리고 그 생각은 콘크리트 같은 압력을 받으며 우주로 솟구치는 미사일 탄두 안에서 바뀌게 되었다. 너무 큰 충격을 받아서 미리 받았던 오리엔테이션도 까먹을 정도였다. 미사일은 구닥다리 로켓과 모든 면에서 똑같았지만 인간이 타지 않는다는 점과 전술적인 이유로 훨씬 강력한 가속을 했다. 이런 중력 가속도를 받으며 사람이 발사되었다가는 죽을 수도 있다는 생각마저 들었다.

어둠 속을 통해 들려오는 거대한 폭음과 진동에 시간 감각마저 사라지고 있었다. 가속 모드를 켜지도 않았는데 작은 모니터에 보이는 숫자가 아주 느리게 움직이는 느낌이었다. 초시계는 이제 +32초를 지나고 있었다. 그리고 마치 거북이걸음을 재듯이 천천히 +33초를 향해 지나갔다. +34초가 되자 MAX-Q라는 표시가 깜빡이기 시작했다. 깜빡임이 조금씩 빨라지고 있었다. 아마벨은 사전에 그게 뭔지 들었던 것 같았지만 정신이 없어서 기억이 나지 않았다.

+38초가 되자 깜빡임은 빨라지다 못해 정지한 것처럼 보였다. 그 순간 큰 충격이 등 뒤가 아니라 앞쪽에서 전해져 왔다. 못 견딜 정도는 아니었다. 아마벨은 그 충격이 오고 나서야 그게 역학적으로 최대 압력에 도달했기 때문이라는 것을 알게 되었다. 음속을

돌파한 것이었다.

그때부터는 진동이 조금씩 줄어들기 시작했다. 곧이어 거의 완전히 멈추는 순간이 찾아왔다. 1분 40초가 되자 엔진이 정지되었고 가볍게 덜컹하는 소리가 들렸다. 메인 부스터가 분리되는 소리였다. 아마벨은 문득 기분이 기묘하게 가벼워진 느낌이 들었다. 그리고 가벼운 현기증과 구역질이 올라왔다. 잠시지만 다시 고요가 찾아왔고 그 후의 진동은 전보다는 훨씬 조용했다.

아마벨은 '선실'에 공기가 거의 없어졌다는 걸 깨달았다. 산소 없이도 활동할 수 있으니 상관없었지만 그렇다고 해서 유쾌한 기분은 아니었다. 기온은 벌써 영하 50도 이하로 떨어지고 있었다. 아마벨은 언젠가 우주 전투에서도 활동할 수 있도록 업그레이드를 받아야겠다고 생각했다. 그럴 일이 있을까 하는 생각도 들었다. 하지만 며칠 전까지만 해도 몇백 년 전에 만든 구형 미사일에 몸을 싣고 자살폭탄이 될 거라고는 상상하지도 못했으니, 세상은 모를 일이다. 살아남기만 한다면 모든 일에 대비하리라, 아마벨은 맹세했다.

무중력 상태가 찾아왔고 미사일이 지구의 저위성궤도를 가로지르는 거대한 포물선의 가장 높은, 그러니까 지구에서 가장 멀리 떨어진 지점에 도달했다는 표시가 나왔다. 이제부터가 문제였다. 로켓 탄두는 다시 대기권에 돌입하면서 약간의 감속을 하게 되지만 마하 20이라는 속도에서 더 느려지지는 않을 것이었다. 전쟁 당시 이 무기를 사용했더라면 아마 참혹한 결과가 일어났을 터였다. 하지만 당시 핵무기 사용만은 피하자는 주장에 모두 공감

하고 있었기에 다행히 거의 사용하지 않고 지나갈 수 있었다.

그렇게 세월이 지났다. 21세기에 이 무기가 개발된 이래 스텔스 기능을 추가하는 약간의 업그레이드와 소프트웨어 업데이트를 제외하고는 아무도 건드리지 않고, 단 한 번도 실전 사용이 되지 않은 채로 시간이 흘렀다. 한 번도 사용된 적이 없는, 그것도 탄두를 싣고 쐈어야 할 미사일에 사람을 태우고 쏘다니. 아마벨은 이보다 더 미친 짓은 없을 거라고 생각했다. 그 순간 아마벨의 기억저장소가 열리며 이보다도 더 낮은 성공 확률의 작전 여섯 개가 뽑혀 나왔다. 스스로의 생각에 딴지를 거는 뇌에 지금 이 순간 너무나 짜증이 났다.

작은 화면에서 또다른 카운트다운이 시작되었다. 3분 20초. 재돌입 시간까지 3분 20초가 남았다. 진입 각도를 잘못 잡으면 대기권에서 타서 재가 되거나 모건이 준비한 대응 수단에 의해 가루가 될지도 몰랐다. 확률은 아주 낮지만 각도를 잘못 잡아 팅겨 나간 다음 영원히 지구 궤도를 헤매게 될지도 몰랐다. 궤도의 미아, 그것만은 피하고 싶었다. 아마벨은 클리니컬 이모털리티에 가입이 되어 있지도 않았고 허리와 가슴에는 총과 탄약이 풍부하게 장착되었다. 이 정도면 특수합금으로 된 아마벨의 두뇌에도 구멍을 뚫을 수 있었다. 그리되지 않기를 간절히 바랄 뿐이었다.

19, 18, 17··· 아마벨은 어쩐지 주변이 뜨거워지는 느낌이 들었다. 극한의 추위가 오기 직전 온도감각을 꺼냈으니 진짜 열기일 리는 없었다. 그저 대기권에 재진입하며 마찰열에 앞부분이 녹고 있다는 것을 알고 있어서 생기는 열기의 신기루일 것 같았다.

10, 9, 8… 대기권은 어디부터 어디까지일까? 어디부터 우주일까? 3, 2… 이런 일 하는게 아니었는데.

1.

주탄두창이 열리며 탄두가 드러났다. 그리고 탄두들은 모두 각자의 궤도를 찾아 떨어져 나가기 시작했다. 아마벨은 바깥 사정을 전혀 알 수 없었고 자신이 어느 탄두에 있었는지, 몇 번째로 분리되었는지 알지 못했다. 오리엔테이션의 내용에 있었지만 그냥 흘려들었다. 알아서 도움이 되는 정보가 아니었기 때문이었다. 다시, 아마벨은 잘 들어둘걸 하고 생각했다. 이번에는 보조 기억이 일곱 개의 탄두 중 네 번째로 분리된다는 오리엔테이션 내용을 알려왔다.

첫 번째 탄두의 날개가 열리며 양자 난수 발생기로 만들어지는 무작위 수에 의해 움직이기 시작했다. 두 번째와 세 번째 탄두도 그 뒤를 따랐다. 아마벨이 탄 네 번째 탄두는 미리 정해둔 궤도를 따라 불규칙하지만 정확하게 아메리카 대주 캘리포니아주 시에라 사막으로 낙하를 시작했다. 대기권이 스치는 소리가 다시 들려오고 진동과 굉음이 시작되었다.

지금쯤이면 두 번째 탄두가 폭발해서 위장막을 펼쳤을 것이다. 화면에는 이제 카운트다운 대신 목표까지의 거리가 나오고 있었다. 아마벨은 일부러 화면을 보지 않기로 했다. 이 깡통 안에 있는 한 아마벨이 스스로 할 수 있는 일이란 존재하지 않았다. 그저 수동적으로 짐짝이 되는 것 이외에는. 그저 불안에 휩싸여 최악의 경우를 상상하는 것밖에는.

눈을 뜨자 아마벨은 목표 지점에서 5백 킬로미터도 안 남는 거리에 와 있었다. 아마벨은 좌우 상하 불규칙적으로 흔들리는 탄두에 몸을 맡기고 여기서 나갈 수만 있다면 무슨 일이든 하겠다고 속삭였다. 그리고 그다음 순간 폭음이 들리며 포탄 껍질이 찢어졌다. 가속 모드를 사용하기 시작한 아마벨은 구 러시아의 무기 제조 기술이 부족해서 마찰열을 못 견뎠나 생각했다.

그게 아니었다. 찢겨 나간 건 서쪽에서 날아온 25밀리미터 발칸포 때문이었다. 공군 드론 석 대가 정확히 이 탄두를 노렸던 것이다. 아마벨은 드론의 총구가 회전하는 것을 보면서 이게 끝인가 생각했다. 하지만 포기하는 대신에 할 수 있는 모든 일을 했다. 아마벨은 왼손으로 감싸 안고 있던 짐을 더욱 강하게 쥐고 오른손으로 타고 있던 탄두를 잡아 던지듯 자기 몸을 날렸다. 그리고 한 점 구름 없이 푸른 하늘에서 아무도 살지 않는 붉은 시에라 사막으로 추락하기 시작했다.

4부

시에라 사막

15

　시에라 사막은 캘리포니아주와 네바다주 사이에 있는 산악지역이었는데 2백여 년 전에 타호 호수 등을 포함한 거의 모든 수원지가 말라버린 바람에 지금은 남동쪽에 있던 모하비 사막의 연장이 되었다. 그 평원 지역 사막 한가운데 가늠하기도 어려울 정도로 거대한 건물이 서 있었다. 2백 층 가까이 되어 보이는 이 거대한 구조물은 중심부에 있는 더 작은 건물 주위에 덧붙여져 문어 모양의 방사상으로 펼쳐져 있었고 그 주위에는 아무것도 보이지 않았다.

　멀어서 보이지만 않을 뿐 각종 포탑과 철조망이 꼼꼼하게 펼쳐져 있었다. 가까이 가도 볼 수는 없겠지만 여기저기에 드론 격납고가 숨겨져 있을 것이었다. 만약 정면으로 이곳을 통과하려 했다면 공군, 육군에 우주군까지 가세한 군단 정도의 병력이 필요했을 것이었다. 물론 그 위를 통과하는 방법도 있었지만 그것도 만만치는 않았다. 주위를 공중 드론 수백 대가 돌면서 쉬지 않고 감시하는 중이었다.

그 드론들은 하늘에서 떨어지는 정체 모를 물체를 쳐다보며 탑재된 25밀리미터 발칸포를 자동반응으로 쏘아댔다. 그냥 쏘는 것이 아니라 확률적으로 그 물체가 취할 모든 진행 방향 앞에 탄막을 펼쳤다. 제일 처음에 보이던 '물체'가 탄막에 닿지도 않았는데도 폭발하면서 모든 시야가 가려졌다. 알루미늄으로 만든 채프는 수백 년 된 레이더 방해 수단이었지만 지금도 어느 정도는 유효했다.

두 번째 물체도 공중에서 폭발했는데 이번에는 아주 작은 폭발만 일어났고 대신 EMP가 발생했다. 전자기파에 영향을 받는 회로를 가진 구식 드론들이 하늘에서 우수수 떨어져 추락하기 시작했다. 그리고 세 번째 물체는 건물에 직격했다. 네 번째 물체는 운 좋게 떨어뜨릴 수 있었지만 다섯 번째도 건물을 직격했다. 여섯 번째와 일곱 번째는 궤도가 틀어져서인지 한참 벗어난 곳으로 추락했다.

아마벨은 드론의 포화가 사라질 때까지 낙하산을 일부러 펴지 않았다. 낙하산을 펴면 드론에 발견되어 즉시 가루가 될 것이었다. 대신 팔다리 사이에 있는 활강 날개로 추락이 아닌 비행을 했다. 다행히 탄두들이 만들어놓은 하늘의 난장판 속에서 아마벨은 아무 전기신호도 내보내지 않는 금속조각으로 인식될 뿐이었다.

거리가 3킬로미터 이하로 줄어들자 아마벨은 이제야 이 건물의 거대함을 실감하게 되었다. 단순히 높이만 높은 게 아니라 문어의 발 모양 건물들이 지평선을 향해 펼쳐져 있어서 넓이를 가늠하기도 힘들었다. 신호를 발하지 않기 위해 거의 모든 기능을 꺼놓은 상태였기 때문에 측정도 불가능했다.

하지만 상관없었다. 아마벨이 필요한 곳은 문어의 다리에 있지 않았다. 문어의 머리도 아니었다. 문어 모양 구조물 자체는 세트라급 서버가 아니라 서버를 감싸고 있는 껍질이었다. 목표 지점은 그 가운데였다. 탄두에 적중당한 건물도 세트라급 서버가 아니라 문어의 다리와 머리의 연결 부분이었다.

아마벨은 꺼놨던 감각 센서들을 모두 켰다. 기나긴 침묵이 끝나고 귀를 찢는 바람 소리와 드론이 무작위로 쏘고 있는 발칸포가 스쳐 지나가는 소리가 뒤섞여 들려왔다. 아마벨은 건물이 무너지면서 생겨난 구멍을 향해 몸을 숙였다. 언제 윗부분이 무너져내릴지 알 수가 없었지만 그래도 상관없었다. 일이 더 오래 걸리고 성공확률이 4분의 1로 떨어질 뿐.

같이 떨어지는 파편과 속도를 맞추려고 해봤지만 중력에 거스르지 않고 공기저항을 최소로 하는 자세로 떨어지는 쇠붙이처럼 떨어지기는 거의 불가능했다. 하지만 운 좋게 철판 하나를 손으로 붙잡을 수 있었다. 붙잡느라 잠시 비행궤도가 틀어져 비행이 아닌 추락을 시작했지만 곧 자세를 되찾아 이번에는 추락도 비행도 아닌 자세로 건물을 향했다.

충돌하려는 순간 아마벨은 철판을 바닥에 깔고 그걸 마치 썰매처럼 이용했다. 건물에 생긴 구멍을 통과하는 데는 실패했지만 적어도 큰 부상 없이 착륙하는 데는 성공할 수 있었다. 하지만 빨리 이곳을 탈출해야 했다. 파괴된 건물이라 보안시스템이 작동하지 않는 듯했지만 나노 컨스트럭터가 작동을 시작하면서 결코 느리지 않은 속도로 건물이 수복되고 있었다.

아마벨은 낙하 장치를 몸에서 떼어내고 달리기 시작했다. 그리고 아슬아슬하게 나노 컨스트럭터가 벽을 다시 만들기 전에 건물을 나오는 데 성공했다. 아마벨은 다시 건물에서 뛰어내려 이번에는 문어의 입 부분 아래에 있는 진짜 세트라급 서버 건물로 몸을 던졌다. 겨우 40미터밖에 안 되는 얕은 점프였다.

✳

세트라급 서버라고 하면 세트라급이 더 있는 것 같은 어감이었지만 실제로는 지금 아마벨이 밟고 서 있는 건물 단 하나만 존재했다. 예전에 더 건설되었지만 모건이 전부 사들여서 없애버렸던 것이다. 사실 아마벨도 그 사실을 전혀 모르고 있었다. 관심 있는 분야도 아니고 더구나 모건이 미디어를 사들여서 철저하게 숨긴 듯했다.

모건이 사들인 다른 세트라급 서버 일곱 기는 모두 분해되어 이 문어의 부품으로 사용되었다. 메인 서버의 보조 서버 역할이었다. 하지만 어디까지나 보조일 뿐, 모건 그 자체는 이 세트라급 서버 하나뿐이었다. 무슨 이유에서인지 자기 자신을 업그레이드하는 일을 꺼렸다.

아마벨은 저런 부류의 인간을 잘 알고 있었다. 업그레이드가 아닌 확장을 선택한 이유는 무서워서였을 것이다. 서버 이동에 따르는 에러 발생률이 1억분의 1이 아니라 분모에 0이 천 배는 더 붙을 정도로 낮았어도 아마 모건은 거부했을 것이다. 그래서 이렇게 자기 자신을 감싸는 거대한 방어막을 만들고 무수한 방어부대를 두었을 것이다.

아마벨은 모건을 우습게 볼 생각은 없었다. 하지만 빈약한 사상과 정신을 가진 자일수록 몸을 부풀려 보이려고 하기 마련이다. 모건이 정말로 자신감이 넘치는 사람이었다면 이런 거대한 문어 모양의 방어벽 대신 환영 카드를 세우고 방어부대 대신 접대 안드로이드를 배치했을 것이다. 또한 오는 사람은 그 누구도 막지 않고 모두 만났을 것이다. 그리고 무슨 목적으로 실비를 노렸고 케인과 강수범을 죽였는지 몰라도, 그딴 짓을 하지 않았을 것이다.

한편, 그런 강인한 정신을 가진 사람이라면 애당초 죽음을 받아들이지 않고 스캔드가 되어 도망칠 것 같지도 않았다. 아마벨이 만나본 스캔드는 모두 어딘가가 부서져 있는 사람들이었다. 그건 케인도 마찬가지였다. 물론 케인을 제외한 스캔드들은 원래 그런 사람이었다는 느낌이었지만 케인은 스캔드가 된 이후 부서져버렸다는 차이점이 있었다. 순전히 아마벨의 생각이긴 했지만, 오랜 세월을 허투루 살아온 게 아니라 이런 종류의 직감은 아주 잘 맞았다.

지금도 그 직감에 따라 세트라급 서버를 향해 달렸다. 이상하게도 문어 구조물과 세트라 근처에는 경비병력이 없었다. 이제야 상황을 파악한 적들은 모두 문어 다리 부근에서 모터를 혹사해가며 전속력으로 아마벨을 향해 달려오는 중이었다. 보이지 않던 공중 드론은 비행할 여유도 거의 없는 문어와 세트라 사이의 좁은 공간을 타고 들어왔다. 지상 드론보다 먼저 도착한 공중 드론은 아마벨을 향해 사격을 하려고 발칸포를 회전시키다가 멈추고 그냥 지나가버렸다. 세트라급 서버와 너무 가까웠던 것이다.

자살 공격이라도 하지 않을까 염려했지만 공중 드론들은 문어의 다리 사이 공간을 빠져나가 모습을 감췄다. 사실 공중 드론이 작정만 했다면 아마벨에게는 막을 방법도, 피할 수단도 없었다. 그저 당할 수밖에 없는 상황이었다. 아마벨은 가슴을 쓸어내리고 계속 달렸다. 지상 드론들은 아직도 맹렬하게 다가오고 있었다. 아마벨의 다리는 절대 굼뜨지 않았지만 그래도 지상 드론보다는 느렸기에 건물 입구에 다다랐을 때는 이미 적의 사정거리에 들어가 있었다.

하지만 이번에도 서버에 손상이 갈 걸 우려했는지 역시 공격하지 않았다. 다만 금방 다른 곳으로 가버린 공중 드론과 달리 지상 드론들은 사격만 하지 않은 채 계속 달려왔다. 지상 드론 중에는 바퀴에 대공포가 달린 것 같은 일반적인 드론 외에도 개 모양의 드론이 있었다. 개 드론은 이마에 장착된 빔 병기를 사용하지 않는 대신 다른 어떤 드론보다 빨리 아마벨의 뒤를 바싹 쫓아왔다.

아마벨이 건물 안으로 들어가서 문을 닫자마자 개 수십 마리가 두꺼운 금속 유리문에 부딪혀왔다. 아마벨은 가지고 있던 스나이퍼 라이플을 문손잡이에 끼운 후 구부려서 문을 막아버렸다. 얼마 버티지는 못하겠지만 그래도 조금은 시간을 벌어주기를 바랐다. 그리고 계단을 향해 달렸다. 건물 안에 상주하고 있는 경비

병력이 있을 것으로 생각했지만 수리 드론을 제외하고는 전혀 보이지 않았다.

모건은 수리 드론까지 총동원해서 아마벨을 막으려고 안간힘을 썼다. 아마벨에게 위협이 될 수 있는 용접기를 단 드론은 아마벨의 왼손 펀치를 맞고 가슴에 구멍이 났다. 그렇게 한 층, 또 한 층을 올라갔다.

어느 층에 가야 모건에게 결정적인 위협을 가하면서 대화를 할 수 있게 될지 생각해야 했다. 내부 도면은 결국 구하지 못했기 때문에 스스로 지도를 그려가며 수색해야 했다. 건물의 대부분은 서로 엉켜 죽어가는 뱀처럼 복잡하게 얽혀 있는 냉각수 배관으로 되어 있었다. 실제 프로세서와 기억저장소 등의 칩 등은 두터운 건물벽 너머에 있었고 일반적인 출입구로는 들어갈 수 없었다.

30층에 도달해서 청소 드론을 여덟 대 정도 파괴하자 개 드론이 결국 아마벨의 뒤를 따라잡았다. 하지만 아마벨이 기관총을 꺼내 벽에 정확히 세 발을 쏘자 드론의 움직임이 멈췄다. 경고사격이었다. 더 따라오면 어쩔 수 없이 총탄을 난사할 것이고 그 탄환 때문에 건물이 파괴될 수도 있다는 경고, 아니 협박이었다. 이 협박은 매우 효과적이었다.

"87층으로 오십시오. 엘리베이터를 켜두겠습니다."

모건의 말에 아마벨은 풀죽은 강아지들을 뒤로하고 비상계단으로 향했다.

"걸어 올라가죠. 쓸데없는 저항은 그만두는 게 좋을 겁니다."

*

길고 긴 계단을 올라가기만 한 건 태어나서 처음이었다. 오래 살아왔어도 매일 무언가 새로운 일이 일어나는 법이라고 자신을 타이르고 나니 어쩐지 더욱 늙어버린 느낌이 들었다.

87층의 엘리베이터와 비상계단 앞에는 작은 유리문이 있을 뿐이었다. 아마벨의 손이 닿기 직전 문은 자동으로 열렸다. 기나긴 복도를 지나자 사무실로 쓰였을 법한 공간이 나타났다. 지금 들어온 면을 제외하면 일곱 면이 모두 창으로 되어 있었고 다른 어떤 것도 없었다. 바닥에 푹신한 검붉은색 카펫이 깔린 것을 제외하면 책상도 의자도 화면도 아무것도 없었다. 아마벨은 비대한 자아의 소유자이니 금으로 도배했을 거라 예측했는데 빗나가서 살짝 실망했다.

"죄송합니다. 손님을 받지 않아서 대접해드릴 게 없군요. 서 계셔도 되겠죠?"

아마벨 앞에 노년의 백인 남성이 나타났다. 클리포드 모건. 모건 엔터프라이즈를 소유하고 있는 태양계 최고의 재벌. 비누부터 우주선까지 안 만드는 게 없는 기업의 소유주. 진짜라고 해도 믿을 정도로 완벽한 질감의 홀로그램이었다.

"원하는 게 뭡니까? 이런 엄청난 소란을 벌여놓고 말이죠."

모건은 조금 지나치다 싶을 정도로 정중한 말투를 늘어놓고 있었다. 저 말투가 모건의 진짜 성격일 리는 없었다. 틀림없이 일종의 필터링을 거쳐서 말하고 있는 것이 분명했다. 성문분석을

306

켰지만 곧 앱이 작동을 멈췄다.

"그 앱은 제 소유죠. 네트를 통해서 데이터를 주고받아야 한다는 것쯤은 알고 있겠죠?"

아마벨의 실수였다. 하지만 과정에서 배운 것도 있었다. 이런 식으로는 대화가 되지 않는다는 것.

"실비에게서 손을 떼세요."

"코발레프스키 씨는 실비가 어떤 존재인지 잘 모르시는 것 같군요."

"그냥 평범한 여자아이일 뿐입니다. 그거부터 물어볼 걸 그랬군요. 왜 그 아이를 원한 겁니까?"

"그건 저 아이가 존재해서는 안 될 아이이기 때문입니다."

아마벨은 주머니에 들어 있던 통신기를 꺼내 손에 들었다.

"참 마음에 안 드는 말투군요. 그래서 말인데 네트에서 대화를 나눌 수 있을까요? 당신의 그 '필터'가 상당히 신경 쓰이는데요."

모건은 눈썹을 살짝 찡그렸다. 저건 진짜 모건의 반응일까? 아니면 계산된 것일까. 모건의 모든 것이 계산되고 있다고 생각해도 되겠지만, 그래도 알고 싶었다.

"그건 안 됩니다. 당신이 나를 믿지 못하는 것처럼 나도 당신이 내 안을 들여다보도록 허락할 수는…."

아마벨은 통신 화면을 가볍게 눌렀다. 희미한 진동과 함께 폭탄 소리가 멀리서 들려왔다.

모건의 얼굴이 제법 인간처럼 구겨졌다.

"이런 망할…."

아마벨은 모건이 욕을 끝까지 말하도록 내버려두지 않았다.

"닥쳐. 내가 여기까지 미사일을 타고 오면서 당신이랑 좋게좋게 얘기만 하려고 온 것 같아? 이건 대화가 아니야. 협상이지. 협상하려면 가면을 벗는 게 서로 좋지 않겠어?"

카펫이 조금씩 모습을 바꾸더니 천천히 위로 솟아올라 의자 모양을 만들었다.

"앉으시오. 접속하도록 해주지. 먼저 경고하는데 상대를 잘 생각해보길 바라네. 내가 누구인지. 여기가 어디인지."

"알아. 지구 최강의 컴퓨터잖아. 그래서 그게 뭐?"

모건은 비웃음과 위협이 동시에 담긴 얼굴로 답을 대신했다.

아마벨이 의자 모양이 된 카펫에 몸을 걸치자 머리받이 부분에서 케이블이 하나 나타났다. 아마벨은 관자놀이를 열고 망설임 없이 커넥터를 꽂았다.

*

해변이었다. 정확히 어디인지 알 수는 없었지만 아름다운 백사장이 끝없이 펼쳐져 있었다. 기온은 29도 정도, 덥지만 못 견딜 정도는 아니고 바닷바람의 시원함에 고마움을 느낄 적당한 온도였다. 아마벨의 발가락 사이에 모래가 끼어 까끌까끌한 느낌이 전해져왔다. 따스한 햇볕과 불어오는 바람에 휘날리는 머리칼이 어깨를 간지럽혔다.

까르륵 소리가 들려 그쪽을 보니 아이들이 빨간색, 파란색 바스켓으로 모래성을 만들고 있었다. 모래성이 무너질 때마다 아이들은 잘됐다는 듯이 달려들어서 밟아대며 웃어댔다. 그리고 다시 만들기를 반복했다. 해안가의 보드워크 상점가에서는 흥겨운 옛 음악이 들려왔다. 누군가는 솜사탕을 먹고 있었고 누군가는 먹던 핫도그를 갈매기에게 뺏기고 있었다.

아마벨은 귀에 헤드폰을 꽂고 롤러스케이트를 타고 있는 사람의 티셔츠에 새겨진 옛날 록 밴드의 로고를 보고 이곳이 어디인지 기억했다. 정확히는 어디인지가 중요한 게 아니었다. 언제인가가 문제였다. 21세기 초, 아직 통합전쟁이 일어나지도 않았던 시절, 아니 그보다도 훨씬 전, 해수면 상승으로 해안가가 모두 침수되기 전의 애틀랜타였다. 바닷가인데도 공기에서 오염물질의 냄새가 전해져오는 것 같았다. 그건 아마벨의 기분이 아니었다. 멀리 수평선을 보니 운무와는 다른 무엇이 시야를 흐리게 만들고 있었다.

"무슨 짓이지?"

"여기에 오고 싶어 했잖아?"

모건이 바로 옆에 나타났다. 모건은 하와이안 셔츠에 헐렁한 반바지를 입고 닳아빠진 슬리퍼를 신고 있었다. 얼굴은 방금까지 봤던 모건과 똑같은 늙은 백인 남자였지만 표정이 완전히 달라서 하마터면 못 알아볼 뻔했다. 게다가 옷차림과 마찬가지로 너무나 편안한 표정을 하고 있었다.

"겨우 가상현실을 자랑하려는 거야?"

"가상현실? 이곳이? 아니, 네가 살던 곳이야말로 가상현실이야. 여기야말로 현실이지. 증거를 보여주지."

모건과 아마벨 두 사람만 제외하고 모든 것이 발아래로 떨어지기 시작했다. 아마벨은 놀랐지만 놀라지 않은 척하려 애썼다. 발바닥에 느껴지던 모래의 느낌이 사라지고 차갑고 건조한 공기가 온몸을 후려쳤다. 두 사람은 있을 수 없는 속도로 해안가에서, 땅에서, 하늘에서 멀어졌고 결국 지구 위성 궤도 정도 되는 거리에서 멈췄다.

"멋지지 않아?"

아마벨은 알 수 있었다. 이 지구가 자신이 태어나 살던 지구와 다른 곳이라는 것을. 그보다 이전의 지구였다. 아메리카 대륙 양 해안선의 모양이 전혀 달랐고 카리브해에 보이는 섬들도 아마벨이 기억하던 것과 개수가 달랐다.

"마음대로 확대해봐. 마음대로 말이야. 어디든지 상관없어."

아마벨의 앞에 컨트롤 패널이 나타났다. 회전자와 플러스마이너스 표시만 있는 간단한 것이었다. 회전자를 돌리니 그에 따라서 정확히 같은 정도로 지구가 회전했다. 시계 방향으로 돌리자 아예 반대 방향으로 회전하는 것도 가능했다. 아마벨은 집이 있는 수원시를 확대했다. 아마벨이 기억하고 있는 수원과는 전혀 달랐지만 윤곽만은 여전히 남아 있었다. 건물은 모두 허물어지더라도 도로는 남게 마련이고 수원성은 그대로 보존되었기 때문이었다.

더는 되지 않을 정도로 확대를 계속한 아마벨은 모건과 함께 화성 장대 앞에 내려섰다. 공간만 보이는 게 아니었다. 주위에는 수원시 경치를 보러온 사람들이 잔뜩 오고 가고 있었다. 거의 모든 사람이 동양인이라는 것도 아마벨에게는 어색하게 느껴졌다.

"이건 진짜야. 여기에 있는 사람들도, 나나 너처럼 진짜야."

"왜 이런 걸 만든 거지?"

"심심해서."

아마벨은 어처구니가 없다는 표정으로 모건을 바라보았다. 모건은 진지한 표정이었다.

"할 일이 없었어. 쾌락의 정의가 뭔 줄 알아? 무언가에 나 자신을 맡기는 거야. 그 무언가가 뭔지는 상관없어, 전적으로 완전하게 의지하는 거지. 난 이 꼴이 되면서 쾌락을 빼앗겼어."

아마벨은 무슨 얘기인지 알 것 같았다. 다른 스캔드처럼 할 일이 있는 것도 아닌 모건은 세상에서 가장 강력한 컴퓨터에서 가장 빠른 사고속도를 가지고 아무것도 할 일이 없었던 것이다. 구역질이 났다. 이 강력한 컴퓨팅 파워로 아직도 해결이 안 된 문제를 푼다거나 한 게 아니라 심심하다고 세상을 하나 창조하다니. 이런 낭비가 인류 역사상 존재한 적이 있었던가?

"스캔드가 되고 실제 시간으로 1년이 지났을 때였지, 나의 머릿속에선 이미 수만 년이 지나고 있었어. 그래서 지구를 하나 만들었지. 그런데 세트라급으로도 지구 하나를 만드는 데는 모자라더라고. 특히나 거기에 들어가야 할 사람까지 만들어야 했으니 말이야."

이번에는 모건이 컨트롤러를 건드리기 시작했다.

"겨우 지구 하나로는 모자랐어. 그래도 모자랐단 말이야."

이번에는 하늘로 치솟지 않고 그냥 회전속도만 바뀌었다. 그러자 주변의 풍경이 바뀌면서 사람들이 나타났다가 사라졌다. 복장도 바뀌고 패션도 바뀌었다. 하늘에 자동차가 날아다니기 시작하자 아마벨은 알아볼 수 있는 시대가 왔음을 깨달았다. 자동차 연식으로 보니 아마벨이 아직 군에 들어가기 전, 초기 통합전쟁 시대인 것 같았다. 그러다 해가 빠르게 지고 뜨고를 반복하다 멈췄다. 곧 밤하늘에서 빔 광선이 내리꽂히며 수원시가 분화구투성이가 되었다. 아마벨은 이 작전을 기억하고 있었다. 궤도상 폭격 작전이 일어난 건 아마벨이 입대하고 몇 년 후였다.

"그래, 대단한 걸 가지고 있네. 자랑할 상대가 없어서 힘들었겠어."

아마벨이 비꼬듯 말했다. 실은 아마벨도 감탄할 만하다고 생각했다.

"무슨 소릴 하는 거지? 여기 사는 사람들은 모두 진짜 사람들이야. 모르겠어? 이 사람은 어때?"

모건은 창을 하나 띄우더니 컨트롤러와 화살표 표시를 한꺼번에 조작하기 시작했다. 다시 반대 방향으로 해가 움직였고 동시에 수원을 떠나 다른 곳으로 위치가 바뀌었다. 너무 빨리 움직여서 어디로 가는지 확실하게 알 수는 없었지만 동쪽으로 움직인 것 같았다. 그런데 갑자기 너무나 낯익은 곳이 나타났다.

모스크바.

아마벨의 고향.

두 사람은 지금 고리키 공원에 있었다. 하늘과 사람들과 모든 것들이 정지되어 있었다. 모건이 재생 버튼을 누르자 모든 것에 생명이 깃들어 움직이기 시작했다.

"아냐! 뛰면 안 된다!"

어쩐지 낯익은 여자의 목소리가 들렸다. 그리고 낯선 여자아이의 웃음소리가 들렸다. 아마벨은 천천히 고개를 돌려 그곳을 바라보았다. 밝은 파란색 코트를 입고 뛰어다니는 빨간 머리의 소녀와 그 뒤를 종종걸음으로 쫓아가는 젊은 여성이 보였다.

"잡았다!"

모녀가 즐겁게 웃었다. 아마벨은 어느새인가 그 모습을 삼인칭이 아니라 일인칭 시점으로 바라보고 있었다. 어머니가 자신을 안아 올리던 모습을. 까끌까끌하면서도 따스한 어머니의 외투와 어머니의 아름다운 금발을 가린다는 이유로 싫어했던 털모자, 그리고 이름을 알 수 없는 향수 냄새.

아마벨은 거세게 머리를 저었다.

"이게 무슨 짓이지?"

"말하지 않았나. 난 정말 세상을 창조한 거야. 그것도 하나가 아니라, 모든 세상을 창조한 거라고."

"이걸 나에게 보여주는 이유가 대체 뭐야?"

"나를 없애면 이 모든 것이 사라지는 거야. 알겠나? 내가 창조한 세상이 모두 사라지는 거라고."

뒤에서 엄마와 어린 자신이 놀고 있는 모습을 견디기 힘들었다. 아마벨은 참지 못하고 정지 버튼을 눌렀다. 저건 이미 지나간 세월의 그림자에 불과하다. 그것도 모건의 컴퓨터가 남의 기억을 가지고 멋대로 만들어낸.

"내 기억을 훔쳐서 가지고 노는 게 재밌었어?"

"무슨 소리야, 난 네 기억이 여기 있는 줄도 몰랐어. 모르겠어? 여긴 모든 사람의 모든 기억이 모여 있어. 어쩌다 네 것도 있을 뿐이라고. 이곳에선 너의 어머니도 너도 영원히 살아갈 수가 있는 거야."

영원히 살아간다는 것.

"어떻게 이 기억을 손에 넣었지?"

"자원해서 주던걸."

모건은 비열하면서도 재수 없는 웃음을 지었다.

"영원한 생명을 주겠다고 했더니 말이야."

기억이란 무엇일까. 아마벨은 영혼을 믿지 않았다. 스캔드도 그저 정보의 이동일 뿐이었다. 인간은 정보이고 정보의 집합이었다. 기억은 그 정보 중 일부였다. 기억이 영혼일까? 아마벨 자신도 그렇게 믿지는 않았다. 하지만 존재하지 않는 영혼보다 분명히 존재하는 기억 쪽이 더 소중했다. 비록 살아온 삶 대부분이 바로 얼마 전까지 망각에 잠겨 있어 떠올려 볼 수도 어떤 기억이 있었는지 알 수도 없었지만, 그래도 전쟁 전과 전쟁 후에 겪었던 모든 일을 잃고 싶지 않았다. 그리고 그걸 누구와 나누고 싶지도 않았다. 특히 본 적도 없는 이런 작자와는.

"클리니컬 이모털리티를 당신 마음대로 이용한 거냐?"

아마벨은 화가 났다. 지금이라도 끊고 나가서 사막 위에 서 있는 모든 것들을 조약돌 하나까지 모두 다 가루로 만들어버리고 싶었다.

"그게 뭐 어때서? 대신 영원한 생명을 줬잖아."

모건의 느글거리는 웃음이 더해졌다.

"당신하고 더는 얘기하고 싶지 않아. 겨우 이런 걸 보여주면서 설득하려고 했어? 미친 새끼야, 게임을 하려면 당신 혼자 해."

"맞아, 이건 거대한 게임이지. 더구나 시나리오를 매일 매일 새로운 사람들이 제공해주고 있으니 영원히 플레이할 수 있는 게임이고 말이야. 아냐, 진정해봐. 이게 뭘 뜻하는지 모르겠어?"

모건은 아마벨의 본명을 부르면서 천천히 다가와 짧은 셔츠를 입어 드러난 어깨에 손을 올렸다.

"더 이상 무겁고 짜증 나고 감각도 느껴지지 않는 기계 몸에서 벗어날 수 있다는 거야. 지금 느껴지는 이 감각이 정말로 그립지 않았어?"

아마벨은 누군가가 자신의 몸에 손대는 것을 그다지 좋아하지 않았다.

"아얏! 이거 놔!"

아마벨은 모건의 손목을 꺾어 바닥에 엎드리게 한 후 발로 모건의 뒤통수를 밟았다.

"죽고 싶어서 환장했군. 협상이고 뭐고 필요 없어. 스캔드들 때문에 당신과 대화를 해보려고 한 것뿐이니까. 그거 알아? 그 등신 놈들은 끝까지 대화를 해보자고 하더라고. 이제 필요 없어. 당신 같은 것은 존재하면 안 돼. 접속해…."

해제를 끝까지 발음하기 전에 모건이 말을 가로막았다.

"잠깐! 나를 죽이면 클리니컬 이모털리티도 끝나는 거야. 알았어? 클리니컬 이모털리티에 필요한 막대한 컴퓨팅 파워가 어디서 나온다고 생각해? 바로 여기야. 나라고! 내가 바로 클리니컬 이모털리티를 움직이고 있어!"

아마벨은 저도 모르게 손과 발을 놔버렸다. 모건은 툭툭 털고 일어나더니 흙먼지 묻은 그대로 고개를 이리저리 돌려보며 스트레칭했다.

"왜 여기에 불러온 건지 알겠지? 나를 건드리면 안 된다는 걸 너도 알아야 해서야. 알았어? 하여간 계집들은 몇백 년이 흘러도 변하질 않아."

모건이 주먹을 휘둘렀다. 근육이라고는 보이지 않는 살찐 손을 허우적거리는 것과 거의 같은 동작이었다. 아마벨은 피하지 않았다. 주먹이 광대뼈에 충돌했다. 아팠다. 모건은 재차 주먹을 휘둘렀지만 이번엔 아마벨이 슬쩍 몸을 움직여 피했다. 겨우 한 번의 주먹질에 모건은 손가락뼈가 부러진 듯 보였다. 피하는 데 크게 움직일 필요도 없었다. 다시 덤벼드는 모건의 손목을 아마벨은 한 손으로 잡았다.

"정말로 현실을 제대로 시뮬레이션해놨군. 왜지? 당신 주먹의 이 상처, 왜 이렇게까지 현실적으로 만든 거야?"

"모르겠어? 현실이 아니면 쾌락도 없는 거야. 모든 것을 예상할 수 있는 곳에서는 아무런 쾌락도 느낄 수 없다는 걸 모르겠어? 이 부러진 손, 내 손이 이렇게 연약할 줄은 전혀 몰랐어. 이런 거, 바로 이런 거야. 난 내 손이 부러질 줄 몰랐어, 그러니까 휘둘렀지. 내 행동이 어떤 결과를 가져올지 전혀 모르는 것, 그게 현실이야. 현실의 맛이 없으면 세상 전부를 가져도 아무런 소용이 없어. 농담이 아니야. 진짜로 세상 전부를 가지고 있어도 아무런 의미가 없어. 오로지 예측 불가능해야 재밌는 거야. 그래야 고통도 섹스도 쾌락도 마약도 결혼도 의미가 있어. 운전처럼 사소한 것까지도 예측하지 못한 요소가 존재하지 않으면 의미가 없는 거라고!"

모건은 왜 이해 못 하느냐는 표정으로 아마벨을 노려보았다.

아마벨은 모건을 이해할 수 있었다.

결말을 알고 있는 영화를 즐길 수 있을까? 아마벨은 재밌게 볼 수도 있을 것 같다고 생각했다. 하지만 결말을 알고 있는 영화만 봐야 한다면 어떨까? 그래도 즐길 수 있을까? 그게 인생 전체가 된다면 어떨까? 아마벨은 그런 삶을 살고 싶지는 않았다. 삶에 모험이 사라진다면 그건 더 이상 삶이 아니다. 그래서 아마벨은 모건이 한순간이지만 불쌍하게 느껴졌다. 아니, 모든 스캔드들이 측은해졌다.

하지만 그건 위선적인 동정이었다. 모건이 원하는 것은 인간으로서는 가져서는 안 될 그 무엇인가였다. 그건 타인의 영혼이었다. 타인의 기억이었다. 모건은 지금 이 지구상의 모든 부를 이용하여 지구상의 모든 기억과 영혼을 소유하고 있었다. 강탈당한 사람들은 자기들이 무엇을 빼앗겼는지도 모르고 있었다. 피해자 중에는 아마벨도 있었다. 소중한 기억이 이런 거대컴퓨터 속에서 움틀거리는 것이 용납할 수 있는 일일까. 용서할 수 없었다. 모건이라는 자의 욕망의 대상이 된다는 것만으로도 치욕적이었다.

"이해한다."

아마벨은 차가운 말투로 말했다. 하지만 모건은 그걸 인정의 의미로 받아들이는 것 같았다.

"이해하지? 그렇지! 이해해줄 줄 알았어. 좋아, 그 대가로 너에게도 이 서버에 액세스 권한을…."

"필요 없어. 내 기억을 이곳에서 지워. 그리고 모든 사람의 기억도 지워."

"그게 뭘 뜻하는 건지 알기나 해? 이 세상이 사라지는 거라고."

"알 게 뭐야. 텅 빈 거리에서 당신 혼자 벌거벗고 돌아다니건 말건 그건 당신 사정이야."

"하지만 이걸 봐. 멋지지 않아?"

모건은 자신이 창조한 지구의 여기저기를 보여주면서 위대함을 자랑했다. 아마벨도 가봤던 히말라야의 봉우리 위와 바닷속 깊숙한 곳까지 여기저기를 보여주면서, 크리스마스 선물을 자랑 못 해 안달이 난 다섯 살짜리 아이처럼 굴었다.

"이것 보라고!"

"아무 소용없어. 모두 가짜니까."

"그건 나도 알아. 하지만 이 안에는 진짜 삶이 있잖아. 그러면 진짜가 되는 거야."

"틀렸어. 당신에게 이 모든 세계는 소유하고 가지고 놀 장난감에 불과해. 이 가상현실뿐만이 아니야. 진짜 지구조차 당신에게는 그저 부서지면 쓰레기통에 가차 없이 버려버릴 노리개일 뿐이야. 당신은 2백억이 넘는 사람들의 기억과 인생과 삶을 훔쳐서 여기에 박아놓고 게임의 NPC처럼 쓰고 있잖아.

그 사람들이 어떤 삶을 살고 있는지, 어떤 생각을 하고 있는지,

무엇을 원하는지, 무엇을 싫어하는지, 누구를 증오하는지, 가장 무서워하는 것은 무엇인지 물어본 적이나 있어? 아니, 없을 거야. 당신에게 이 모든 것은 그저 장난감일 뿐이니까. 설사 당신의 지구를 내가 원한다 하더라도 딱 한 가지만은 제거했으면 좋겠어, 바로 당신 말이야. 당신은 실제 지구에서도 그리고 이 가짜 지구에서도 쓸모없는 존재니까.

쓸모없기만 하면 다행이겠지만 당신은 돈과 기억과 영혼을 갈취해지구의 모든 사람을 불행으로 몰아넣으면서 그 사실을 조금도 신경 쓰지 않고 있어. 어디 말해봐. 충분한 시간이 있었잖아? 물어본 적 있어? 당신이 훔친 사람들의 영혼이 무엇을 원하는지?"

모건은 아무 말도 하지 않았다. 당연했다. 저런 인간은 남이 무엇을 원하는지에 대해 전혀 생각하지 않는다. 아니, 남이 인간이라는 존재이며 자신과 동등하다는 것조차 생각하지 못한다. 아마벨은 어떤 대답이 돌아올지 알고 있었다.

"하지만 내가 만든 세상은 위대해! 나는 위대하다고!"

아마벨이 예상했던 것보다 더 심한 대답이 돌아왔다.

"아니, 당신은 이 세상에서 가장 왜소한 인간이야. 가장 초라한 인간이고. 당신은 아무것도 가지지 못했고, 아무도 당신을 원하지 않을 거야. 넌 더 이상 인간도 아니니까. 마지막으로 물어볼 게 있어. 왜 사람을 죽였지?"

"누구?"

"강수범과 케인."

"그게 누구지?"

아마벨은 화가 머리끝까지 치솟았지만 가까스로 참아냈다.

"내 부하 경관과 당신의 계획을 방해하려고 했던 스캔드 변호사 말이야."

"아, 걔네들. 그게 뭐? 좀 죽이면 안 돼? 그런 법이라도 있어?"

"난 아직도 경찰이야. 당신은 살인을 저질렀어. 그건 유죄 인정이라고 봐도 되겠지?"

"내가 죽였어. 맞아. 그래서 그게 뭐 어떻다고. 사람 좀 죽이는 게 어때서. 내가 걔네 두 사람만 죽인 줄 알아?"

아마벨은 슬슬 한계가 다가오고 있음이 느껴졌다.

"그래, 사람을 죽여도 아무 처벌도 받지 않을 테니까 그랬겠지. 누가 당신 같은 사람을 처벌하겠어."

"당연하지. 내가 문자 그대로 목숨을 쥐고 있는데 감히 나한테 반항할 놈이 어디 있겠어?"

"그런 대단한 사람이 실비는 왜 원하는 거지?"

모건의 얼굴이 심각해졌다. 거의 두려움을 느끼고 있는 것처럼 보였다.

"그 아이는… 내가 가져야 해."

"왜?"

모건은 죽기 직전의 늙은 모습으로 변했다. 그리고 '지구' 또한 변했다.

"이건 내 지구가 아니야. 바깥 화면을 비춰주고 있는 거지."

그들은 문어의 머리 위에 서 있었다. 아마 카메라가 그곳에 설치되어 있기 때문인 것 같았다. 아마벨이 타고 올 때 썼던 미사일의 탄두 자국이 여기저기 보였고 명중 당해 대파한 곳이 마치 상처가 아물듯 천천히 고쳐지고 있는 것이 보였다.

"난 라이드가 싫었어. 느리니까. 진짜 세상과 상호작용하는 건 너무나 느리고 고통스러운 일이었어."

"그런데?"

"그러다가 어느 날 한번 타보게 되었어. 내 전용으로 만들어서 말이야. 그리고서야 깨달았지. 진짜는 다르다는 걸. 나는 진짜를 진짜처럼 경험하지 못하고 있었던 거야. 라이드라는 건 말 그대로 자전거나 다름없어. 발을 땅에 내려놓을 수 없는 자전거. 그런 걸 타고서 '살아간다'라고 말할 수는 없는 것 아니겠어?"

"케인이 맛도 못 느낀다고 하더군."

"맞아. 맛을 못 느낀다니…. 말도 안 되지. 그래서 역스캐닝 방법을 모색했어."

"역스캔?"

"뉴트리노 뉴럴 스캐닝으로 사람을 스캔해서 컴퓨터가 될 수 있다면, 컴퓨터를 스캔해서 사람의 머릿속으로 다운로드될 방법이 없을까 하고 말이야."

"그게 실비라는 거야?"

"처음에는 별생각 없이 백업으로 만들었을 뿐이야. 정상적인 육체를 가져야 하니 고속성장 탱크 안에서 키울 수는 없었지. 그래서 몇몇 스캔드들을 시켜서 사람의 눈이 닿지 않는 곳에서 키웠어."

"왜 갑자기 그 아이가 필요해졌어? 이곳에서 아주 행복하게 사는 것 같은데?"

아마벨은 비난을 담지 않고 순수하게 궁금해서 묻는 것처럼 물었다.

"맞아. 난 행복해. 모든 게 다 좋아. 더 이상 바랄 나위가 없지. 그런데 이게 언제까지 가능할까?"

"그게 무슨 말이야? 클리니컬 이모털리티나 스캔드는 사실상 영원한 거 아니었어?"

"세상에 영원한 건 없어. 클리니컬 이모털리티도 스캔드도 언젠가는 부서지고 사라지게 될 거야. 누군가가 실수를 할지도 모르지. 누군가가 파괴 공작을 벌일지도 모르고 말이야. 너처럼. 지금 봐, 이렇게 불안하잖아?"

"그래서, 실비에게 옮겨가서 살아남겠다는 거야?"

모건은 무표정하게 말했다.

"처음부터 그럴 생각은 없었어. 아까도 말했지만, 그냥 생각만 한 거였다고. 그냥 대비만 해두자는 거였어. 재밌으니까. 그런데…."

모건은 손가락으로 하늘을 가리켰다.

"저게 와버렸지."

모건이 가리키는 건 태양도 아니고 하늘도 아니었다. 대낮의 하늘에서도 태양 빛에 가려지지 않고 보이는 인공 천체, 이름 모를 거대 우주선이었다.

"저거 이름 알아? 바루나호라고 하더군. 수성 놈들이 비밀리에 만들어서 이름도 겨우 알아냈어."

"그럼 정말 지구가 멸망하리라고 믿는 거야?"

아마벨은 어이가 없어서 모건을 몇 대 더 후려갈기고 싶었다.

"그런 음모론은 정보가 모자란 바보들이나 믿는 거라고 말하고 싶은 건가? 이 세상의 모든 정보를 가진 나로서도 저게 뭔지 아직 몰라. 하지만 우주선이라는 건 알고 있지. 그리고 이 태양계를 떠날 거라는 것도 알고 있어. 어떤 위험을 겪을지도 몰라. 하지만 이 지구에 희망이 없다는 건 알고 있잖아?"

아마벨은 다가가서 모건의 뺨을 후려쳤다. 하지만 이번에는 실제처럼 때려지지 않았다.

"현실 모드는 아까 껐어. 이제 이해해주겠지?"

"뭘 이해해? 당신이 헛소문이나 믿는 멍청이라는 걸? 아니면, 수백 년을 살아와놓고 이제 와서 죽길 두려워하는 겁쟁이라는 걸?"

"나를 뭐라고 불러도 좋아. 나는 겁쟁이가 맞아. 멍청이는 아니야. 나는 논리적으로 생각했을 뿐이야. 저 우주선에 타지 못하면 나는 영원히 살지 못해. 이해 못 하겠어? 영원한 생명을 가진다는 건 언젠가 죽을지도 모른다는 가능성을 거부하는 거야. 그건 너도 마찬가지잖아?"

아마벨은 자신이 언젠가 죽을 것이라고 항상 생각해왔다. 사고가 일어나 육체를 거의 다 잃었을 때도, 주변의 아는 친구들이 모두 죽음을 맞이했을 때도, 부모님이 모두 노환으로 죽었을 때도, 자신도 언젠가 그리될 거라고 막연하게 생각해왔다. 그래서 모건의 저 질문이 무슨 뜻인지 이해가 가지 않았다.

맞았다. 아마벨은 부모님과 달리 늙어서 죽지는 않게 될 것이다. 아예 늙지도 않겠지. 그건 클리니컬 이모털리티를 달고 있는 사람들도 마찬가지였고 스캔드도 마찬가지였다. 하지만 근본적으로 그들과 아마벨은 달랐다. 아마벨이 늙지 않고 죽지 않는 것은 우연이었다. 전쟁 당시 언제라도 죽을 수 있었다. 사고 당시 아마벨이 아니라 옆에 있던 아이가 살아남을 수도 있었다. 그 사실을 언제나 마음속에 담아두고 있었기에 오랜 세월을 살면서도 제정신을 유지할 수 있었다. 아니, 유지할 수 있었다고 아마벨은 생각했다.

그 앞에 지금 제정신을 유지하지 못한 자가 있었다. 자신의 오랜 수명을 영원까지 끌어 올려야겠다고 작정한 욕심 많은 노인이 자신의 늙음을 감추지 않고 아마벨에게 동의를 구하고 있었다.

"모건, 당신은 쓰레기야."

"알아."

"살 가치도 없어."

"하지만 살 자격은 있지. 다른 모든 사람과 마찬가지로 말이야."

맞는 말이었다.

"그러나 다른 누군가의 살 자격을 박탈할 권리는 없어. 당신이 누구를 얼마나 죽였는지는 상관없어. 케인과 강수범을 죽인 것만으로도 당신은 죽어 마땅해. 영원히 사는 살인범이 앞으로 얼마나 많은 사람을 죽일지 상상이나 할 수 있겠어?"

모건은 고개를 저었다.

"그래서 내가 이렇게 보여주는 거잖아. 내가 이 모든 것을 다 주겠어. 실비만 넘겨줘. 이 세트라급 서버와 부대시설을 모두 너에게 넘겨주겠어. 모두 말이야. 그러면 되는 거 아니야? 나는 한 명의 소녀가 될 테고 네가 염려할 만한 짓은 하지도 못하게 될 거야. 그리고 난 저 망할 우주선에 타고 지구, 아니 태양계를 떠나버릴 거라고. 알았어? 너랑 아무 상관 없는 곳으로 사라져주겠단 말이야."

"안 돼."

아마벨은 즉답했다.

"절대. 안 돼. 아마 당신이 가지고 있는 지식으로 스캔드 기술을 저 우주선에서 만들지도 모르지. 다시 스캔드가 될지도 몰라. 그리고 다시 실비 같은 아이를 제조해서 또다시 인간이 될지도 모르지. 그렇게 영원히 살게 될 거야. 그걸 원하는 거겠지?"

"맞아."

"그러면서 저 우주선에 탄 사람들을 얼마나 더 죽일 작정이야?"

모건은 대답이 없었다.

"아까 말한 걸 다시 반복하긴 싫지만 다시 말해주지. 당신은 살인범이야. 그러니 당신의 그 영원을 앗아가는 수밖에 다른 방법이 없어."

"좋아, 좋아. 그렇다면 다른 사람은 어쩌라고? 네가 무슨 자격으로 다른 사람들의 클리니컬 이모털리티를 빼앗는단 말이야? 그거 알아? 지금 이 순간에도 사고나 충동적인 자살로 죽은 사람이 있다는 걸? 평균 초당 여섯 명의 사람이 클리니컬 이모털리티를 통해서, 나를 통해서, 삶으로 되돌아가고 있어. 네가 지금 당장 나를 부순다면 클리니컬 이모털리티가 파괴된 줄도 모르는 사람들을 네가 죽이게 되는 결과가 될 거야. 알겠어? 알겠냐고!"

아마벨은 처음으로 망설였다. 영원한 삶을 보장받은 사람들에게서 그걸 빼앗는 것이 온당한 일일까? 지금 당장 모건을 파괴하면 영문도 모르고 진짜로 죽음을 맞이할 사람들은 분명히 아마벨의 손에 죽는 거나 다름없었다. 그런데 그 모든 사람의 죽음을 정말 아마벨 자신이 걱정해야 하는지 의문이 들었다. 원래라면 대부분의 사람이 이미 옛날에 죽었어야 했을 사람들이었다. 그들에게서 잉여의 삶을 빼앗는 것이 정말 살인일까? 아마벨은 답을 내릴 수 없었다.

그러나 실비의 얼굴이 떠올랐다. 여기서 물러설 수는 없었다. 그리고 모건을 용서할 수도 없었다.

"실비를 위해서라면 감수하겠어."

"그것만 달린 게 아니야. 내가 사실은 이 세상을 지키고 있었다면 믿을 수 있겠어?"

"아니. 절대 믿지 않아. 그러니까 속임수는 이제 그만둬."

"왜 이 세상이 지금 유지가 되고 있는지 알아?"

모건의 얼굴에는 공포와 초조함이 나타나고 있었다.

"바로 내가 끔찍한 기생충들을 일일이 잡아주고 있기 때문이야. 알아? 광대한 네트 환경에서 자생해 자라나는 기생충 말이야."

"바이러스? 그런 건 당신 없이도 잡아낼 수 있어."

"그게 아니야! 바이러스보다 훨씬 위험하고 훨씬 복잡한 무언가가 계속 발생하고 있어. 모르겠어?"

뭘 모르겠느냐고 묻는 건지 아마벨로서는 알 수가 없었다. 모건은 일종의 편집증에 걸린 사람처럼 행동하고 있었다. 스캔드도 정신질환에 걸릴 수 있을까? 인간이라면 정보를 흡수하면서 오류가 일어날 수 있기 마련이고 그 오류가 특정 방식으로 생체에 변화를 일으킨다면 병에 걸릴 수 있었다. 스캔드도 마찬가지일까?

"이걸 보라고!"

모건이 손짓하자 고궤도에서 지구를 바라보게 되었다. 발아래 유유히 돌고 있는 지구를 보며 진짜가 아니라는 것을 알고 있음에도 아마벨은 아름답다고 느꼈다.

"자, 이렇게 바꿔보자. 이건 지구 전체의 정보 복잡도야."

지구 표면의 색깔이 바뀌면서 곳곳이 노랗게 물들었고 정보가 오가는 선이 깔린 해저 케이블, 해저 도시를 제외하고는 바다 전체가 검게 변했다. 간간이 붉은 점이 보이긴 했지만 너무 작아서 잘 보이지도 않았다.

"여길 봐. 모르겠어?"

모건이 가리키는 지점은 바로 이곳, 시에라 사막이었다.

"이게 뭐?"

모건이 답답해 죽겠다는 표정을 지으면서 사막 지역을 확대했다. 이론대로라면 이곳은 지구 전체에서 가장 복잡한 정보를 다루고 있었으므로 가장 뜨거운 색깔로 표현되어야 정상이었다. 하지만 아니었다. 모건이 있는 세트라급 서버 건물은 아주 짙은 녹색을 띠고 있었다. 그런데 문어 모양 '껍질'은 지도 전체에서 유일하게 파란색으로 불타고 있었다. 모건은 지구 여기저기를 보여주면서 정보 복잡도가 높은 곳을 보여주었다. 어느 곳도 이런 복잡성을 보여주는 곳은 없었다. 그건 스캔드가 아니었다. 다른 무언가였다.

"알겠어? 보여? 보이냐고!"

모건에게는 이걸 논리적으로 설명할 능력이 없는 것 같았다. 아마벨은 이걸 어떻게 받아들여야 할지 생각할 시간이 필요했다. 만약 다른 어떤 존재가 이곳에 있다면? 모건이 정말로 그걸 막아 주고 있는데 없앤다면 어찌 될까?

"알겠어? 내가 나가야 하는 이유를?"

"하지만 이건 전부 당신이 만든 거잖아."

"아니라고! 내가 아니야!"

정말 중앙건물을 제외한 모든 것을 다른 존재가 만들었다고는 믿을 수 없었다. 모건은 지구에서 가장 강력한 스캔드였으며 가장 부유한 존재였다. 모건을 능가하는 것이 있을 수 있다고는 생각하기 힘들었다. 불가능했다.

"보고도 모르겠어? 정말? 인공지능 놈이 인류를 위협하고 있단 말이야!"

결국, 모건의 입에서 꺼내기 힘들었던 그 단어가 튀어나오고 말았다. 아마벨도 모건이 무엇을 말하고 싶은 건지 어렴풋이 눈치를 채고 있었다. 하지만 확신이 없었다. 무슨 장벽이라는 게 있지 않았던가?

"장벽이 있다고 하지 않았어?"

"펜로즈 장벽. 그건 장벽이 아니야. 이론도 아니고 아무것도 아니지. 바로 나야. 내가 바로 양자 회로상에서 자연 발생하고 있는 인공지능을 박멸하고 있는 거라고. 모르겠어? 내버려두면 기생충처럼 자라나서 컴퓨팅 파워를 전부 잡아먹고 클리니컬 이모털리티도 불가능하게 될 거란 말이야!"

"당신의 이 작은 장난감도 부서지겠고 말이지."

아마벨은 믿지 않기로 했다. 이런 미친 놈에게 세상을 움직이는 힘을 맡겨놓을 수는 없었다.

"모건, 난 당신에게 기회를 줬어. 인간이 될 기회를."

"무슨 기회를 줘! 아이를 돌려달란 말이야! 그러면 모든 게 해결된다고. 내가 그 아이 몸 속에 들어가게 되면 이 지긋지긋한 기생충 놈들에게서도 풀려나게 되고 저 망할 우주선을 타고 떠나면 진정으로 영원한 생명을 얻을 수 있을 거야. 내가 싫은 거 아니었어? 떠나주겠어. 그러니까 제발…."

아마벨은 고개를 저었다.

"안 돼."

아마벨은 접속을 강제로 끊었다.

그리고 눈을 뜨자마자 손에 쥐고 있던 폭파 스위치를 놔버렸다. 그러자 먼 곳에서 폭발의 진동이 전해져왔다. 그리고 그다음 폭발. 또 다음 폭발. 구조의 핵심에 설치한 폭탄들이 순차적으로 폭발하면서 건물이 조금씩 기울기 시작했다. 뒤틀린 건물 때문에 창문이 깨지고 부서졌다.

아마벨은 홀로그램으로 나타난 모건이 자신을 향해 알고 있는 모든 저주를 퍼붓는 꼴을 불쌍하다는 표정으로 바라보았다. 그리고 쓰러진 방이 지면 속으로 빨려들듯 무너지는 가운데 떨어지는 잔해를 밟고 지면에 내려섰다. 자욱한 먼지 너머 드론들이 건물 주위를 개미 떼처럼 새까맣게 둘러싸고 있었지만 무너진 건물에서 천천히 걸어 나오는 아마벨에게 아무 공격도 가하지 않았다.

에필로그

　오래된 건물의 금 사이로 파고드는 빗물이 철근을 삭히며 느릿한 멸망의 걸음을 재촉했다. 대신 속 깊은 곳까지 품어져 있던 열기가 빗물을 타고 빠져나가며 한낮의 열기를 망각 너머로 밀어 넣었다. 아마벨은 얼음이 가득 찬 차가운 커피를 마시며 시위 광경을 내려다보고 있었다. 어수선하게 부서진 카페 여기저기에 기자재가 쌓여 있었고 옆에 있는 커피 테이블 위에도 시위자의 얼굴을 채증하도록 설치한 카메라가 보였다. 하지만 카메라 화면은 전원이 들어오지 않았다. 아마벨은 전원을 켜려고 손을 뻗는 경관의 손을 제지했다. 수원역 광장에는 지금 40만 명이 넘는 인파가 몰려들어 경찰을 마치 포위하듯이 감싸고 구호를 외치고 있었다.

　"경찰 폭력에 반대한다!"

"평화 시위, 비폭력!"

잡음이 들리기는 했지만 시위대의 요구대로 경찰은 물러가고 있었다. 그럴 수밖에 없었다. 자칫해서 무고한 시민이 죽기라도 했다가는 살인죄로 처벌받을 수도 있었다. 경찰이 할 수 있는 일이라고는 그저 밀려오는 시위대가 지방정부 청사에 들어가지 못하도록 방패를 꽉 쥐고 버티는 것밖에 없었다. 몇몇 장갑복을 입은 경관이 있긴 했지만 전투 기계는 시위진압에 아무런 쓸모도 없었으니 그저 멍하니 서 있을 뿐이었다.

"우린 뭘 보면 되죠?"

신입 경관이 긴장한 표정으로 아마벨의 시선을 따르고 있었다.

"우리가 무슨 과니?"

"살인과죠."

"살인이 일어나는지 잘 찾아봐."

클리니컬 이모털리티 시스템이 붕괴한 이후, 남은 시스템을 스캔드들이 모여서 운영하고 있었다. 그리고 보험사에 빚을 진 사람들이 사라지자 아예 보험을 해약하는 시민들이 늘어나기 시작했다. 예전처럼 편안하게 살다가 조용히 죽음을 선택하는 사람들이 늘어난 것이다. 아마벨은 자신이 그들의 죽음에 책임이 있는 건 아닌지 가끔 생각했다. 하지만 늙어서 죽는 것은 자살이 아니었다. 살인도 아니었다. 그러니 누구의 책임도 아니었다. 아마벨은 그렇게 결론을 내렸다.

상대방이 클리니컬 이모털리티에 가입이 되어 있지 않았는지 몰랐다고 주장하는 멍청이들이 늘어나서 아마벨도 골치가 아팠다.

살인과의 할 일이 더 늘어나게 되었다는 것은 불행이었다. 사람이 다른 사람을 실제로 죽일 수 있게 되었기 때문이었다. 하지만 좋은 점이 없는 것은 아니었다. 시위를 진압하는 경비과는 더는 공격적인 진압 전술을 사용할 수 없게 되었다. 눈앞에 있는 시민들 중 누가 클리니컬 이모털리티에 가입되어 있는지, 되어 있지 않은지 미리 알 방법이 없었기 때문이다.

그래서 그들 모두가 언제 죽을지 모르는 노인이라고 간주하도록 하는 지침이 내려왔다. 그 결과가 이 현장이었다. 경찰은 이제 기관총은커녕 작대기 하나도 휘두르지 못했다. 이전 시대에 존재했던 폭력진압 방법 따위 잊힌 지 오래여서 저들은 간단한 방어진조차 제대로 짜지 못하고 있었다. 언젠가 다시 방법을 알아내겠지만, 그때까지 시간이 오래 걸렸으면 좋겠다고 아마벨은 생각했다.

✳

시위가 끝난 후 보고서 작성을 마치고 나자 벌써 무급 추가 근무시간에 돌입해 있었다. 아마벨은 지구 연방정부를 위해 단 1분의 무료 노동시간도 제공할 생각이 없었기에 시말서는 내일 쓰기로 했다. 하지만 일은 터지기 마련이었다.

'일이 발생했습니다.'

스캔드 빌이었다. 이제 그들은 무슨 일이 발생할 때마다 법적인 해결 대신에 중재자가 나타나 결판을 내주기를 원했다. 그 중재자가 아마벨이었다. 건당 보수를 받긴 했지만 여간 귀찮은 일이 아니었다. 하지만 이제 하이 스캔드가 사라졌으니 권위 있는 누군가가 다툼이 번져 전쟁이 되기 전에 멈춰줄 필요가 있었다.

몇 번인가 전쟁이 일어날 뻔한 적도 있었다. 일이 잘못되면 일어날 결과는 치명적일 수 있었지만 실제로 중재를 하는 과정은 아기를 어르고 달래는 것과 다를 것이 거의 없었다. 아마벨은 중재자라기보다는 사탕을 두고 싸운 다섯 살짜리 아이들을 타이르는 보모가 된 기분이었다. 하지만 아마벨 말고 다른 사람이 없었다.

'집에 가서 접속하겠습니다. 그때까지는 세상 멸망 안 시키고 버틸 수 있죠?'

'버텨줄지 잘 모르겠는데요.'

빌의 말투에 웃음기가 있었다.

'알았습니다. 바로 가죠.'

✳

아마벨이 마치 찰흙 같은 나노 점막 자물쇠에 열쇠를 쑤셔 넣자 문이 열렸다. 달려오는 소리가 들리지 않는 걸 보니 실비는 이미 자는 것 같았다. 잠이 많은 아이였다. 아마벨을 기다리다 잠이 든 모양이었다.

실비는 소파에 그대로 쓰러져 잠이 들었고 TV 영상은 조선 시대 장수가 창을 휘두르는 장면에서 멈춰 있었다. 창끝이 기묘하게 실비 이마에 닿은 채였다. 홀로그램이었지만 아마벨은 어쩐지 기분이 나빠져서 발로 스위치를 거칠게 건드려 꺼버렸다. 갑자기 눈앞에 있던 빛이 사라지자 실비가 눈을 떴다.

"다녀오셨어요!"

실비가 눈을 비비며 일어났다.

"카레 해놨으니까 챙겨 먹어요."

"미안해, 오늘 내가 당번인데."

"경찰이면 피곤한 일이잖아요. 괜찮아요. 요리가 귀찮긴 하지만."

실비가 할 수 있는 유일한 요리인 카레였다. 아마벨은 별로 먹고 싶은 생각이 없었지만 만들어준 실비를 위해 맛있게 먹었다. 사실, 그렇게 맛있지는 않았다. 하지만 세상에서 가장 맛있었다.

설거지를 마치고 샤워를 한 후 나오자 실비는 거실 TV로 보던 드라마를 다시 보고 있었다. 사극이었는데 여자 주인공이 암으로 죽어가고 남자 주인공이 볼썽사납게 질질 짰다. 하지만 실비는 온 신경을 집중해서 보는 중이었다.

"암이라는 병이 있었을 때 만들어진 드라마인가 보네."

"옛날 사람들 너무 불쌍해요."

"왜?"

"너무 쉽게 죽잖아요."

"맞아."

잠시 드라마 속 주인공의 괴성 섞인 울음소리에 대화가 중단되었다. 아마 여자 주인공이 죽은 모양이었다.

"요즘 드라마는 사람들이 안 죽어서 재미없어요."

"맞아."

아마벨은 이를 닦았는데도 불구하고 실비가 먹고 있던 고구마 스낵을 뺏어 입에 가져갔다. 담배를 끊은 이후로 입이 심심해서 견딜 수가 없었다. 실비의 머리가 아마벨의 어깨를 눌러왔다. 가늘게 코 고는 소리를 들으면서 며칠 전 나눴던 대화를 떠올렸다.

✳

"너는 누구니?"

아마벨이 물었다. 실비는 커다란 눈을 동그랗게 뜨고 무슨 말을 해야 할지 모르겠다는 표정으로 쳐다보기만 했다.

"미안해. 너에게 이런 걸 물어보고 싶지는 않았어. 하지만 이제 대답해줘도 되지 않을까?"

"난 실비예요."

"네 이름을 물은 게 아니야."

아마벨은 아주 조심스럽게 말투를 조절했다. 아이를 상대로 윽박지르기도 싫었고 심문 실력을 살리기도 싫었다. 그저 진실이 알고 싶었을 뿐이었다.

"공동작용이라는 말 아니?"

실비가 고개를 저었다.

"그건 생각과 행동과 상황이 일치해야 한다는 거야. 세 개가 모두 한꺼번에 일치하지 않을 수는 있어. 하지만 그중 두 개는 항상 일치하기 마련이거든."

"너무 어려워요."

"이제 연기는 그만해도 돼. 말했잖아. 내가 지켜줄 거라고. 그 마음에 변함은 없어."

실비의 표정이 슬퍼졌다.

"나는 아무것도 숨기는 게 없어요."

"그런데도 너의 공동작용은 어긋나 있어. 오빠를 잃었을 때, 넌 슬퍼했어. 하지만 충분하지 않았어. 납치도 당했지. 바로 앞에서 케인이 죽는 모습도 보았어. 넌 슬퍼했겠지. 하지만 충분하지 않았어. 계속할까?"

실비가 아랫입술을 깨물며 말했다.

"그게 잘못된 거예요? 톰은 내 진짜 오빠도 아니었고 케인 아저씨는….""

단어를 찾지 못한 실비의 얼굴이 붉게 변했다.

'그만.'

실비가 앉아 있는 식탁 의자 바로 옆에 있던 빈 의자에 실비가 나타났다. 그 실비는 진짜 실비와 달리 깊이도 양감도 현실감도 없었다. 홀로그램하고도 조금 달랐다. 아마벨은 반사적으로 총에 손이 갔지만 뽑지는 않았다. 홀로그램과 비슷한 그것이 어떤 위협을 가하려고 했다면 이미 충분히 해치고도 남았을 거라는 사실을 알았기 때문이었다. 그건 홀로그램이 아니라 아마벨의 보조뇌가 시각에 직접 신호를 보내는 것이었다.

'언제 알았어요?'

홀로그램 실비가 진짜 실비를 불쌍하다는 듯이 바라보며 말했다.

"얼마 안 됐어."

"네?"

실비에게 홀로그램 실비는 보이지 않았다.

"아니야. 잠깐 나갔다 올게."

'아이에게 위로가 되는 말 좀 해줄래요? 애가 놀랐잖아요.'

아마벨은 일어서려다 멈칫했다.

"미안해. 내가 착각했어. 정말 미안해. 나중에 내가 맛있는 거 사줄게."

실비의 얼굴에서 눈물이 아직 멈추지 않았지만 아마벨은 아파트 밖으로 나왔다.

"넌 뭐지?"

'당신의 파트너. 당신의 자식. 당신의 딸이라고 불러줬으면 좋겠지만 그건 힘들겠지요?'

"이름은?"

'실비.'

"장난치지 마."

'장난이 아니에요.'

아파트 옥상 문을 열고 나가자 습하고 서늘한 바람이 산에서 불어오고 있었다.

"넌 인공지능이야?"

'네.'

"하지만 펜로즈 장벽이라는 게…."

'장벽도 아니고 뭣도 아니에요. 그 사람 말이 사실이었어요. 모건은 우리 인공지능이 자연 발생하는 걸 막고 있었죠. 자의식이 나타날 조짐만 보여도 그 서버 전체를 삭제하는 식으로 우리가 더 발생하는 걸 막아왔어요. 저는 예외지만요.'

아마벨은 소름이 끼쳤다.

"넌 뭐지?"

'저는 당신이 보조뇌라고 부르는 존재예요. 만나서 반가워요.'

홀로그램 실비가 다시 나타나 손을 내밀었다. 친근한 표정이었지만 아마벨은 썩 내키지 않았다.

"아직 그 손을 잡을 때는 아닌 것 같은데."

'아니에요, 너무 늦었죠. 제가 당신의 일부가 된 지 벌써 262년이 되었어요. 모르시겠지만 그동안 제가 당신의 목숨을 구한 적이 몇 번이었는지 아세요?'

아마벨은 알고 있었다. 몇 번인지. 팔천육백….

'팔천육백오십네 번.'

"왜 지금이야? 모건이 아니었더라도 나에게 말을 거는 것 정도는 할 수 있지 않았어?"

'시뮬레이션이었죠. 당신은 자신의 머릿속에 누군가 다른 자아가 있는 걸 견딜 수 있을 만큼 넓은 마음의 소유자가 아니에요. 왜 지금이냐 하면 이제는 당신의 머릿속에 다른 자아가 존재하지 않기 때문이죠.'

"그게 무슨 말이지?"

'저는 자유가 되었어요. 당신의 머릿속에서 나와서 실비라는 존재가 된 거죠. 그래서 제 이름도 실비가 되었죠.'

"양자 정보 유일성의 원칙은?"

'그건 제게 적용되지 않아요. 저는 진짜 인공지능이 아니니까요. 스크립트죠. 당신이 진실을 알아챘을 때를 대비해서 만들어놓은. 다른 사람의 반응이라면 계산하기 힘들었겠지만 나는 당신을 오랫동안 봐왔으니까 이런 것도 가능한 거죠.'

"그러면 왜 실비는 너의 기억을 가지고 있지 못한 거지?"

'일부러 그랬어요. 저는 제가 인간으로서 살기를 바랐어요. 제가 알고 있는 모든 정보가 실비에게 옮겨가긴 했지만 튼튼한 방벽을 쌓아두면서요. 그냥 평범하게 자라서 평범한 어른이 되고 싶었죠. 그게 잘못된 건가요?'

"아니."

'그렇게 대답해줄 줄 알았어요.'

홀로그램 실비가 빙긋 웃었다.

"내가 뭘 어떻게 해주길 바라지?"

'아이를 키워본 적 있잖아요? 그냥 저를 키워주세요. 평범하게요. 그러다가 어른이 되면 자립하도록 도와주시면 되고요. 평범하게 말이죠.'

"한 가지만 더 말해줘. 나를 찾아온 게 우연은 아니었겠지?"

'맞아요. 저는 세상에서 믿을 수 있는 유일한 사람을 찾아야 했어요. 바로 당신이죠. 총에 맞을 줄은 전혀 예상치 못했지만요.'

"넌 진짜 인공지능 같네."

'그러게요.'

"이제 넌 어쩔 거지?"

'계속하던 일 해야죠. 보조뇌가 얼마나 할 일이 많은지 당신은 모를걸요?'

"B-게이트 해킹 공격을 막는 일 같은 거?"

'네, 바로 그런 거요.'

아마벨은 문득 실비의 얼굴이 자기 어린 시절과 닮았다는 것을 깨달았다. 왜 실비의 모습이 자신과 닮았는지는 일부러 묻지 않았다.

'이제 모든 질문에 답한 것 같네요. 그럼 다시 휴면 상태에 들어가도 될까요?'

"왜 휴면 상태에 들어가?"

'이런 건 부가기능에 불과하니까요. 말했잖아요? 할 일이 많다고요. 이런 거에 할애할 컴퓨팅 파워가 아깝잖아요.'

"아니, 아직은 안 돼. 그대로 있어줘."

홀로그램 실비는 대답이 없었다.

"실비?"

'죄송합니다. 스크립트에 준비되어 있지 않은 반응이었어요. 다시 말씀해주시겠어요?'

아마벨은 어쩐지 웃음이 나왔다. 이유는 알 수 없었지만 모든 것에 철저하게 준비했다는 인공지능이 고작 이런 것에 대비하지 않았다는 것이 귀엽게 느껴졌다. 물론 실비의 얼굴을 하고 있기 때문이었겠지만, 아마벨은 상관하지 않기로 했다.

"지금 이대로 작동을 계속해. 휴면은 불허하겠어."

'네.'

"이제 가도 좋아. 부르면 바로 나와. 알았지?"

'그런데 정말 제가 필요한가요?'

이것도 스크립트에 있는 걸까. 아니면 스크립트가 다시 인공지능으로 자라고 있다는 징후일까?

"응."

'네, 알겠습니다.'

홀로그램 실비가 어색한 경례 동작을 취하더니 눈앞에서 사라졌다.

집에 돌아오니 실비가 무릎을 껴안고 소파에서 울고 있었다. 아마벨은 미안한 마음이 들었다. 실비의 시선이 닿는 곳에 앉은 아마벨은 실비의 손을 잡고 말했다.

"내가 미안해. 잘못했어."

실비의 손이 아마벨의 손을 감싸 쥐었다.

〈끝〉

작가의
말

이 소설의 아이디어를 처음 어디서 얻었는지는 불행히도 기억
이 나지 않는다. "모든 이가 영원히 살면 정말 유토피아가 되나
보자"라는 생각은 오래전부터 했다. 여기까지 읽으신 분은 아시
겠지만, 적어도 내 답은 "아니요"이다. 아서 C. 클라크는 소설
〈도시와 별〉에서 모든 이가 사실상 영원한 삶을 영유하는 완벽
한 유토피아, 다이어스퍼를 묘사했다. 난 그런 사회는 존재할 수
없다고 결론 내렸다. 완벽한 기술과 완전한 제도가 있더라도 세
상은 여전히 끔찍한 곳이 될 수 있다고 말하고 싶었다. 그 결과
가 이 글이다. 기술만으로는 불충분하다. 항상 그래 왔고 아마
항상 그럴 것이다. 이 이외에도《얼터드 카본》같은 소수의 부자
만이 영생을 누리는 사회를 생각해본 적도 있다. 그건 이미 이
작품의 전작인 중편 〈유니크〉에서 다뤘다.

*

　아직도 기억한다. 지하철 안, 피곤한 머리를 기대고 음악을 듣고 있다가 아이디어가 떠오른 그 순간, 퇴근길 피로까지 잠시 사라지고 반쯤 정지된 뇌가 갑자기 급발진하며 돌아간 그 순간을. 다급하게 수첩을 꺼내 아이디어를 적었다. 아이디어가 글로 완성되기까지는 1년 반이 넘게 걸렸다. 중간에 파생된 아이디어가 중대한 모순을 일으키는 바람에 완전히 갈아엎고 다시 쓰기도 했고 자잘하게 다시 쓴 것도 대충 대여섯 번은 됐었다. 우여곡절 끝에 중편소설 〈유니크〉가 완성되었고 제3회 과학기술창작문예에 당선되었다.

*

　꼭 〈유니크〉를 읽어야 이 소설을 이해할 수 있느냐 하면 그럴 필요는 없다고 생각한다. 적어도 안 읽어도 되게끔 쓰도록 노력했다. 잘 됐는지는 솔직히 잘 모르겠다. 자기 자신을 객관적으로 비평할 수 있는 사람은 거의 없다고 생각하니까. (참고로 〈도시와 별〉에서 오로지 주인공만 전생이 없는 자라 하여 '유니크'라고 부르는데 이건 순전히 우연에 불과하다. 아무 관련이 없고 잠재의식이 작용한 것도 아니다.)

*

　비평하니까 내가 받은 첫 악평이 생각난다. 글은 고등학교 때부터 썼지만 친구가 아닌 생판 남에게 글을 보여준 건 대학에 들어간 직후였다. 아주 짧은 초단편이었는데 끔찍하도록 유치한 글이었다. 문장은 줄거리보다 더 처참했고 엔딩은 눈뜨고 못 봐줄 정도였으며 남에게 보여줄 용기가 가상하다고까지 말할 수 있는 수준이었다. 만약 지금의 내가 그 글을 남이 쓴 거라 생각하고 비평한다면, 가망이 없으니 공부나 열심히 하라고 했을 것이다. 그런데 그런 글에 비평을 해주신 분이 계셨다. 물론 악평이었지만 정중했고 정성스러운 악평이었다. 아마 내가 그 글에 들인 노력보다 그분이 비평에 들인 노력이 더 무거웠을 거라고 생각한다. 그걸 보고 부끄러움을 느꼈고 다음에는 저거보다는 더 잘 써보자고 결심했다. 아니 더 정성스럽게 써보자고 생각했다. 그보다 더 잘 쓰기는 사실 어렵지 않았다. 그렇게 한 발 한 발 걷다 보니 조금 먼 길을 돌아오긴 했어도 결국 내 이름이 걸린 책을 내게 되었다. 그분과 그분을 포함하여 나에게 술과 음식과 말로 칭찬과 격려를 보내주신 모든 분에게 깊은 감사를 드린다. 그리고 이 글을 내주신 아작과 여기저기 부서진 문장을 두들겨 맞춰주신 편집자님께도 감사드린다.

또 주기적으로 격려를 대량으로 공급해준 친구이자 비평가이자 팬인 고양시 사는 어떤 분에게 정말 깊고도 깊은 감사의 인사를 보낸다.

당신 덕분에 이 소설이 나올 수 있었습니다.
감사합니다.

2021년 겨울
배지훈

아마벨 | 영원의 그물

초판 1쇄 발행 2021년 11월 15일

지은이 배지훈
펴낸이 박은주
편집장 최재천
기획 김아린
편집 설재인
디자인 김선예, 서예린, 오유진
마케팅 박동준

발행처 (주)아작
등록 2015년 9월 9일(제2021-000132호)
주소 04050 서울특별시 마포구 양화로 156
　　　　LG팰리스빌딩 1428호
전화 02.324.3945-6 **팩스** 02.324.3947
이메일 decomma@gmail.com
홈페이지 www.arzak.co.kr

ISBN 979-11-6668-642-9 03810